음악열애

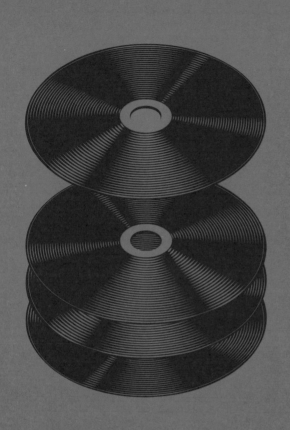

음악열애

서정민갑 지음

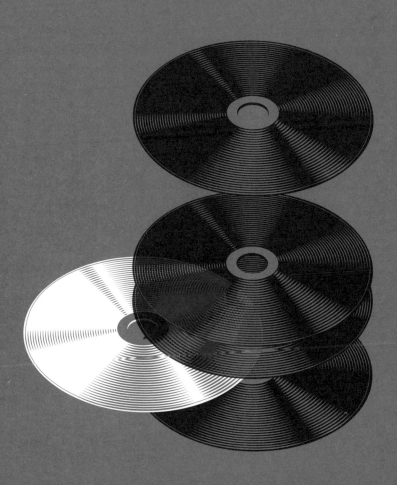

음악과 사랑한 기록

음반을 듣고 글을 쓸 때면 팬의 마음이 되기도 하지만, 고고학자나 화학자 같을 때가 더 많습니다. 무슨 이야기를 하려고 하는지, 그 이야기를 제대로 표현했는지 검시하는 듯한 태도를 버릴 수 없습니다. 하지만 좋아하지 않거나 사랑하지 않으면 한 줄의 글도 쓰기 어렵습니다. 사랑하는 음악일수록 글이 술술 나옵니다. 사랑하는 사람에게 뭐든 해주고 싶은 마음과 똑같습니다. 마음은 숨길 수 없고 숨겨지지도 않습니다. 사랑했던 무언가가 있어 한 시절을 견딜 수 있었던 것처럼 사랑한 음악이 있어 글을 쓸 수 있었습니다.

이 책은 제가 음악과 사랑했던, 제대로 사랑하려고 노력했던 구애의 기록입니다. 여전히 마음만 앞서는 탓에 번번이 짝사랑으로 끝날 때가 많았지만, 짝사랑도 사랑이겠지요. 금방 사랑에 빠지는 성격답게 수많은 음악을 사랑했고, 앞으로도 사랑할 텐데요. 음악의 안과 밖을 다 들여다보고 세심하게 읽어내려 했는데, 이번에도 책을 묶고 나니 부족한 것들이 더 많이 보입니다. 그래도 무엇이 부족한지 알게 된다면 더 온전히 사랑할 수 있지 않을까요. 서툰 사랑이 이렇게 해서라도 조금이나마 깊어질 수 있었으면 좋겠습니다.

좋은 글을 쓰는 수많은 이들과 음악 글을 쓰는 동료들, 그리고 저를 지켜보고 응원해주는 이들에게 늘 고맙습니다. 사랑하는 가족들의 존재는 갈수록 더 고맙습니다. 이번에도 세심하게 원고를 다듬고 근사한 책을 만들어주신 걷는사람 출판사의 모든 분들께 깊이 감사드립니다. 가진 것이 없다고 생각했는데 돌아보니 가진 게 너무 많습니다. 이제는 더 가질게 아니라 나누어야겠습니다. 더 너그럽게 사랑해야겠습니다. 뜨겁게 사랑하기 위해서는 간절함만큼 기다림과 거리(距離)와 감사하는 마음이 중요하다는 것을 깨닫게 되는 시절, 모두들 자기답게 사랑하시길. 그리고 그 곁에 음악이 함께 하기를 바랍니다. 이 뒤숭숭한 시절, 책을 읽는 모든 분들의 건강과 평화를 빕니다.

차례

사람을 사랑하다

이 책을 즐겁게 보는 법

스마트폰으로 QR코드를 스캔해 보세요.
음반 제목은 《 》, 노래 제목은 〈 〉으로 구분돼 있습니다

음반 제목《 》　　연대를 요청하는 노래들
　　　　　　　　조성일 《일상이 아닌 일상을 살며》

　음악을 들으면서
　책을 보세요.
　QR코드를 스마트폰으로
　스캔하면 유튜브에서
　음악을 들 수있습니다.

노래 제목〈 〉　　〈응답해줘〉
　　　　　　　　https://www.youtube.com/watch?v=7Kt-7J_UvlI

나를 사랑하다

불현듯 만나는 젊음

김페리 《다면체 신도시》
김페리 〈밤의 거리〉

　날마다 음악을 듣는다. 음반을 듣고 음원을 듣는다. 싱글을 듣고 음반을 듣는다. 온라인 음악 서비스에서 신곡을 확인한다. 주목하는 뮤지션이나 인기 뮤지션이 새 음악을 발표하면 무조건 듣는다. 동료 평론가나 관계자들이 주목하는 음악도 찾아 듣는다. 해외 온라인 음악 서비스를 기웃거리고 해외 대중음악 매체도 들춰가며 챙긴다. 낯선 이름을 발견하면 이전 음반까지 찾아 듣는다. 익히 알고 있는 뮤지션이 새 음반을 발표하면 예전 음반을 다시 듣기도 한다. 국내외에서 얼마나 많은 음악이 쏟아지는지 하루에 열 장 이상의 음반을 들어도 들어야 할 음반의 양은 줄지 않는다. 당연히 놓치는 음악이 있다. 첫 정규 음반《다면체 신도시》를 발표한 김페리의 음악도 누군가 추천하지 않았다면 놓치고 말았을 거다. 물론 김

김페리《다면체 신도시》ⓒDohahm Oh

페리의 음악은 결국 소문날 음악이다. 늦게라도 반드시 듣게 될 음악이다. 다른 이유 때문이 아니다. 음악이 좋기 때문이다.

밴드 차이나 몽키 브레인과 맨(Maan)에서 보컬 겸 기타리스트로 활동한 김페리는 2018년 5월 23일 첫 정규 솔로 음반《다면체 신도시》를 발표했다. 10곡의 노래를 담은 음반은 인디 록이나 모던 록을 좋아했다면 금세 빠져들 것이다. 김페리는 솔로 음반을 냈지만 구사하는 사운드는 경쾌한 속도감과 시원한 멜로디를 결합한 모던 록 밴드 사운드이다. 음반 제목과 곡 제목을 주의 깊게 듣지 않더라도 수록곡들은 인상적인 멜로디와 적절한 백 비트로 쉬이 빠져들게 한다.

첫 곡 〈거품이 움직이는 도시〉부터 김페리는 일렉트릭 기타와 드럼으로 경쾌한 리듬의 공간감에 친밀함 가득한 멜로디를 얹어 반복한다. 단순한 구조에 익숙한 방식의 곡이라 리프와 멜로디는 친숙하고 매력적이다. 특히 반짝이는 일렉트릭 기타 연주와 공간감은 모던 록의 전형을 반복해 빠르게 다가온다. 그리고 깔끔한 테마와 적절한 변화로 기존 곡들과 다른 매력을 창출한다. 이어지는 〈밤의 거리〉 역시 마찬가지이다. 유사한 스타일을 이야기하자면 얼마든지 하겠지만 스타일이 같다고 곡이 같지 않으며, 매력 역시 같지 않다. 리듬을 던지고 기타 리프를 얹어 곡을 드러낼 때부터 〈밤의 거리〉는 매력적인 리프로 잡아끈다.

리프가 건드리는 마음은 1990년대부터 모던 록 밴드들이 일관되게 재현한 젊음과 그리움의 정서이다. 상실감과 아련함, 후회와 그리움을 모던 록 사운드로 재현했던 밴드들처럼 김페리 역시 젊음이 체험하는 정서를 이미 경험했던 음악 스타일로 불러낸다. 1990년대부터 인디 록을 들어왔던 이들이라면 당시의 밴드들과 당시의 젊음을 떠올리게 하는 사운드이다. 물론 현재의 젊음도 아련한 분위기에 빠져들게 하는 사운드이다.

이 아련함은 열정으로 가득 차 보이는 젊음의 이면을 실질적으로 지배하는 풋풋함과 서툶, 아픔과 좌절을 낭만적으로 해석할 때 가능하다. 세상을 다 포기하거나 익숙해지지 않은 이들이 기대와 선의를 포기하지 않고 살아갈 때, 고통스러웠던 날들을 담담하게 돌이켜볼 수 있을 때, 비로소 아련해질 수 있다. 그때서야 멜랑콜리가 탄생한다.

김페리는 〈거품이 움직이는 도시〉, 〈밤의 거리〉, 〈잠 못 드는 서울〉이라는 제목에서부터 도시를 노래한다는 사실을 분명히 한

다. 이 도시는 누군가의 시선에 비친 도시이다. 그 시선은 김페리가 대리하는 젊음의 시선이다. 김페리는 도시를 노래하기 위해 도시를 이야기하지 않는다. 어떤 감정과 생각에 빠진 채 도시를 바라보고, 그 순간의 도시를 드러냄으로써 자신을 말하고, 젊음을 말한다. 〈잠 못 드는 서울〉에서 잠 못 드는 존재는 서울이면서 자신이다. 김페리는 이 곡에서도 단순한 리프와 맥 빠진 보컬로 낙담하고 지친 이들의 멘탈리티를 재현한다. 간결한 음악 언어와 공간감으로 공감하게 하고 빠져들게 하는 힘은 김페리의 음악에서 샘솟는다. 곡의 후반부에서 비트를 부각하면서 복고적이고 사이키델릭한 질감을 만들어내는 감각 역시 곡의 센티멘털리즘을 강화하면서 김페리의 능력을 확인시킨다. 슬로우 템포의 곡 〈두 개의 밤〉도 일렉트릭 기타 연주의 리듬과 영롱함으로 답답한 상황마저 로맨틱하게 만들어버린다.

김페리는 좋은 송라이터일 뿐 아니라 일관된 스타일을 가지고 있다. 이어지는 곡 〈비보〉의 흐리고 축축한 분위기를 주도하는 베이스 기타와 일렉트릭 기타의 앙상블과 멜로디는 단절의 아쉬움조차 댄서블한 리듬으로 즐기면서 센티멘털한 감정에 빠질 수 있게 해준다. 정직한 리듬과 화법이 돋보이는 〈꿈〉에서 멜로디는 단순하고 자연스러워 곡의 정서에서 벗어나지 않고 곡의 무게만큼 흘러간다. 발랄한 리듬감이 돋보이는 〈Love〉와 신스 팝에 가까운 〈Sunday Love〉에서는 전통적인 사운드와 몽환적인 신시사이저 사운드를 팝의 감각으로 버무려 스타일리쉬한 곡으로 탄생시켰다. 이 또한 젊음을 확인할 수 있는 곡이다. 〈우주고양이〉와 〈노래〉는 신스 팝과 팝도 잘 소화하는 김페리의 감각을 자랑한다. 재능을 뽐내고 과시하는 감각이 아니다. 자신이 느끼고 같은 세대가 공유하는 감각이다. 성장과 좌절의 기록으로 공통된 감각과 정서를 모던 록과 신스 팝 등의 방법론으로 재현할 줄 아는 감각이다. 자신의 세대와 공간과 삶에 대해 말할 줄 알고, 음악으로 옮길 줄 아는 감각 덕분에 지나갔으나 다 지나가지 않은 일들이 바람에 몸 흔드는 숲처럼 깨어난다. 사라지는 것은 없다. 어디에든 내가 있고 네가 있다. 누구나 한번은 젊음이었고, 젊음은 생의 길목마다 묻어 있다. 불현듯 다시 만날 시간을 노래가 먼저 안다.

음악을 찾아 들어야 할 이유

 니들앤젬(Needle&Gem)
《곁에 있다 없을 때 빈 자리를 모른다》
니들앤젬 〈H의 미간〉

니들앤젬의 음반《곁에 있다 없을 때 빈 자리를 모른다》에는 없는 것이 더 많다. 이 음반에는 사람의 목소리와 기타 연주 외에는 거의 아무것도 없다. 보컬 에릭 유는 어쿠스틱 기타 연주를 중심으로 설정한 사운드에 자신의 목소리를 얹는다. 여기에 효과적으로 활용하는 건반과 현 연주, 노이즈만으로 충만한 사운드를 완성한다.

니들앤젬은 이 음반이 시집 음반이라고 밝혔다. "시와 음악의 관계성을 탐구하고자, 본래 시로 쓰여진 문장들에 최소한의 편집을 통해 멜로디라는 틀을 주었고, 8편의 시가 음악으로 만들어졌"다 한다. 시를 쓴 강선영은 실험 비디오, 퍼포먼스와 비디오의 혼합을 연구하고, 조각과 비디오를 연결하는 작품을 시도한

작가이다.

그동안 한국 대중음악계에서 시를 활용해 노래를 만드는 경우는 드물지 않다. 송창식이나 이동원의 사례뿐만 아니다. 김현성, 안치환, 시 노래 모임 나팔꽃을 비롯해 적지 않은 뮤지션들이 시를 노래로 옮겼다. 중장년 싱어송라이터들이 자주 시도하는 편이었는데, 젊은 뮤지션들의 작업도 꾸준히 이어진다. 그중에서도 니들앤젬의 작업은 잘 알려지지 않은 작가의 시 14편만으로 음반을 채웠다는 점에서 남다르다.

니들앤젬은 시를 읽거나 노래하면서 시를 음악 쪽으로 끌어당긴다. 깅신영의 시가 바라보는 방향은 한 사람의 내면이다. 불안과 외로움, 죽음이라는 실체, 관계로 인한 파동, 다르게 인식하는 정체성으로 인한 갈등, 과거의 자신에 대한 후회와 아쉬움, 이별이 남긴 빈자리, 상상과 실제 사이와 허구와 믿음 사이를 응시하는 시의 결을 노래는 가만가만 따라간다. 노래에는 들뜨거나 격해지는 순간이 좀처럼 없다. 리듬마저 사라져버리지는 않았으나, 목소리를 높이지 않고 시종일관 읊조리는 노래는 시가 담은 내면의 목소리를 음악으로 재현하는 데 충실하려는 태도를 취한다.

그러나 한 편의 시를 반드시 하나의 음악으로만 재현해야 하는 것은 아니니, 이 음반은 강선영의 시에 대한 니들앤젬의 해석이라고 보는 편이 정확하다. 가령 〈껍질〉에서 "왜 하필 이다지 위태롭게 태어났나"라고 노래할 때, 니들앤젬이 느리고 쓸쓸하게 노래하는 방식, 그것이 니들앤젬이 음악을 구현하는 태도이며 실체이다. 나른한 리듬감과 매끄러운 멜로디가 탄식 같은 창법으로 외화할 때, 시 내면의 위태로움과 연약함은 그만큼의 노래로 옮겨진다. 〈샘〉에서도 좀 더 높은 톤의 멜로디로 "길 위를 채우는 다양한 죽음들"을 노래할 때, 노래는 사소하지만 결코 사소할 수 없는 죽음의 보편성으로 빠르게 잠입한다. 노래만큼 리듬을 고려하지 않고 썼을 시를 노래로 옮기며 니들앤젬은 시에 내재한 반복을 디딤돌 삼아 리듬을 만들어 시를 노래로 재탄생시킨다. 그리고 시와 시 사이에 인위적인 여백을 만들고, 시어를 노래하는 사이의 간격을 만들어 시의 서사를 더 풍부하게 연출한다.

〈H의 미간〉에서 니들앤젬의 목소리는 조금 더 따뜻해지고, 그 따스함은 "-습니다"로 끝나는 문어체 종결어미를 자연스럽게 감싸 안는다. 자신의 정체성을 다층적으로 구분하는 과정의 갈등과 분리라는 쉽지 않은 일이 보컬의 다정한 톤 덕에 견딜 만해진다.

영롱한 톤으로 보컬을 뒤따르는 기타 연주와 은근한 첼로 연주는 그 온기를 함께 지핀다. 과거를 회상하며 느끼는 외로움과 두려움을 막막하게 쓴 시 〈"기록해도 기록해도 모자란다"〉를 니들앤젬은 담담하고 아련하게 노래한다. 리듬을 부각시킨 기타 연주 덕분에 외로움과 두려움의 정서는 묽어지고 음악의 아름다움으로 전화한다. 부모와 다를 수밖에 없는 고향에 대한 인식 차이를 노래한 곡 〈몽고반점〉은 첼로 연주로 차분하다. 후렴이 없어 담백한 노래들은 이 음반이 시의 구조와 호흡을 기초로 창작한 노래라는 것을 분명히 한다.

살아가면서 느끼는 열망과 좌절을 노래하는 〈한 토막의 하루의 토막〉에서도 니들앤젬의 음악은 예쁘다는 생각이 들 만큼 단정하다. 낮고 젖은 목소리 곁에서 반짝이는 기타와 건반 연주가 만드는 소박한 아름다움은 화려한 사운드가 없어도 충분하다. "이별의 뒤에는 누구의 이름도 남지 않는" 슬픔을 노래한 〈어깨 소리〉

역시 기타와 재잘대는 새소리 같은 사운드로 이별 후의 고통과 고요가 감도는 풍경을 노래한다. 애잔하게 감도는 아름다움은 공허를 위로하기에 충분하다. 〈습어〉에서도 음악의 매력은 시의 모호함을 명징하게 뒤바꾸는 힘이 있다.

　미니멀한 포크 음악으로, 시를 노래하는 시 노래로 니들앤젬의 음악은 충실하다. 그래서 충분하다. 악기가 적어도, 노랫말에 귀 기울이지 않아도 울림 깊은 음악은 소리에 귀 기울이는 노력이 왜 필요하고 값진지 보여준다. 이 음반은 여전히 음악을 찾아 들어야 할 이유에 대한 한 음악가의 답이다.

니들앤젬 ©Matt Ng

상실의 서사, 애절함의 미학

 쓰다(Xeuda)《남겨진 것들》

쓰다 〈어떤 날〉

음악에 마음을 들킬 수 있을까. 어떤 음악에 마음이 움직이는지 알면 마음이 어느 쪽으로 기우는지 알 수 있다. 경쾌한 음악은 경쾌한 대로 좋고, 애절한 음악은 애절한 음악대로 좋지만, 유독 끌리는 음악이 있기 마련이다. 마음의 물길이 그쪽으로 흐르기 때문이다. 우리는 모두 달라서 마음의 물빛도 다르다. 다른 물빛은 제각각 다른 음악에 더 반짝인다. 그 반짝임을 지켜보며 우리는 비로소 제 마음을 안다. 자신을 안다.

EP《남겨진 것들》은 쓰다의 음반이다. 아니 싱어송라이터 쓰다의 마음 저수지에 쌓인 물방울이다. 쓰다가 저수지를 열어 내보낸 음악이 출렁이며 흘러올 때, 세상 모든 이들은 각자의 저수지에 음악을 담고 자신을 적신다. 쓰다의 음악에는 기쁨이 없다. 유머가

쓰다 《남겨진 것들》 ⓒ쓰다

없다. 분노도 없다. 쓰다의 음악은 쓸쓸하고 슬프고 막막하다. 쓰다
는 여섯 노래에 쓸쓸하고 슬프고 막막한 마음을 쓰고 노래한다. 누
구나 느끼는 마음, 그러나 어떤 이는 외면하고 어떤 이는 꽉 껴안은
마음. 어떤 이는 잊고, 어떤 이는 아예 모르는 마음을 노래한다. 세
상은 너무 크고 사람은 너무 작다. 삶은 너무 짧고 우리는 모두 따
로다. 우리는 제 마음 하나 어찌하지 못하는 삶, 제 마음 하나 때문
에 끙끙 앓는 삶을 산다. 쓰다는 그 연약함에 대해, 무기력에 대해,
고통에 대해 노래한다. 내 마음이 이렇다고, 네 마음은 어떠냐고 중
얼거린다.

　　쓰다는 자신의 목소리와 어쿠스틱 기타, 비올라 편성으로 노
래한다. 자신의 노래, 자신의 마음에 맞춘 목소리는 애잔하다. 좀처

럼 웃지 않을 것만 같은 목소리는 강인함과 멀다. 그루브가 없는 목소리는 홍겨움과도 멀다. 대신 쓰다의 목소리는 결국 혼자인 존재의 진실, 마음 바닥의 적요를 노래하기에는 더할 나위 없다. 삶은 눈부신 환희만으로 채워지지 않고, 자주 아프다. 모든 이들이 그 고통 앞에서 예민하게 반응하지 않는다. 견디고 잊고 못 본 체한다. 하지만 쓰다는 고통을 외면하지 않음으로써 고통의 존재를 드러내고, 고통을 감지하고 감당하는 자신을 만나게 한다. 딱히 무슨 방법이 있거나 대안이 있지 않더라도 말하지 않을 수 없기 때문이다. 자신에게 정직한 것, 그것이 삶의 도리이고 예술의 시작이다. 모든 노래는 결국 말하지 않을 수 없어 터진 웃음 아니면 눈물이다.

단출한 편성인데도 쓰다의 노래가 울림을 끌어내는 이유는 모든 노래가 선명한 멜로디와 맞춤한 사운드를 가진 덕분이다. 〈남겨진 것들〉, 〈화분〉, 〈서울의 밤〉, 〈귀마개를 파세요〉, 〈어떤 날〉, 〈사라진 얼굴〉은 모두 명징한 멜로디가 선연하다. 슬로우 템포이거나 미디엄 템포이거나 무관하다. 고백 같은 노랫말이 살아 움직이는 이유는 노랫말만큼의 선율을 부여한 덕분이다. 노래에 깃든 마음만큼의 소리를 얹은 덕분이다.

〈남겨진 것들〉의 기타 아르페지오는 정처 없는 마음의 반복이다. 또 하나의 악기 비올라는 마음의 어둠을 고독하고 정갈하게 대신한다. 어쿠스틱 기타가 스트로크로 일렁거리고 비올라가 윤기 나는 연주를 더할 때, 그리고 쓰다의 목소리가 아득하게 흐를 때 "여전히 뒤에 남겨진 것들"의 존재는 사라지지 않는다. 주저하고 망설이고 침묵하며 혼자 삼키는 마음을 쓰다는 버리지 못한다.

〈화분〉의 멜로디는 더 선명하다. 텅 빈 화분, 무언가를 기다리

는 화분, 아무것도 안 해도 괜찮은 화분, 바라는 건 없다고 강조하는 화분은 포기와 좌절로 단단해진 절망의 또 다른 이름이다. 비올라로 선율을 대신하고, 기타로 보컬의 여백을 채우며, 타악기로 리듬을 불어넣어 〈화분〉은 애절함의 미학을 완성한다. 쿨하게 말하지 못하고, 혼자 견디지도 못하는 연약함과 고통이 애써 괜찮다 말하는 쓰다의 노래는 울먹이는 속내를 어렵게 드러내는 주눅 든 처연함으로 더 아프다. 쓰다의 노래는 트렌디하지 않고 새롭지 않다. 창법과 리듬에서 옛 가요의 질감이 묻어나기도 한다. 오래된 스타일은 우울한 정서를 배가시킨다.

지하철에 올라탄 듯 4박자 리듬을 부각한 〈서울의 밤〉도 불안과 관계의 좌절로 생긴 폐허를 모사한다. 대도시 서울에서는 자신을 쉽게 숨길 수 있지만, 도무지 알 수 없는 축축한 노시에서는 더 고독해진다. 이렇게 쓸쓸한 노래를 잇는 쓰다는 〈귀마개를 파세요)에서 끝내 적극적인 단절의 의지를 노래한다. 적극적이지만 소통 대신 체념과 단절을 선택한 노래는 그만큼 강렬한 고통의 반증이다. 쓰다는 깊게 베인 상심을 들이댈 듯 노래하면서 상실의 서사를 완결한다. 선명한 멜로디, 스산한 목소리, 비올라의 울림은 간명하다. 비둘기가 사라진 도시에서 외로운지조차 모른 채 살아가는 사람들의 이야기인 〈어떤 날〉도 구슬프다. 절망과 상실감을 노래한다는 점에서 〈사라진 얼굴〉역시 음반의 정서를 고수한다.

　어떤 뮤지션도 세상의 모든 이야기를 다 하지 못한다. 수많은 이야기 중 몇 가지를 선택할 따름이다. 쓰다는 슬픔의 노래로 세상에 제 몫의 노래를 채운다. 소비와 과시로 묻을 수 없는 슬픔. 외면해도 사라지지 않는 슬픔의 진실.

있음과 없음 사이의 음악

시옷과 바람《샘》
시옷과 바람 〈살아있는 것들〉

포크 듀엣 시옷과 바람의 《샘》 음반을 들으면 어떤 공간으로 끌려간다. 그곳은 "풀 다람쥐 애벌레 사슴과 고양이/곰 비둘기 지렁이 고래와 코끼리"(〈살아있는 것들〉)가 있는 공간이다. "아무런 색도/조금의 빛도/없"는 공간이다. "하얗게 하얗게/비어있는"(〈새하얀〉) 공간이기도 하다. 시옷과 바람은 "가만히 내린 어둠 속"(〈새벽이 오면〉), "아무도 없는 적막 속"(〈소풍〉)으로 초청한다.

대중음악은 대개 감정과 생각을 드러내는 데 치중하고, 타자와 접촉하면서 발생하는 감정과 생각을 기록한다. 그런데 시옷과 바람의 노래에서는 감정과 생각을 구성하는 공간의 비중이 큰 편이다. 다만 시옷과 바람은 특정한 공간 때문에 생각과 감정이 발생하는지, 생각과 감정이 발생했기 때문에 특정한 공간에 있는지 명

확하게 구분하지 않는다.

　　그럼에도 이들이 기술한 공간에 존재하는 것들과 공간에서 마주하는 생각과 감정은 선명하다. 각각의 노래에서 있음과 없음을 대조적으로 드러내기 때문이다. 〈살아있는 것들〉에서 언급한 생물체들의 있음과 〈새하얀〉에서 말하는 색도 빛도 없음, 〈새벽이 오면〉에서 드러낸 상관 '없음'과 말 '없음'과 서 '있음'. 〈소풍〉에서 기술한 아무도 없음과 아무런 약속도 없음, 나 있었으면 하는 바람은 객관적 사실이라기보다 주관적 인식일지 모른다. 자신이 있다고 느끼고, 없다고 생각하는 것. 공간의 실재 여부나 사실 여부가 중요한 것이 아니라 자신이 그렇게 느낀나는 사실과 그렇게 느끼고 생각하는 자신이 더 중요할 수 있다.

그래서 첫 곡 〈살아있는 것들〉에서 언급한 생물체들을 실재라기보다 마음속에 존재하는 감정과 생각의 은유라고 해석하는 편이 더 적절할지 모른다. 시옷과 바람은 자신의 마음 같은 샘에 〈살아있는 것들〉과, 〈숨길 수 없는〉 것들, 〈새하얀〉 것들, 〈새벽이 오면〉 확인하는 현실, 〈소풍〉을 떠나고 싶은 마음과 〈선잠〉에 빠지는 순간을 적어 내려간 것처럼 보인다.

노래 제목과 노랫말이 마음의 거처와 풍경을 가리킨다면, 음반에 담은 소리의 톤과 속도는 마음의 온도와 빛을 대리한다. 악기는 많지 않다. 스틸 기타와 나일론 기타, 첼로, 프로그래밍으로 채우는 연주는 모던 포크 음악의 전형 같다. 그런데 시옷과 바람은 적은 악기와 더불어 노래하고 연주하는 내내 충분한 공간감을 유지한다. 첫 번째 곡 〈살아있는 것들〉에서 두 대의 기타가 앞서거니 뒤서거니 이어지고 보컬이 흘러나올 때나 첼로 연주를 시작할 때 어떤 악기도 소리를 높이지 않는다. 하지만 어쿠스틱 악기를 이어 연결한 소리에 불어넣은 공간감은 음악에 신비감과 은밀함을 가미한다. 이따금 등장하는 건반 연주는 영롱함을 배가시킨다. 소리의 농도는 보컬과 연주로 만드는 비트와 멜로디, 화음만큼 음악을 결정한다. 살피고 조심스러운 태도를 선택한 소리의 질감은 장르와 악기로 드러내는 태도, 가사로 드러내는 태도, 비트와 멜로디와 화음으로 드러내는 태도와 어울려 시옷과 바람의 첫 음반《샘》을 이룬다.

곡에서 달라지는 것은 속도와 프로그래밍 사운드의 결합 여부 정도. 슬로우 템포이거나 미디엄 템포인 곡들은 적은 악기로 노랫말을 동반하거나 동반하지 않으면서 독백 같은 노래를 이어간다.

시옷과바람 ⓒ강희주

유사하게 느껴질 수 있는 곡들에 무게를 불어넣는 힘은 멜로디와 사운드 메이킹에서 발원한다. 노랫말이 있거나 없거나 시옷과 바람의 곡들은 공감하고 납득할 수 있는 울림을 선사한다. 자연스럽고 아름다운 멜로디 덕분이고, 연주와 노래 사이 조심스러운 은밀함 덕분이다. 유재하 음악경연대회에서 만나 팀을 결성했다는 허정혁과 해파(문근영)은 속삭이는 목소리로 같은 곳을 향해 나아가며 완전히 새롭지 않지만 공들이지 않으면 만들어낼 수 없는 소리의 결정체를 내놓았다.

〈새벽이 오면〉에서 시옷과 바람이 "나를 구원하려 말아요/아무도 모르게 무너지게요"라고 노래할 때 이들이 어떤 음악을 좋아했을지 알 수 있을 것 같지만, 시옷과 바람은 레퍼런스와 다른 음악에 도착했다. 그 음악은 노랫말에 배인 단호한 절망의 음악이며, 그럼에도 "가자"는 의지를 버리지 않은 음악이다. 무엇보다 신비로움으로 버무린 소리가 깊고 아름답다. 낙담하지 않고 위로받고 자신 안의 가능성을 꿈꾸게 만드는 힘이 반짝이는 음악이다. 음악만큼 자신의 마음에 귀를 기울여본 이들이라면 이 소리를 구현하기 위해 얼마나 고심했을지 모를 수 없다. 샘을 파고 물이 솟아오르기를 기다려 길어 올린 음악이 방금 도착했다.

시옷과바람 ⓒ강희주

솔직하고 긍정적인 젊음의 노래

 오열(OYEOL)《단잠》
오열〈비몽사몽〉

오열은 젊다. 2018년 현재 싱어송라이터 오열은 젊음으로 공인하는 나이다. 물론 젊음은 상대적인 개념이다. 살아 있는 모든 사람은 상대적으로 젊다. 나이가 어리다고 반드시 젊다고 할 수 없다. 젊음다우려면 활력, 열정, 개방성, 호기심이 필수다. 나이가 많아도 활력이 넘치고 호기심 많은 이는 젊고, 나이가 어려도 보수적이고 매사 시큰둥하면 늙은 셈이다.

그런데 오열의 목소리에서는 젊음이 숨겨지지 않는다. 오열의 목소리에는 풋풋하고 생동감 넘치는 에너지가 파릇파릇하다. 사실 뮤지션이 자신의 목소리를 생각대로 만들기는 불가능하다. 굵은 목소리, 가는 목소리, 높은 목소리, 낮은 목소리, 날카로운 목소리, 부드러운 목소리 중 하나일 뮤지션의 목소리는 타고난 조건과

오열(OYEOL)《단잠》Photographer 이준민, Artwork 유슬기

의지의 결과물이다. 목소리의 음색, 호흡, 톤은 보컬 뮤지션이 만드는 음악이라는 소리 세계의 빛과 색을 거의 결정한다. 뮤지션은 음악으로 표현하는 정서와 서사를 목소리의 질감과 일치시켜 표현해야 한다. 뮤지션의 목소리는 음악의 간판이며, 태도이고, 중심이다. 그래서 우리는 뮤지션의 목소리만 들어도 그가 어떤 태도로 어떤 이야기를 하려는지 알아차린다. 가령 김목인, 이소라, 전인권, 화사의 목소리는 그 증거다.

오열의 목소리는 구김살 없고 투명하며 중성적이다. 남성적이거나 여성적이라는 이분법적 고정관념을 반복하기 위한 이야기가 아니다. 오열의 목소리에는 변성기를 지나며 남성과 여성으로 완전히 갈라져 버리지 않은 저음이 있다. 가늘지 않고 굵지도 않은 목소리. 달콤하지 않고 매끄럽지 않은 목소리에서 일부러 꾸미거나 다듬은 흔적을 찾기는 어렵다. 어떤 첨가제도 배제한 목소리는 산에 들에 피는 풀처럼 마냥 푸르다. 그래서 오열의 노래를 들으면 목소리만으로도 풀빛이 든다.

오열의 음악 속 에너지는 삶과 노래의 거리가 가까운 이의 에너지이기도 하다. 감추고 꾸미는 대신 있는 그대로 수용하고 발산하는 목소리는 삶에 대한 태도와 이어진다. 오열의 목소리에는 기뻐하고 슬퍼하고 분개하고 그리워하는 삶, 일하고 관계 맺으며 살아가는 보편적인 삶을 똑바로 바라보며 또박또박 써 내려가는 이에게 느낄 수 있는 정직함이 있다. 위축되지 않고 자신을 비하하지 않으며 기쁨과 슬픔을 그대로 수용하는 건강함이 있다. 지쳐 주저앉거나 생기를 잃지 않은 목소리에는 나이가 만든 젊음과 건강해서 젊은 태도가 함께 만든 활력이 싱싱하다. 그 활력이 오열의 첫 음반《단잠》을 청명하게 이끈다. 그래서 목소리를 듣기만 해도 맑아진다. 어떤 이야기를 하고 어떤 노래를 하든 오열임을 알 수 있고, 호감을 느낄 보컬은 오열의 매력이다.

오열이 음반에 담은 이야기도 솔직하다. 오열은 "하루종일 열심히 뛰었던 내 모습"과 "평생 동안 쉼 없이 살았던 내 모습"이 "워매 와 이리 늙었노"라며 화들짝 놀란다. 이 충격은 좌절이나 자학이 아니라 쓴웃음에 가까운데, 〈비몽사몽〉하는 순간에도 유머를 잃지 않는다. 생활 언어를 그대로 사용한 노래 〈비몽사몽〉에는 삶이 마음대로 되지 않는 이들의 당혹감이 진솔하게 담겨 있다. 그렇다고 오열의 노래가 우울하거나 조급하지는 않다. 〈새벽 첫 차〉에서도 특별하게 다른 사건은 없다. "생각나는 친구들 하나둘 전화해

서 불러내고/짠짠 잔을 기울이"는 삶은 흔하다. 오열은 흔한 삶을
슬로우 템포로 걸어가면서 "각자의 다른 인생을 담고 함께 서 있"
다는 사실, "내리면 또 각자의 길을 걸어"간다는 사실을 깨닫는다.
"새벽 첫 차 속에서" 삶을 바라보는 오열의 시선은 따뜻하다. 살아
가면서 삶을 배우는 노랫말은 목소리의 진실함으로 음악의 진실
함을 조직한다. 단출한 편곡으로 오열의 목소리를 부각시킨 연출
은 오열의 노래를 오열 또래이거나 한 번은 오열 또래였던 이들의
이야기답게 만든다.

　　"모든 걸 잊자 과거를 잊자/아픈 상처는/모두 잊고/새롭게 살
자"고 노래하는 〈오늘을 살자〉에서도 오열의 노래는 냉정함과 떨
어져 걷는다. 부드러운 건반 연주와 활기찬 드러밍에 맞춰 빠르게
걸어가는 오열의 목소리에는 튼튼하게 성장한 사람의 낙관이 있

다. 날마다 삶을 통과하며 나이 들어가는 주체가 세상에 굴복해 자신만 생각하지 않고, "오늘을 살자"고 다짐하는 순간, 젊음은 충만하다. 오열은 더 풍요롭게 살 생각이 없고, 더 화려하게 살 생각이 없다. 오열은 지금 자신이 하고 싶은 일을 하면서 자신의 주변을 살핀다.

그래서 짧은 사랑의 기억을 아련하게 추억하는 노래 〈그때 그 소나기처럼〉에서 오열의 목소리가 담담한 건 당연하다. 목소리에 내재한 복고적인 질감을 잘 끌어낸 이 노래에서도 노래의 힘은 보컬에서 비롯한다. 사랑은 금세 끝났지만 쓸쓸함이나 허망함을 노래하는 대신, "연애란 게 행복한 걸" 안다고, "좋은 기억만 남아 있"다고 노래하는 목소리로 긍정의 에너지만 남겨둘 줄 안다. 솔직하고 긍정적인 태도는 〈뭉순씨는 언제쯤〉에서도 반짝거린다. 세상에 찌들지 않고 희망을 버리지 않는 태도는 오열의 노래를 들으며 기운차게 살아갈 수 있게 응원한다. 그 언젠가 잠겨버린 배 한 척의 절망 앞에서 목 놓아 애국가를 불렀던 목소리는 오늘 이렇게 쌩쌩하다.

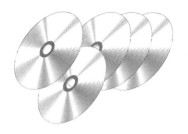

샘나는 솜씨, 대답은 예스!

 이오에스(EOS)
《Shall We Dance》
EBS 스페이스 공감-EOS

음악을 하진 않지만 샘나는 뮤지션이 있다. 음악을 잘해서다. 힘을 들이지 않는 것 같은데 빈틈없는 음악을 내놓으면 나조차 질투가 난다. 세상에 재주를 타고난 사람이 있긴 있다. 물론 몰라서 하는 이야기일 거다. 그 뮤지션이 얼마나 노력하는지, 음악을 만들기까지 얼마나 쥐어짜고 뒤엎는지 몰라서 하는 이야기일 거다. 세상에는 천재가 있다지만 대부분의 성취는 끊임없이 노력한 결과다. 세상에 공짜는 없다.

그런데도 3인조 밴드 이오에스의 EP《Shall We Dance》를 들을 때는 살짝 샘이 나고 말았다. 첫 곡 〈Skydive〉가 흘러나올 때, 보컬 김형중이 "자, 이제 모든 준비는 끝/후~ 깊고 또 뜨거운 마지막 심호흡"이라고 노래하기 시작할 때, 〈잊혀진 스파이로 사는 법〉에

EOS《Shall We Dance》ⓒ김형중

서 "붉게 금이 간 눈으로 날 쫓는다/숨 가쁜 미행 집요히 날 탐한다" 라고 노래할 때 뭐라 할 말이 없었다. 이 군더더기 없이 세련된 보컬 앞에 무슨 말을 더할까. 얼마나 연습해야 완성할 수 있는 목소리인지 짐작조차 할 수 없는 보컬의 테크닉은 김형중이 20년 이상 이어온 실력을 찬탄하게 한다. 맞다. 이렇게 빼어난 목소리를 만나면 박수가 절로 나온다.

하지만 이오에스의 음악을 찬탄하게 만드는 뮤지션은 김형중만이 아니다. 베이시스트이자 송라이터인 배영준과 기타리스트 조삼희가 온기호와 함께 만든 곡들부터 깔끔하기만 하다. 스카이다이빙을 앞둔 순간에서 하늘 바디로 뛰어는 순간까지 담은 〈Skydive〉는 정적 같은 긴장에서 활강의 순간으로 넘어가는 속도감을 절묘하게 포착한다. 서서히 리듬을 당기다가 경쾌하게 질주하고, 터트리듯 절정으로 잇는 솜씨는 신묘하다. 그 순간 멜로디는 명료해서 빠져나갈 수 없다. 잘 뽑은 멜로디를 분출하기 위해 곡을 쌓고 터트리는 감각은 첫 곡부터 발군이다. 정말 잘 만든 일렉트로닉 팝이다.

느와르 액션 드라마 같은 두 번째 곡 〈잊혀진 스파이로 사는 법〉은 신시사이저 사운드의 멜로디가 앞장선다. 음악이 반복해 쌓는 소리의 구조물이라고 할 때, 초반의 신시사이저 연주로 제시하는 테마는 곡의 완성도를 3초 만에 완결할 정도이다. 여기에 신시사이저 연주를 더해 만든 뉴웨이브의 질감은 이오에스의 취향과 정체성을 결정한다. 트렌디하지 않지만 중독적인 멜로디와 사운드에 김형중의 떨림 가득한 보컬을 얹은 음악에서는 흠을 찾을 수 없다. 일렉트릭 기타를 더하고, 비트와 코러스를 가미해 변화를 만드는 곡은 끝까지 긴장감과 쓸쓸함을 동시에 유지한다. 한 편의 영화를 보고 나온 것 같은 느낌마저 든다.

음반의 수록곡들은 대개 신시사이저 사운드로 재현한 매끄러운 멜로디를 곡의 중심에 둔다. 세련되고 우수 어린 이동과 이별의 노래 〈Sentimental Airline〉은 미니멀한데, 도입부에서 제시하는 테마는 영롱하다. 노랫말과 어긋남 없는 멜로디가 팝의 완성도를 가르는 기준이라면 이 곡 역시 좋은 팝이 갖춰야 할 요건을 모범 답안처럼 제출하고 시치미를 뗀다. 신시사이저와 기타, 드럼, 베이스의 단출한 구성으로 만드는 단정한 사운드, 감정을 과장하지 않는 보컬에 어린 그리움은 영화 같은 노랫말을 예고편처럼 압축하고 사라진다. 웰메이드 팝의 연속이다.

　　반면 농염한 사랑 이야기와 자신의 고백을 섞은 〈19禁의 세계〉는 베이스 기타를 돌출시켜 리듬감을 부각한다. 명징한 멜로디와 리듬으로 구축한 펑키한 하우스의 질감, 더 끈적한 사운드를 구현하는 연주와 노래는 여전히 말끔하다. 시타르 연주처럼 들리는 도입부를 지나자마자 질주하는 〈과호흡〉의 리듬감과 당연하게 또렷한 멜로디는 서로의 받침대가 되어 곡을 지탱한다. 히치하이커의 참여로 다른 곡들보다 화려한 연주를 더한 곡은 곡 사이에 진한 선을 그으며 음반을 마무리한다.

　　오래도록 배영준의 음악을 들었다. 김형중의 노래를 들었다. 이제는 데뷔 25년이 넘도록 활동하는 일이 얼마나 어려운지 모르시 않는다. 20년 넘게 새 노래를 발표하며 활동하는 이들이 몇이나 되나. 한 번이라도 좋은 곡을 써내지 못하고 음악을 중단하는 이들도 얼마나 많은가. 코나의 명곡, 이오에스의 명곡 그리고 W의 명곡으로 받은 감동이 여전한데, 이들은 다시 좋은 곡을 내놓았다. 2018년 이오에스를 재결성하고 음반과 싱글을 발표하며 호흡을 맞춘 이들은 자신들의 이력이 무색하지 않은 새 음악으로 자존심을 지켰다. 그러니 음반의 타이틀에 대한 나의 대답은 당연히 예스! 렛츠 댄스!

EOS ©안성균

이토록 처연한 노래라니

 이주영《이주영》

이주영 〈나도〉

이주영의 노래를 처음 들었던 때가 2010년 즈음이었으니 참 오래 걸렸다. 그즈음 라이브 클럽 빵에서 함께 활동하던 뮤지션들 대부분 여러 장의 음반을 내놓았을 만큼 시간이 흘렀다. 하지만 싱어송라이터 이주영은 2015년, 2016년, 2019년 드문드문 싱글을 선보였을 따름이다. 어떻게 지내나 싶고, 정규 음반은 영영 못 듣게 되나 싶었던 2019년 10월의 마지막 날, 반송되었다 돌아온 편지처럼 이주영의 첫 정규 음반이 도착했다. 셀프타이틀로 정한 음반 타이틀이 당연하게 느껴지는 이주영의 뒤늦은 음반이다.

음반에 담은 곡은 9곡. 예전부터 부르던 노래들은 빼고 최근에 만든 노래들을 주로 담았다. 수록곡은 모두 이주영이 썼다. 거의 모든 편곡을 직접 했고, 프로듀서도 자신이 맡았다. 코러스 역시 자신

의 목소리이다. 피아노와 신시사이저, 프로그래밍도 이주영이 해냈다. 기타와 베이스, 드럼 연주, 스트링 편곡만 동료 뮤지션들이 분담했다.

팝과 포크 사이에 걸친 음악은 악기를 많이 쓰지 않는다. 대부분의 노래는 이주영이 직접 친 건반과 자신의 목소리로 채워진다. 하지만 부족하다거나 과하다는 생각이 들지 않는다. 이주영은 뛰어난 송라이터이며, 훌륭한 보컬리스트일 뿐 아니라 빼어난 건반 연주자로서 모든 작업을 완성도 있게 마감했다. 이렇게 순도 높은 음악을 왜 이제야 내놓았는지 그것이 아쉬울 뿐이다.

음반에 담은 노래들 중 어떤 노래도 쉽거나 편안한 상황은 없다. 노랫말 속 누군가는 계속 후회하고 아파하고 그리워한다. 이주영은 쓸쓸한 이야기를 일인칭 화자의 목소리로 드러내는데, 구체적인 상황을 눈앞에 그릴 듯 보여주며 정감한다. "만일 그날 내가 너를 안아줬더라면" 하고 노래하는 타이틀곡 〈나도〉, "뿌연 버스 창문 위에 입김을 불어/네 이름 세 글자 또박또박 적다가/눈물이 났어"라고 노래하는 〈집에 가는 버스〉뿐만 아니다. "살짝 찡그린 미간/여전한지/장난스런 표정/그대론지" 묻다가 "고마워/이렇게 기억하게 해줘서/내 삶에 스쳐 지나가줘서/나에게 이렇게 아름다운 봄을 주어서/당신의 시간에 머물게 해줘서"로 이어지는 두 번째 타이틀곡 〈조금 늦은 이야기〉를 들으면 지워지지 않은 옛사랑으로 돌아가야만 한다. "무릎을 꿇고/눈을 감고/소리에 집중한/네 등 뒤로/해는 지고/어스름한 노을은 우리를 감싸던/그 오후에"라는 노랫말로 오롯이 둘만의 시간을 기록할 때, 먹먹함으로 떨리지 않는다면 심장이 없는 것과 마찬가지이다.

"그렇게 힘들면서 왜 네 안의 새를 날아 보냈어 난 몰랐어/아무것도 몰랐던 내가 바보였어"라고 노래한 〈새〉, "난 바람에 맞서/걸어갑니다/바람은 나에게 맞서/멈춰 섭니다"라고 노래한 〈바람〉, "난 표정이 없어/농담도 진담 같대/난 표현에 서툴러/반가워도 모른 척해"라고 노래하는 〈보고 싶다고〉까지 이주영의 노래는 노랫말을 읽는 것만으로 쉽게 말하기 어려웠던 실패와 좌절, 상실과 침묵의 고통 어린 무게를 되살려 압박한다.

좋은 사람이어서가 아니다. 좋은 사람이 아니더라도 삶은 어렵다. 관계 역시 마찬가지이다. 우리는 누군가에게 상처받아 아파하면서 다른 누군가에게 상처 입히고 서로 어긋난다. 세상에 자신은 오직 한 사람뿐이다. 그 밖에는 모두 타인이다. 우리는 모두 이

이주연 ⓒ이주형, (수)맴맴뮤직무브먼트

기적이고, 지금 아는 것을 그때는 절대 알 수 없다. 그래서 우리는 모두 실패한다. 날마다 실패하며 살아간다. 이주영은 홀로 감당한 실패와 상실의 순간을 노래해 상처가 기록한 자신의 실체를 대면하도록 이끈다. 그러나 이주영은 시시비비를 가려 조언하지 않는다. 얼마나 외롭고 고통스러웠는지만 노래한다. 고통이 다 아물지 않았다고 울먹일 뿐이다. 그러나 그 순간으로 돌아가 피하지 않고 마주하는 일만으로도 고통스러운 이들에게 이주영의 노래는 자아를 마주하며 복기해 비로소 이해하고 껴안을 수 있게 하는 대면 치료 같다.

노래 속 상황과 감정으로 이끄는 힘은 그만큼 강력하다. 그 힘은 이주영이 쓴 노랫말에서 나오고 멜로디에서 나온다. 이주영이 구사한 보컬의 음색과 악기의 합인 사운드에서도 나온다. 대체로 슬로우 템포이거나 미디엄 템포인 노래들은 건반을 중심으로 한 어쿠스틱 사운드 안에서 흘러가도 듣는 이들이 헤어 나올 수 없게 장악한다. 보컬에 배어 있는 간절함과 간절함을 밀도 높게 재현하는 멜로디 때문이다. 서정성을 담지한 건반의 섬세한 울림 때문이다. 음악의 밀도는 〈조금 늦은 이야기〉, 〈오후에〉, 〈새〉로 이어지는 세 곡에서 듣는 이들을 넉다운시킬 정도로 아릿하다. 좋은 음악이 되기 위해 많은 장치, 화려한 기술이 필요하지 않다는 사실을 확인해주는 곡들은 반드시 같은 경험을 하지 않았더라도 다르지 않은 경험까지 모조리 끌어낼 만큼 보편적이고 각별하다.

특히 차츰 오후의 시간으로 빨려 들어가듯 노래하는 〈오후에〉는 "눈물이 나/널 보고 있으면/난 자꾸 내가 아닌 것만 같아"라고 혼잣말하는 이의 슬픔에서 헤어 나올 수 없게 가둬버린다. "심장을 안고 있는 듯"한 간절함을 건반 연주와 노래만으로 밀어붙이는 노래는 잠시 노래를 멈추지 않고는 더 들을 수 없을 정도로 아프다. 요동치는 마음을 건반 연주와 보컬로 재현하는 〈새〉 역시 매한가지이다. 실제의 통증에 육박하는 노래는 세상 어떤 음악은 감상으로 끝나지 않는다는 증거이다. 안전하게 감상하고 즐기면서 마무리할 수 없는 노래는 결국 스스로에게 질문하게 한다. 그 간절함을 기억하는지, 자신이 최선이었는지, 자신이 얼마나 자신을 깊게 파고 들어갔는지 되묻는 노래는 "다음에 봐요/기약 없는 다음에/못 봐도 돼요/그럴 수도 있는 거죠"라는 말 속에 배인 상실감을 한사코 놓치지 않는다.

"난 한때 별이었던 것 같"다고 노래하는 과거형 표현에 담은 패배감을 노래하는 〈별이었던〉이나 "길을 잃은 날/손을 대는 모든 것이 재가 되어 툭 떨어지는 날"을 노래하는 〈새가 재처럼 날고〉도 마찬가지이다. 가장 몽환적이며 세련된 곡 〈별이었던〉 역시 싱어송라이터 이주영의 음반을 끝까지 집중하게 한다. 누군가는 여성의 이야기로 듣고, 누군가는 자신의 이야기로 들을 노래는 2019년의 어떤 노래보다 처연하고 정직하다. 이 노래 앞에서 들을 노래가 없다고 말하는 일은 무례하다. 2019년 가을은 이주영의 노래를 듣지 않고 통과할 수 없다. 매년 가을이 다르지 않을 것이다.

추억이라고 말하지 않아도
괜찮은 노래

 전진희
《우리의 사랑은 여름이었지》
〈우리의 사랑은 여름이었지〉

내 일기장을 옮겨놓은 줄 알았다. 2019년 9월 25일 내놓은 전진희의 두 번째 정규 음반《우리의 사랑은 여름이었지》를 듣다 그만 마음이 멈춰버렸다. "다들 이렇게 사는 거다/생각해보지만/달라지는 건 없지/달라지는 건 없지//언제까지 견디면 될까/상처도 미련도/이제 아무 소용없는데/그저 아침에 눈 뜨기 두려운 건데//언제까지 버티면 될까/짧을지 길지 모를/살아가는 동안/난 행복할 자신 없는데"라는 노랫말 때문이다. "내가 싫어/너무 싫어/좀 더 멋진 어른일 거라 생각했어//내 마음조차 책임질 수 없을/그런 사람 말고" 같은 노랫말 때문이다.

전진희는 그런 노래를 만드는 사람이다. 밴드 하비누아주에서 피아노를 치는 전진희는 절망과 슬픔을 노래하는 팀의 음악을 더 아찔하게 제련했다. 팀의 새 음반을 발표한 지 8개월 만에 발표한 솔로 2집에서도 마음을 마음대로 할 수 없게 만드는 음악을 들려주는 사람.

악기는 더 단출하다. 전진희는 자신이 연주하는 피아노와 보컬 외에 현악기 말고는 다른 악기를 거의 쓰지 않는다. 어쿠스틱 기타와 클라리넷은 아주 잠깐이다. 그래서 이번 음반은 2017년부터 진행해온 전진희의 솔로 프로젝트 '피아노와 목소리'의 연작처럼 느껴지기도 한다. 음반의 첫 곡은 연주곡이다. 모든 곡의 노랫말과 멜로디를 직접 쓴 전진희는 〈나의 호수〉를 건반과 현 연주로 채운다. 피아노의 리듬은 파도처럼 일렁이고 현은 번뇌처럼 마음을 건드리고 긁는다. 그런데 아름답다. 고통을 노래한다는 것과 음악이 아름답다는 것, 이 통증의 미학이 이번 음반의 절반 이상이다.

노래 속 고통은 자신에 대한 실망과 좌절에서 비롯한다. 전진희는 일기장처럼 생생한 언어로 자학에 가까울 정도로 힘겨운 속마음을 노래한다. "성난 파도가 치"는 호수처럼 "파르르 파르르 파르르" 떠는 마음. "그 어디에도 숨을 수 없"는 마음. 전진희의 노래는 떠는 호수의 재현이다. 몰려드는 파도의 현현이다.

하지만 어둡지만은 않다. 음반의 절망 편을 담당하는 〈물결〉, 〈자신 없는데〉, 〈내가 싫어〉, 〈달이 예쁘네〉의 4부작에서 전진희는 절망을 배가시키지 않는다. 대부분의 대중음악이 감정을 증폭시키는 태도와 비교할 때, 전진희의 톤은 담담하다. 노래 속 절망이 오래되어 강조하고 부풀릴 필요가 없기 때문이거나 지나간 과거이기 때문일 수 있다. 오래 앓은 절망, 지나간 절망은 더 이상 특별한 사건이 아니다. 그래서인지 전진희의 보컬은 목소리를 끌어올리지 않고, 연주로 감정을 증폭하지 않는다. 덕분에 감정과 상황을 차분하게 마주할 수 있다. 세상에서 나만 힘든 것은 아니라고 공감할 수 있다.

힘든 상황을 구구절절 늘어놓아야 공감하는 게 아니다. 명쾌한 해답을 찾아줄 때만 위로를 느끼지 않는다. 자신의 이야기를 과장하지 않고 고백할 때, 귀 기울여 들을 수 있다. 그때 대화를 시작할 수 있다. 슬로우 템포로 노래해 솔직하면서도 악기와 구성을 절제하는 음악의 어법은 음악을 통해 공감에서 위로로 건너갈 수 있는 여지를 남겨둔다. 〈자신 없는데〉, 〈내가 싫어〉로 이어지는 음반의 전반부는 힘겨운 고백을 털어놓고 들어주며 마음을 맞추는 과정이다. 악기를 절제한 이유는 더 잘 듣기 위해서이다. 눈물을 흘리지 않는 이유는 더 잘 들을 수 있도록 말하기 위해서이다.

천천히 자신의 이야기를 이어가는 전진희는 이아립과 함께 부른 〈놓아주자〉에서 결국 "우리라는 단어 안에/묶여 있던 죄책감들을/놓아주자/놓아주자/이젠/이젠"이라는 노랫말로 노래 속의 누군가가 자신을 괴롭히는 마음을 떠나보내며 자신과 화해하는 모습을 그린다. 이어지는 연주곡 〈모두가 너를 미워해도〉에서 피아노로 연주하는 선율은 모두가 너를 미워해도 나는 너를 미워하지 않을 거라거나 너 자신은 소중하다는 이야기로 이어질 것 같다.

그래서 강아솔과 함께 부른 〈우리의 슬픔이 마주칠 때〉에서 "우리의 슬픔이 마주칠 때/그냥 웃어줄래/알고 있잖아 우리 우리/깊은 마음의 무게를"이라는 표현은 예정된 듯 당연하다. 코듀로이와 함께 부른 〈왜 울어〉에서 "별빛은 널 향해 반짝이고 있어"라고 위로하고, "외로운 이 세상 어느 누구도/네 슬픔 알지 못해도 괜찮아", "괴롭고 무거운 짐은 내려놓고 숨겨둔 너의 미소를 만나는 오늘 밤"이라고 응원할 수 있는 이유는 자신을 다 털어놓은 덕분이다. 누군가 이야기를 들어주고, 편이 되어준 덕분이다.

전진희는 모든 고백마다 소리의 아름다움과 함께해 고통의 밀도와 공감의 가능성을 같이 옮긴다. 〈물결〉의 후반부에서 현과 건반, 보컬 허밍이 만드는 영롱한 앙상블이나 〈내가 싫어〉의 피아노 연주에 귀 기울여보라. 생활의 냄새를 풍기는 〈달이 예쁘네〉의 사운드와 감정을 해소하는 과정을 기타 트레몰로로 표현한 〈놓아주자〉, 해사한 어쿠스틱 기타 연주가 돋보이는 〈왜 울어〉는 고백과 청취, 공감과 위로라는 음반의 흐름과 그 순간마다의 마음 움직임을 소리로 모두 옮겼다. 그 흐름을 따라가며 어느새 한 고비를 넘긴 누군가는 〈우리의 사랑은 여름이었지〉라는 마지막 곡의 그리움으로 자신을 무너뜨리지 않는다. 어떤 그리움은 더 애틋하게 사랑할 수 있을 것 같은 마음을 심어두고 사라진다. 우리의 사랑은 여름이었고, 이제 가을이 되어버렸다. 하지만 노래로 열매 맺었고, 우리는 그 노래를 듣는다. 이제 추억이라고 말하지 않아도 괜찮다. 삶이 대저 이와 같다.

26년 만에 도달한 평화

 조동익 《푸른 베개》
조동익 〈blue pillow〉

예술가를 가장 존중하지 않는 방법은 과거에 가두는 것이다. 가장 빛났을 때만 주목하면서 신화, 전설 같은 휘장을 두르는 일이다. 예술가도 사람인지라 빛날 때가 있으면 저물 때도 있는 법. 누구나 가장 돋보였을 순간만 기억해주길 바라도, 거의 모든 예술가들은 롤러코스터처럼 오르내리며 살아간다. 그들이 작품을 만드는 이유는 끝없이 올라가기 위해서가 아니다. 지금 하고 싶은 작품, 지금 할 수 있는 작품으로 예술가의 삶을 살아가기 위해서이다. 그러므로 모든 예술가는 대표작보다 최근작을 주목해야 마땅하다.

조동익도 마찬가지이다. 그가 기타리스트 이병우와 함께 어떤 날의 이름으로 내놓은 두 장의 음반은 한국 대중음악 불후의 명반이다. 1994년에 발표한 첫 솔로 음반《동경》도 거룩하다. 그러나 그

조동익 《푸른 베개》 ⓒPhotograph & Design kim dotae_doekee music

의 손길은 세 장의 음반에만 머무르지 않았다. 그는 프로듀서로 영역을 옮겨 김광석과 안치환의 대표작들을 완성했고,《노동가요 공식음반》 같은 민중가요 작업에도 참여했다. 특히 장필순의 5집부터 이어진 두 사람의 협연은 장필순의 목소리에 오늘의 자리를 찾아주었다. 여전히 널리 알려지지 않았지만 이 음반들은 아무리 많은 감탄사를 쌓아 올려도 부족하다. 사람들은 이제야 〈나의 외로움이 널 부를 때〉를 유튜브에서 계속 리메이크하고 있을 뿐, 이 음반들에 깃든 아름다움과 가치를 다 확인하지 못했다.

하지만 조동익이 뛰어난 아티스트인 이유는 불멸의 명반을 남겼기 때문이 아니라, 시금노 여전히 침묵하게 하는 음악을 만들어내기 때문이다. 2020년 5월 7일, 26년 만에 내놓은 두 번째 정규 음반 《푸른 베개(blue pillow)》는 그의 역작 리스트를 추가했다. 〈바람의 노래〉부터 〈lullaby〉로 끝나는 노래들은 한 예술가의 만개한 자화상이다.

조동익은 자신이 듣고 매만졌던 노래들처럼 노래 안과 밖에서 정직하다. 그는 장년이 되어버린 나이, 더 이상 젊음이 아니고, 가족이 또 다른 가족을 꾸리고, 피붙이 중 누군가는 곁에 없는 삶을 우두커니 바라본다. 그 시간 동안 얼마나 많은 바람이 몰아치고 빗방울이 날렸을까. 그는 "혼자라는 생각"과 "슬픔"과 "아픔의 꽃"을 부정할 수 없다. "그대 왜 그리 서둘러 저 별빛 건너 떠나셨나요"라고 물을 때는 그리움으로 아리고, 자신의 "축 늘어진 두 어깨 깊게 패인 주름"을 바라볼 때는 한숨이 깊다. "하지만 그 빛은, 그 연기는/너무 빨리 사라져버리고/사라지고 나서야 돌아보게 되는 것"이라고 노래하는 목소리조차 아득하다. "무엇을 찾아 여기까지/숨 가쁘게 달려왔을까" 묻는 〈내 앞엔 신기루〉에서는 회한마저 밀려온다. "바람아/난 날개를 잃었다"고 고백할 때, 그에게도 공평하게 고단했을 삶을 알아차리지 못할 사람은 없다.

그래서 이 음반은 오래도록 다른 이의 조력자로 자신을 숨겨왔던 이가 오랜만에 들려주는 이야기처럼 다가온다. '세계관'이 없고 트렌디한 사건도 없는 이야기, 말하는 이와 듣는 이가 다르지 않을 이야기가 흐르는 내내 조동익은 솔직하다. 조동익의 노래에는 슬픔이 있고 기쁨이 있고 그리움이 있다. 슬픔 앞에서 기쁨 앞에서 그리움 앞에서 어쩔 수 없는 사람이 있다. 그는 슬픔과 기쁨과 그리움을 따돌리지 않고 부풀리지 않는다. 밀려왔다 사라지는 하루하루, 물결치는 감정을 견디고 기록할 뿐이다. 순간의 상흔을 외면하지

조동익 ⓒkim dotae_doekee music

않고 음과 소리로 옮겨 담는 사이 부르튼 손길까지 음악이 되었다.

첫 곡 〈바람의 노래〉는 건반으로 연주하는 멜로디와 배경이 되는 노이즈의 앙상블이 쓸쓸하다. 마음속 멈추지 않는 소용돌이를 옮긴 듯한 곡은 묵직한 삶의 기록으로 뻐근하다. 〈날개 II〉의 서곡으로 만든 〈날개 I〉은 현악기와 보컬, 일렉트로닉 사운드를 조합해 날개 꺾인 이들을 보듬는다.

11분의 긴 타이틀곡 〈푸른 베개〉는 몽환적인 사운드와 서정적인 선율이 밀어주고 당겨준다. 단정하고 깔끔한 데다 공간감까지 부착한 사운드는 현실과 꿈 사이 푸른 베개 같은 안식을 선물한다. 나와 대상 사이의 경계가 모호해진 조화의 일체감은 선율과 사운드만으로 만들어낼 수 없는 마음의 무궁무진한 세계를 음악으로 바꾼 결과이다. 마음이 있고, 마음을 지켜본 시선이 있고, 마음을 소리로 되살린 뮤지션이 있다.

장필순이 담담하게 부르는 〈내가 내게 선사하는 꽃〉도 마음을 살피고 다독인다. 찾아온 슬픔과 아픔을 내치지 않고 머물다 가기를 바라는 마음이다. 마음을 속이지 않으며 내몰지 않는 태도는 슬로우 템포의 소박한 사운드로 은근하다. 그리고 손녀딸을 위해 만든 노래 〈song for chella〉는 건반과 현의 느린 연주를 빌어 따뜻한 사랑을 전한다. 보편적인 유대감으로 쌓아 올린 곡의 온기는 다른 곡들에 배인 그리움과 맞물려 삶의 가치를 잊지 않게 해준다. 마음을 나누고 기대고 그리워하는 소리 서사의 진정성은 이 곡들이 누군가의 삶이 아닐 수 없다고 믿게 만들 뿐 아니라 듣는 이들의 삶으로 고개 돌리게 한다. 조동익이 견지해온 음악 정신이 한결같음을 알려주는 이 전이는 음악이 삶과 이어진다는 오래된 가치를 담보한다.

그러나 조동익의 음악이 가치 있는 것은 음악 속 태도나 소리가 자아내는 감정의 파장 때문만이 아니다. 〈그 겨울 얼어붙은 멜로디로〉에서 연출한 사운드는 전작 격인 〈엄마와 성당에〉로 단숨에 날아간다. 곱고 성스러운 사운드는 과거의 복기일 뿐 아니라 현재의 조동익이 만들어낸 소리의 진경이다. 태도와 감정을 완벽하게 전달한 사운드는 현실에서 만날 수 없는 세계를 체험하게 하고만다. 〈비가 오면 생각나는〉의 소박한 아련함이나 〈그래서 젊음은〉에서 한 땀 한 땀 바느질한 섬세한 사운드 역시 그가 소리의 장인이자 구도자로 오늘을 살아가고 있다는 증명이다.

고전적인 감정의 서사를 현재의 작법으로 구태의연하지 않게 재현하는 솜씨는 〈내 앞엔 신기루〉, 〈날개 II〉, 〈lullaby〉까지 닿는다. 장필순의 근작에서 들려주었던 영성 배인 울림을 자신의 음반으로 옮긴 후반부 곡들은 한 예술가가 평생에 걸쳐 치열하게 추구한 음악 세계가 결국 숭고함에 이르렀음을 무심하게 공증한다. "나의 상처와 나의 분노가/소금처럼 녹아 내리도록" 기도하는 〈날개 II〉는 번뇌를 뛰어넘으려는 간절함으로 아름다워진 명편이다. 현악기의 실연과 일렉트로닉 사운드의 조합으로 구현한 서사는 현실과 피안을 껴안으며 화엄 세계로 건너가듯 꽃을 피운다. 마지막 곡 〈lullaby〉를 들을 때, 우리는 자장가를 듣는 아이처럼 평화로워진다. 《푸른 베개》가 흐르는 동안 우리는 이곳에 없다. 어떤 음악은 삶을 초월할 수 있다고 웃는다.

새로운 포크 싱어송라이터가 왔다

 천용성《김일성이 죽던 해》
천용성 〈김일성이 죽던 해〉

음반 커버부터 얘기해보자. 음식을 차린 밥상 앞에 민소매 차림의 여성과 기저귀를 입은 듯한 아이가 앉아 있다. 여성은 아이를 보고, 옆으로 앉은 아이는 카메라를 보며 웃는다. 둘 사이 '김일성이 죽던 해'라는 문구가 당시의 글꼴로 쓰여 있다. 사진 곳곳에 박힌 노랑, 분홍, 녹색 동그라미들. 사진 아래 88 8이라는 숫자가 보인다. 사진기에 날짜를 설정해두면 날짜가 찍혀 나오던 시대의 흔적이다. 1988년 8월의 사진이고, 아이는 음반의 주인공 천용성일 것 같다. 곁에 있는 여성은 어머니가 아닐까. 자전적인 옛이야기를 담았다는 인상을 주는 디자인이다. 가족 이야기가 나올 것 같기도 하다. 싱어송라이터 천용성의 정규 1집《김일성이 죽던 해》의 음반 커버이다.

천용성 《김일성이 죽던 해》ⓒFrog Dance 김승후

　　2012년부터 2013년까지 꾸준히 싱글을 발표해온 천용성은 2019년에야 첫 정규 음반을 내놓았다. 데뷔작은 예술가의 원형을 담는 경우가 많다. 아티스트가 오래 껴안고 고민한 이야기, 아티스트의 뿌리 같은 이야기라 앞으로도 반복할 이야기를 시작하는 경우가 흔하다. 그런데 천용성은 김일성이 죽던 해의 충격과 사회적 파장을 노래하지 않는다. 그해의 다른 사건도 노래에 없다. 11곡의 노래는 하나의 소실점으로 모이지 않는다. 천용성 자신의 이야기이거나 천용성이 만든 허구일 수록곡들은 "상처만 아물고 나면 나는 아무 일도 없는 듯이 네게 돌아갈게"라고 약속하기도 하고, "초대받지 못한 생일에 나 혼자 즐거운 동무들의 모습들을 그리워한다"고 씁쓸한 기억의 왜곡을 되새기기도 한다. "먼 길을 꺼리는 토

박이 택시의 손에 돈을 더 쥐여주고 가자 하며 멀리 도착한" 경험도 노래가 되었다. 다른 수록곡들 역시 제각각의 사연으로 흩어진다. 음반의 부클릿에는 천용성 자신으로 보이는 어린이의 사진이 빠지지 않지만, 음반의 수록곡들은 어린 시절만 노래하지는 않는다.

수록곡의 서사가 다양한 만큼 수록곡들의 음악 방법론 역시 다채롭다. 기본적으로는 어쿠스틱 기타와 건반의 단출한 포크/팝 편성에서 출발했을 노래들은 전통적인 포크 사운드를 자주 비켜선다. 〈동물원〉, 〈순한글〉, 〈전역을 앞두고〉는 미디와 건반을 충분히 활용한다. 〈사기꾼〉에서도 건반의 역할이 크고, 〈나무〉는 베이스 연주가 주도한다. 포크와 팝 사이에 걸쳐진 음악은 일렉트로닉 사운드의 비중이 높은 편이다.

이 음반에서는 누적된 한국 대중음악의 역사를 조우할 수 있다. 〈상처〉에서는 따로또같이와 윤영배가 손을 흔들고, 〈대설주의보〉에서는 브로콜리너마저가 지나간다. 〈동물원〉에서는 윤상이 다가온다. 〈순한글〉에서는 윤영배의 스타일과 신스 팝의 손길이 노크한다. 〈전역을 앞두고〉에서는 동물원과 어떤날이 기웃거리고, 〈사기꾼〉과 〈울면서 빌었지〉에서는 다시 어떤날이 빼꼼하다. 라이너노트를 쓴 대중음악평론가 차우진은 윤상, 송홍섭, 조동익, 동물원, 브로콜리너마저를 거명했는데, 음반의 사운드에는 70년대 말부터 최근까지 여러 뮤지션들이 만든 소리의 파편들이 곳곳에 박혀 있다.

이렇게 이야기하면 다른 뮤지션들의 음악을 복제하거나 흉내내는 데 그쳤다고 생각할까. 이 음반은 표절이나 복제의 덫으로부터 자유롭다. 천용성과 프로듀서 단편선은 과거의 유산을 효과적으로 조합했다. 수록곡들은 제각각 다른 방향으로 달려가면서도 곡

천용선 ©Zeiu

자체의 완성도를 놓치는 법이 없다. 그래서 듣는 이들마다 마음에 드는 곡을 다르게 꼽을 가능성이 높다. 타이틀은 〈김일성이 죽던 해〉이고, 뮤직비디오를 찍은 타이틀곡은 〈대설주의보〉이며, 〈난 이해할 수 없었네〉도 타이틀곡이지만, 나는 〈대설주의보〉에서 〈동물원〉과 〈순한글〉로 이어지는 순간에 가장 사로잡혔다. 음반의 후반부에서도 음악의 밀도는 옅어지지 않는다.

어쿠스틱 기타와 오보에만으로 차분하게 고백하는 〈상처〉에서 천용성은 가사의 서사와 멜로디를 적확하게 연결한다. 배경처럼 밀어넣은 오보에 연주는 노래의 진솔함에 우아함을 얹어준다. 조동익을 떠올리게 되는 순간이기도 하다. 음반의 타이틀곡인 〈김일성이 죽던 해〉는 "하지만 파티는 끝나고 하루 지나 건네준 선물은 친구들의 조롱과 놀림 속에 다시 내게 돌아"오는 씁쓸한 사연이다. 천용성은 가난과 따돌림의 생채기를 어쿠스틱 기타, 건반, 퍼커션, 베이스 기타의 단출한 편성으로 짐짓 가볍게 노래한다. 천용성의 보컬은 감정을 증폭하지 않는다. 무심하다 못해 때로 무기력하게 들리는 천용성의 목소리는 지난날의 회상임에도 노래 속으로 빠져들 여지를 줄인다. 안타깝고 화가 날 수 있는 순간에도 담담한 목소리는 노래가 아련한 후일담으로 향하는 걸 막고, 상황의 안타까움과 주체의 무력감을 대비시킨다.

음반의 노래들은 "박제된 동물처럼 바닥에 누워" 있는 이의 노래일 때가 많다. 화를 내고 절망하거나 열망을 불태우는 노래를 듣고 싶다면 다른 음반을 듣는 게 낫다. 가장 친근하게 다가오는 곡 〈대설주의보〉에서도 천용성은 옛날 생각난다고 말할 뿐, 명확한 감정을 불러일으키지 않는다. 어쩌면 "상처받기 싫"은 회피일 수

천용성 ⓒ나영

도 있을, 노래 속 사건과 서술자 사이의 거리는 이 음반의 주된 정조이자 태도로 이야기마다의 에너지를 보존한다. 〈동물원〉에서 "무심한 표정", "하루를 삼키는", "홀로 타들어 가는 부러진 나무" 같은 표현이 취하는 무기력한 수용의 태도는 "가끔씩 가끔씩 사랑한단 걸 난 이해할 수 없었네"라고 노래하는 〈난 이해할 수 없었네〉로 이어진다. "먼 곳에서 보낸 2년이란 시간"을 치분하게 노래하는 〈전역을 앞두고〉나 "대희야 나는 어디서부터 잘못된 걸까"라는 〈사기꾼〉도 다르지 않다. "야 야 나무 베지 마라"고 노래하는 〈나무〉가 있고, "어머 어떡하지 난 사랑에 빠졌나 봐"라고 노래하는 〈순한글〉, "울면서 빌었지"라고 노래하는 〈울면서 빌었지〉가 있지만, 천용성은 담담한 서술자의 위치를 벗어나지 않는 편이다. 그래서 내 것이 아닌 현실을 그리워하는 모순은 시간이 흘러도 부서지지 않는다. 〈사기꾼〉에서 노래가 끝났을 때에서야 이어지는 즉흥적인 드럼 연주의 발산이 더욱 흥미로운 이유이다.

이렇게 이야기와 등을 돌리고 노래하는 태도, 하나로 모이지 않는 이야기, 다양한 레퍼런스를 바탕으로 한 노래는 곽푸른하늘, 도마, 비단종의 목소리를 끌어와 여성의 서사나 다른 이의 이야기로 확장하기도 한다. 건반의 비중이 높고, 재즈의 어법을 결합시키는 방식도 이질적인 느낌을 갖게 한다. 그 결과 이 음반은 천용성이 꽤 많은 이야기를 품은, 과거를 이어받았으면서도 어디로 뻗어나갈지 알 수 없는 뮤지션임을 확신하게 한다. 세상은 빨리 완성하고 얼른 성공하라 재촉하지만 음악마저 세상의 속도를 따라갈 필요는 없다. 이제 천용성은 자신이 펼쳐놓은 이야기로 걸어 들어가 그 속에 무엇이 남았는지 살펴보면 된다. 단편선과 퍼스트 에이드가 함께 만든 사운드의 안팎을 어슬렁거리며 불현듯 마주할 음악을 낚으면 된다. 천용성의 새 노래를 기다리는 일은 항상 즐겁다.

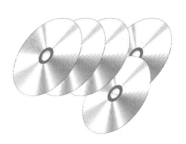

젊음을 낚아챈 일렉트로닉 음악 7곡

 코스모스 슈퍼스타(Cosmos Superstar)
《Eternity Without Promises》
코스모스 슈퍼스타 〈Ruby〉

음악은 순간을 낚아챈다. 순간을 낚아채고 순간으로 초대한다. 좋은 음악은 빨리 강력하게 그리고 오래 순간을 낚아채고 지속시키는 음악이다. 얼마나 빠르고 강력하고 오래 낚아채는지가 음악의 완성도를 가른다. 자신이 경험했든 하지 않았든 무관하다. 음악은 경험의 재현일 뿐 아니라 새로운 경험이다. 좋은 음악은 경험했으나 잊었던 순간으로 복귀시키고, 경험한 사람과 다르지 않은 감정과 인식의 소용돌이로 몰아넣는다.

일렉트로닉 뮤지션 코스모스 슈퍼스타의 첫 정규 음반 《Eternity Without Promises》가 낚아채는 순간은 젊음이다. 약속 없는 영원을 노래하는 코스모스 슈퍼스타는 7곡의 노래로 사랑에 빠진 순간을 촬영하고, "부서지기 쉬운 세계"를 녹음한다. "내 목을

코스모스 슈퍼스타 《Eternity Without Promises》
ⓒ사진 하혜리, 아트 디렉팅 김무무

조이는 불면"도 노래가 된다. 코스모스 슈퍼스타는 "젊음이 지난 우리 모습"을 예쁘게 노래하기도 한다. 입센의 희곡이나 그리그의 곡과 관계있을 〈페르귄트〉, 사랑의 열망을 에로틱하게 표현한 〈어제〉, 꿈에 대해 노래한 〈Dreamcatcher〉까지 7곡에서 코스모스 슈퍼스타의 목소리와 노랫말, 사운드는 젊음의 찰나를 생포하는 데여념이 없다.

코스모스 슈퍼스타의 목소리에는 정체되거나 노회한 기성의 가식이 없다. 그의 목소리는 여리고 투명하다. 그래서 목소리로 아무것도 숨겨지지 않는다. 다 성장하지 않았거나 성장했지만 순수함을 버리지 않은 것처럼 들리는 목소리는 그 자체로 젊음을 표상한다. 후반부의 곡들은 침잠하는 편이지만 그 곡들에서도 피로와 무딘 관성이 느껴지지 않는다.

노랫말로 보여주는 사건과 감정 역시 젊음이 아니면 반짝이기 어려운 순간의 소산이다. 그 반짝임이 눈부시게 아름답지만은 않다. 보컬과 사운드는 내내 공간감을 갖고 아련하고 아득하게 울려 퍼지면서 청춘의 세계가 얼마나 연약하고 부서지기 쉬운지를 반사한다. 모든 젊음은 눈부시지만 불안하지 않던가. 흔들림과 연약함이야말로 젊음의 원동력이지 않은가.

코스모스 슈퍼스타의 목소리와 노랫말, 사운드는 낚아채려는 순간을 향해 정확하게 나아간다. 뒤돌아보거나 후회하지 않는 태도는 코스모스 슈퍼스타의 자화상이든 아니든 현재의 젊음을 기록하고 있음을 분명히 한다. 세상의 많은 음악은 현재의 노래나 과거의 노래 둘 중 하나이다. 코스모스 슈퍼스타의 노래는 전자다. 당사자의 노래이다. 코스모스 슈퍼스타는 일렉트로닉 사운드와 포크 싱어송라이터 같은 보컬을 엮은 어법으로 젊음을 노래한다. 코스모스 슈퍼스타의 노래만이 현재의 젊음을 노래하는 유일한 방식은 아니다. 하지만 코스모스 슈퍼스타의 방식은 같은 대상을 표현하는 다른 방법으로 새로움과 당대성을 동시에 획득할 가능성을 연다. 예술에서는 내용만큼 형식이 중요해서 형식이 조응하지 못하면 내용이 생동할 수 없다. 시대의 흐름을 반영하는 형식을 만날 때 현재의 작품이 될 수 있다.

〈Ruby〉가 들려주는 신비로운 신시사이저 연주와 달콤한 멜로디를 부풀리는 소리의 울림, 리듬의 변주는 다른 곡들로 이어진다. 〈Teenager〉에서 활용한 신스 팝의 감각은 행복과 불안이 교차하는 마음을 현재의 질감으로 옮기는 주역이다. 뉴트로라는 유행을 통

코스모스 슈퍼스타 ⓒ사진 하혜리, 아트 디렉팅 김무무

해 귀환한 감각은 어느 음악보다 2019년의 음악이라고 확실하게 주장한다. 미니멀한 〈Night Routine〉의 구성은 불면의 고통마저 풋풋하게 물들인다. 이 음반에서 〈Teenager〉와 함께 가장 예쁜 〈70년 동안의 여름〉은 젊음이기에 던질 수 있는 낭비와 허비와 소비와 오해의 약속으로 젊음의 특권을 반증한다. 이제 젊음조차 특권이 되지 못하는 시대라 해도 노래는 활기차다. 〈페르퀸트〉에서 몽롱한 울림으로 빠져들고, 〈어제〉가 농염한 환상을 이어갈 때 코스모스 슈퍼스타의 노래는 풍성한 여운을 안겨준다. 〈Dreamcatcher〉도 서정적이고 은은한 무드를 이어가며 음반을 마무리한다. 젊음의 달콤함과 환상과 의지까지 생포한 꿈같은 노래들. 이 꿈이 이리 빨리 깰 줄 누가 알았을까.

코스모스 슈퍼스타 ⓒ사진 하혜리, 아트 디렉팅 김무무

알앤비로 촬영한 멜로 드라마

 콜드(Colde) 《Love Part 1》
콜드 〈사랑해〉

특정한 나이에만 할 수 있는 이야기가 있다. 특정한 나이에 더 잘 말할 수 있는 이야기가 있다. 물론 예외는 얼마든지 있다. 그럼에도 첫사랑의 설렘이나 죽음의 공포를 어느 나이에 더 잘 말할 수 있는지는 대체로 분명하지 않다. 예술 작품은 삶과 무관하지 않아 창작자 본인과 별개가 아니기 때문이다.

크리스토퍼 스몰은 『뮤지킹 음악하기』에서 "우리가 작품 속에서 찾을 수 있는 존재는 작곡가 자신이거나 작곡가 당대에 살았던 실제 인물을 통해 우리가 만들어낸 신화적 인물이다. 그의 드라마에 나오는 모든 인물들, 즉 주인공뿐 아니라 작품의 과정에서 마주치거나 정복당할 수 있는 어떤 상대라도 모두 작곡가 자신이 지닌 여러 모습인 것이다."라고 했다. 창작자는 자신이나 자신이 아는 사람의 이야기를 할 수밖에 없고, 자신의 계급/나이/성별/성적 지향/지역 같은 정체성을 뛰어넘지 못한다.

오프온오프(offonoff)의 보컬이자 알앤비 싱어송라이터인 콜드의 음악도 이 분석을 피하지 못한다. 콜드가 2019년 5월 31일 발표한 첫 정규 음반 《Love Part 1》에는 젊음이 가득하다. 콜드의 실제 나이와 다르지 않은 젊음은 사랑에 빠졌다. 젊음은 목소리로, 리듬으로, 사운드로 뿜어 나온다. 제목부터 《Love Part 1》인 음반은 사랑이 싹트고 피어올랐다 시들고 다시 뿌리내리는 젊음의 멜로드라마이다. 음반의 설렘과 역동은 젊음과 무관하지 않다.

첫 곡 〈Love Is A Flower〉는 "사랑이라는 건" 어디서 왔는지 묻는다. 사랑을 모르는 이의 질문이 아니다. 지금 사랑에 빠진 이의 기쁨 가득한 확인이다. 사랑을 시작한 순간부터 보여주는 콜드표 멜로는 두 번째 곡 〈휴지통〉에서 사랑에 빠진 심장으로 직진한다. "너의 슬픔을 내게 줘", "아픈 상처도 내게 줘"라고 노래하는 목소리는 실현 불가능한 열망을 서툰 질투심과 함께 옮겨 사랑답다. "사랑해"라고 노래하는 건 필연이다. 흔한 말로는 표현할 수 없어 "I Fxxking Love You"라고 노래할 정도이다.

그러나 세상의 모든 사랑처럼 콜드의 멜로 드라마도 갈등의 순간을 맞이한다. 네 번째 곡 〈와르르〉는 티격대는 사랑에 앵글을 맞춘다. "때론 날 무심하게 내팽개친 채/불안함이란 벌을 내려줘/그럴 때면 난 길을 잃은 강아지가 돼/고개를 푹 숙인 채 걷네"라는 클로즈업 같은 노랫말은 연인 사이의 권력 차이를 부각시켜 사랑의 쌉쌀함을 빼놓지 않는다. 더 사랑하는 사람이 약자가 될 수밖에 없는 관계에서 노래의 주인공은 사정하며 매달리지만, 이 순간에도 곡의 분위기는 애교스러워 로맨스의 환상을 강화한다. 이 음반은 이처럼 멜로 드라마의 로맨틱하고 아련한 분위기를 뒤흔들지 않고 멜로 드라마에 대한 기대를 충족시킨다.

그리고 〈향〉은 향기라는 접점으로 연인의 영향과 공백을 피워 올린다. 콜드는 사랑의 변곡점 같은 순간을 '향'으로 표현해 음반의 굴곡을 선명하게 연출한다. 덕분에 노래를 듣는 이들은 롤러코스터에 올라탄 듯 들떴다가 곤두박질치는 순간을 맞이하면서 사랑의 기승전결 가운데 한순간도 놓치지 않고 관람한다. 급기야 〈없어도 돼〉에서는 "너가 나를 진짜 과연/사랑하긴 했을까/그때 우리 나눴던 건/어디 갔을까/말은 뱉기 쉽고/상처는 더 깊어/서로를 밀어내기에 바쁘네"라고 식어버린 마음 밭에서 서성이게 된다.

하지만 콜드는 이 음반을 사랑의 종말로 끝내지 않는다. 콜드는 〈Endless Love〉에서 끝나지 않을 사랑을 염원하며 계속 노래한다. 이 사랑이 처음과 같은 사랑인지, 새로 시작한 사랑인지는 중요하지 않다. 영원한 사랑을 갈망한다는 사실, 그 마음을 노래한다는 사실이 중요하다. 그래서 이 음반에서 유일하게 콜드가 쓰지 않은 빛과소금의 곡 〈내 곁에서 떠나가지 말아요〉가 완벽하게 맞아떨어진다.

콜드는 굳이 현란한 바이브레이션을 구사하거나 화려한 사운드를 쓰지 않는다. 〈Love Is a Flower〉에서는 건반과 현을 휘파람 소리에 버무려 달콤하게 노래하고, 〈휴지통〉에서는 신시사이저 연주와 나른한 비트로 몽롱한 여운을 이어간다. 연주가 보컬을 추월하지 않는 노래는 랩을 결합해 속내를 노출하기도 한다. 〈사랑해〉에서는 일렉트릭 기타 연주에 샤우팅 창법으로 청량하게 노래하는데, 이 곡에서도 사운드는 단출하다. 덕분에 마음은 투명하게 들리고 명쾌하게 스며든다.

콜드는 보컬에 가미한 리듬감과 옅은 끈적임으로 장르의 지향을 계속 드러낸다. 〈와르르〉의 건반 연주와 슬로우 템포의 리듬을 변주하는 과정에서도 장르의 매력은 온전하다. 〈향〉에서 어쿠스틱 기타 연주가 만드는 끈끈한 리듬감과 드러밍의 조화, 보컬에 밴 공간감과 울림은 이 곡이 알앤비라고 말하길 주저하지 않는다. 알앤비 특유의 리듬감과 농염함은 사랑에 빠진 이의 나른함과 설렘, 슬픔을 표현하기 제격이다. 콜드는 사운드의 농도를 낮추고, 멜로디의 매력을 배가하여 곡의 흡인력을 완성하는데, 특히 〈와르르〉와 〈없어도 돼〉는 명징한 멜로디가 노랫말의 서사를 완성도 높게 만들어준다. 휘파람을 비롯한 사운드를 연출하는 방식도 듣는 재미를 더한다.

한편 건반과 현을 부각한 〈Endless Love〉는 우아한 연주로 서정성을 극대화해 음반의 순도와 스펙트럼을 동시에 성취한다. 정갈하게 리메이크한 〈내 곁에서 떠나가지 말아요〉는 원곡의 품격을 훼손하지 않는 진실함이 돋보인다. 콜드는 사랑의 다양한 국면을 노래하면서 국면마다의 무드를 성공적으로 보여준다.

이 음반은 좋은 음반들이 그러했듯 음반에 담은 정서와 이야기를 들여다보게 할 뿐 아니라, 음악 자체의 매력을 즐기게 한다. 두 가지 행위는 분리되지 않고 연결된다. 매력적이지 않은 음악은 들여다보게 하지 못하고, 들여다보게 하지 못하는 음악은 되새기게 하지 못한다. 콜드의 음악은 사랑의 이면까지 보여주지 않지만, 멜로 드라마의 통념과 환상을 충분히 촬영했고 노래만큼 감응하게 한다. 누군가에게는 과거이지만 누군가에게는 현재인 이야기.
누구도 피할 수 없는 이야기의 일부.

더 높이 오르고 더 깊이 내려간 태연

 태연《Purpose》
태연 〈불티〉

태연의 두 번째 음반《Purpose》를 듣는 이들은 다 똑같은 생각을 할 것이다. 이 음반은 태연이 얼마나 노래를 잘하는지, 태연이 얼마나 훌륭한 보컬리스트인지 부정할 수 없게 하는 음반이다. 타이틀처럼 이 음반의 '목적'이 보컬리스트 태연의 매력을 한껏 뽐내는 일이라면 이 음반은 다시 성공했다.

사실 아이돌 음악이나 주류 팝 음악과 담쌓고 사는 사람이 아니라면 진작 알고 있을 만큼 태연의 보컬 실력은 유명하다. 태연은 소녀시대, 소녀시대 태티서 활동과 드라마 OST 등을 통해 이미 노래 잘하는 아이돌 뮤지션의 지존이 되었다. 2017년에 발표한 첫 번째 정규 음반《My Voice》는 노래 잘하는 보컬리스트로서만이 아니라 팝 뮤지션으로 태연의 역량과 지위를 분명히 한 음반이다.

태연 《Purpose》 ⓒSM 엔터테인먼트

　　그런데 2년 후에 내놓은 두 번째 정규 음반 《Purpose》는 노래
를 잘하는 것과 좋은 음악이 무엇인지에 대한 질문으로까지 나아
간다. 사실 세상에 노래 잘하는 사람은 한둘이 아니다. TV에서만
노래 잘하는 이들을 볼 수 있는 시대가 아니다. 유튜브와 온라인 음
악 서비스에 쏟아지는 음악의 홍수 속에는 노래 잘하는 이들이 부
지기수이다. 달콤하고 감미롭게 노래하거나 고음을 힘 있게 뽑아
낼 줄 아는 보컬리스트들은 허다하다. 그런데도 그들이 눈에 띄지
않는 이유는 자신의 노래가 가야 할 방향을 제대로 찾지 못했거나
듣는 이들을 함께 데리고 가지 못할 만큼 노래 자체의 설득력이 떨
어지기 때문이다. 애당초 목적지가 분명하지 않거나 감정을 뒤흔
들 힘이 없는 노래는 보컬리스트의 힘만으로 달릴 수 없다. 좋은 노

래는 목소리만으로 완성하지 못한다.

태연의 차이는 소녀시대 출신이라는 사실만이 아니다. 태연의 노래는 팝으로 존재하기 위해 필요한 보편타당한 설득력을 갖추고 있을 뿐 아니라 노래 안에 자신의 지문을 찍을 만큼 선명한 스타일을 아로새겼다. 여림과 맑음, 시원시원함이라는 상반된 요소를 결합한 태연의 보컬은 현재의 팝으로 국적을 초월한 보편성에 이르러 태연이라는 음악을 다르게 조각했다.

그리고 두 번째 음반에서 태연은 더 뜨겁고 강렬한 기운을 불어넣어 태연 안의 또 다른 태연을 방출한다.《Purpose》의 태연은 수동적이거나 슬픔에 잠긴 태연이 아니다. 이별 후의 공허와 불안을 꿈꾸듯 노래하는 〈Here I Am〉을 지나 타이틀곡 〈불티〉에서 태연은 "더 타올라"라고, "붉디붉은 채 더 크게 번져"라고 마음을 풀무질한다. 업 템포의 리듬에 어쿠스틱한 연주로 워밍업하듯 시작하는 곡은 힘을 빼고 내지르는 보컬로 자유롭고 자신만만한 태연의 내면을 현시한다. 태연은 강력한 연주를 쏟아부으며 소리를 내지르는 식으로 노래하지 않는다. 그는 "내 안의 작고 작은 불티"에 대한 단단한 믿음으로 이제 한번 즐겨볼까 하는 여유로움을 담아 노래해 자신에 대한 믿음과 긍정의 기운까지 전달한다.

이처럼 자신감 넘치는 자기애와 도전 정신은 음반의 여러 곡들에서 뿜어 나온다. 세 번째 곡 〈Find Me〉에서도 태연은 충분한 여백을 바탕으로 "머금었던 숨을 크게 내쉬어/굳게 닫힌 창을 열고서", "I will be okay/I will find the way/더 이상 추락 따윈 나에겐 의미 없어"라고 담대하게 선언한다. 창을 열고, 날갯짓하고, 하늘을 높이 날며, 태양 끝까지 날개를 펴는 비상과 상승의 에너지는 드럼을 부각한 연주와 피아노 연주의 투명함에 힘입어 속도감과 공간 감을 충분히 발현하며 펼쳐진다. 거의 모든 곡에서 노랫말과 완벽하게 조응하는 멜로디의 뼈대도 음악의 완성도를 떠받친다. 노랫말을 태연이 직접 쓰지는 않았지만 12년째에 이르는 음악 활동으로 다져진 결의와 꿈이 이 노래로 영글었다 해도 어색하지 않다. 노래의 꿈은 꿈을 꾸는 또 다른 이들, 태연과 같은 여성들에게 이어질 것이다. 음보다 양에 가깝다고 표현해도 좋을 정도로 에너지를 발산하는 음악의 태도는 ⟨Love You Like Crazy⟩가 이어받는다. 농염함을 더해 노래하는 태연의 보컬은 "널 갖고 싶어"라고 노래할 수밖에 없을 만큼 달아오른 열망을 다시 절제한 사운드로 성숙하게 표출한다.

이번 음반의 가장 큰 매력은 이렇게 적극적으로 자아를 드러내는 태도를 만날 수 있고, 그 태도를 외화하는 노랫말을 살아 숨쉬게 하는 멜로디로 공감할 수 있다는 점이다. 소리 사이의 여백을 충분히 배치하여 여유와 자유로움을 배가시켰다는 사실도 매력이다. 덕분에 음악의 태도는 더 세련된 스타일로 피어난다. "하하하/억지웃음을 내어주며/네가 다가와/내 입을 맞춰줄/타이밍을 쥐여주네"라고 노래하는 ⟨하하하(LOL)⟩에서도 태연은 극적인 신시사이저 연주에 조응하는 찐득찐득하고 주도적인 보컬로 곡의 서사를 휘어잡는다. 음과 리듬의 재현에서 그치지 않고, 상황과 공기의 주인공으로 노래하는 배우처럼 태연은 곡의 중심에 우뚝 선다. 그 위치를 정확하게 찾고 자기답게 발산하는 감각은 태연이 노래 잘하는 보컬리스트인 수 있는 이유이다. 이별 후의 아픔을 노래하는 ⟨Better Babe⟩라고 다를까. 이 노래를 들으면 노래 속 고통에 공감하면서도 언젠가 훌훌 털고 일어설 거라고 믿게 된다. 사랑에 빠진 마음을 와인을 빌어 노래한 〈Wine〉에서 태연의 보컬은 선 굵으면서 섬세해 곡의 아우라 바깥으로 빠져나갈 생각조차 못 한다.

태연의 두 번째 음반 《Purpose》에는 매력적인 곡들이 즐비하다. 호흡을 고르고 재지(jazzy)하게 노래한 〈Do You Love Me?〉는 고급스럽다. 윤기 흐르는 〈City Love〉와 화려하면서도 담백한 〈Gravity〉는 또 어떤가. 피아노 반주에 리듬감을 더한 〈Blue〉와 평키한 〈사계〉도 마찬가지이다. 태연의 두 번째 음반 《Purpose》는 태연이 보여주지 않았던 태도와 음악의 매력을 죄다 펼쳐놓았다. 십수 년이 흐르는 동안 변한 것은 우리만이 아니다. 태연은 더 높이 올라갔고 더 깊이 내려갔다. 태연은 좋아하지 않기 어렵고, 맨 처음 이야기해야 할 여성 보컬리스트가 되었다. 이 모든 게 회사의 힘만으로 가능했다고 믿는 사람은 아무도 없을 것이다.

태연 《Purpose》 ⓒSM 엔터테인먼트

한국 대중음악의 빛나는 광채

 한희정《두 개의 나》
한희정 〈두 개의 나〉

음악을 듣고 노랫말을 살펴본다. 어떤 악기를 사용했는지, 악기는 언제 등장하고 사라지는지. 소리의 간격과 사이를 헤아린다. 악기와 악기 사이는 다정한지 냉랭한지. 목소리의 질감을 느끼고 목소리와 악기가 서로 끌어당기는지 밀어내는지 엿듣는다. 음악의 호흡을 파악하고, 테마가 던지는 울림의 온도도 잰다. 모든 소리가 흐르는 동안 햇살이 비치는지 비가 내리는지 바람이 부는지 귀 기울인다. 노랫말이 품은 이야기와 소리는 서로 조응하는지. 어긋나고 등 돌리지는 않는지. 함께 손을 잡고 어디로 가는지. 가려는 곳으로 잘 찾아가는지. 가다 멈추지는 않는지 관찰하고 추적한다. 음악은 스스로 시작하고 끝을 완성하는 드라마이다.

싱어송라이터 한희정의 EP《두 개의 나》는 한 사람의 마음을

들여다본 관찰기이다. 한희정은 〈비유〉, 〈걱정〉, 〈불안〉, 〈두 개의 나〉, 〈어느 겨울〉로 이어지며 다시 〈걱정〉의 데모 버전으로 마무리하는 음반의 수록곡들을 2019년 3월부터 두 달 간격으로 발표했다. 그때 들으며 감탄했던 노래를 다시 듣는 일은 번번이 즐겁다.

　수록곡들은 《두 개의 나》라는 음반 제목에 충실하다. 시인과 촌장의 하덕규가 이미 오래전에 "내 속엔 내가 너무도 많아"라고 노래했듯, 마음에는 수많은 자아가 산다. 사람이 성장하는 일은 자신 안에 어떤 자아가 사는지 알아내는 일이고, 그 자아와 타협하는 일이다. 타협하고 토닥이고 부추기고 응원하며 보듬어 원수가 되지 않도록 딜래는 일이다. 성장과 성숙은 자신을 정확하게 알고 견디며 아끼는 숱한 시도의 결과이다. 쉽지 않다. 마음은 하루에도 수

십 번 널뛴다. 그것이 사람이다. 자신이다.

한희정은 마음이 널뛰는 순간 중 일부를 노래로 데려온다. 첫 곡 〈비유〉에서는 "좀처럼 규정되지 않는 순간과 언어로 표현해낼 수 없는" 자신의 "어떤 관능"을 낚아챈다. 자신이 그 사실을 잘 알고 있다고 대답한다. 〈비유〉는 두 개의 나가 대화하듯 말하면서 자신을 관찰하고 파악하는 내면의 작동 방식에 다가간다. 이런 일이 "매우 특별한 일"이고, "얼마나 드문 일"인지까지 아는 사람은 자신을 오래 들여다본 사람일 것이다.

〈걱정〉의 내용과 전개도 비슷하다. 네가 걱정되기도 하고 안 되기도 한다는 이야기를 할 때, 가까운 사람과 나누는 이야기처럼 들리지만 실상 자신을 위로하고 불화하는 기록으로 읽힌다. "마음은 마음대로 흘러가고 흘러가지 않고" 오락가락하는 걸 자기만큼 잘 아는 사람이 있을까. 그래서 이 이야기가 한희정 자신의 고백인지 아닌지 고민할 필요 없다. 노래에 자신을 비춰보고 공감하거나 배우면 될 일이다.

한 편의 에세이 같은 노래 〈불안〉의 진술은 불안의 원인까지 꿰뚫진 못해도 불안에 사로잡힌 이의 고통과 과정을 생생하게 포착한다. 과거형으로 쓴 노랫말은 이 노래가 가능한 이유까지 함께 언급한다. 지나간 것이다. 더 이상 "나의 낮과 밤을 불안에게 내어주"지 않는 것이다. 적어도 말할 수 있을 만큼은 견딘 것이다.

꿈에서 확인한 자신의 까칠한 내면을 코믹하게 재현한 노래 〈두 개의 나〉도 자신을 관찰하고 기록한 연작이다. "어느 겨울" "따뜻한 너의 손을 잡"은 이야기는 이 음반의 이야기가 가능하게 한 힘을 설핏 느끼게 한다. 마지막 곡으로 다시 부른 〈걱정〉의 데모 버

한희정 ⓒsohori

전이 훨씬 편안하게 들리는 이유다.

이번 음반에서 한희정은 모든 곡을 다 썼을 뿐 아니라 스트링 편곡까지 도맡았다. 모던 록, 드림 팝, 포크를 오가던 한희정은 이번 음반에서 기타를 뺐다. 대신 차지연의 바이올린과 지박의 첼로를 앞세웠다. 드럼 프로그래밍과 피아노 역시 한희정이 맡았다. 현악기를 활용하고 보컬을 연결하는 방식은 개성과 완성도를 동시에 획득한다. 첫 곡 〈비유〉에서부터 현악기들은 반주와 연주를 결합한다. 멜로디를 연주하는 데서 그치지 않고 노래 안으로 끌어들이면서 밖으로 내모는 현악기 연주는 자아의 분열적 관찰이라는 시선을 김사월의 목소리와 함께 표현한다. 짧은 길이에도 변화를 만드는 소리 연출이 돋보인다. 한희정과 이아립의 목소리를 교차하는 〈걱정〉의 가창 방식과 생경한 질감도 다르지 않다. 걱정 자체만이 아니라 걱정으로 인한 마음의 어지러움까지 연출하는 방식은 걱정의 실체와 파장을 적시한다. 〈불안〉에서 현을 긁고 퉁기고 보컬에 공간감을 부여하는 방식, 독백을 활용하고, 짧게 노래하는 방식도 노래의 차이를 분명히 한다.

〈두 개의 나〉 역시 한희정이 노래를 연출하고 소리를 조율하는 뮤지션임을 보여준다. 긴 현악기 연주에 이어 몽환적인 낭송을 끊어가며 배치하고, 현악기와 피아노 연주가 환상성을 부풀릴 때 한희정은 자신이 여느 싱어송라이터와 오래전부터 다른 구역에 있음을 숨기지 않는다. 피콜로플루트가 돋보이는 〈어느 겨울〉의 구성이 다를 이유가 있을까.

모던 록 밴드 더더로 데뷔한 지 20여 년에 이르도록 더더와 푸른새벽에서 만들어낸 깊이를 차곡차곡 쌓아간 한희정은 이제 싱어송라이터 가운데 맨 앞이다. 익숙한 표현을 빌어 말해도 좋다면 한희정은 하나의 장르가 되었다. 누군가는 멈추고 누군가는 사라지는 세상에서 한희정은 멈추지도 사라지지도 않았다. 미래를 보여주는 현재가 되었다. 순위와 트렌드 사이에서 온 힘 다해 눈부신 뮤지션의 광채. 한희정은 항상 한국 대중음악의 오늘이다.

한희정 ©sohori

당장 중독되어야 할 음악

 향니 《2》
향니 〈복종중독〉

소문내고 싶은 음악이 있다. 얼른 들어보라고, 아직 안 들어보았다면 빨리 들어보라고 재촉하고 싶은 음악이 있다. 평론의 언어 이전에 마니아의 마음으로 이야기꽃 피우고 싶은 음악. 더 많은 이들이 들었으면 하는 음악. 듣고 나면 라이브로 만끽하고 싶은 음악. 내가 듣기에는 훌륭한데 내가 발견한 가치와 완성도만큼 주목받지 못한 음악. 2018년 10월 26일 발표한 향니의 두 번째 음반 《2》이다.

이 음반은 2014년 아스트랄한 음반 커버를 앞세운 《첫사랑이 되어줘》 이후 4년 만의 신작이다. 수록곡은 7곡. 향니의 이지향이 가사를 쓰고, 다른 멤버들이 함께 곡을 붙이며 편곡한 곡들은 향니가 첫 정규 음반에 미처 담지 못한 에너지를 부리나케 쓸어 담았

다. 음반을 들어보면 안다. 왜 에너지를 부리나케 쓸어 담았다고 표현하는지.

　〈불안지옥 대환영〉, 〈불안지옥〉, 〈복종중독〉, 〈우주소년〉, 〈엄마 몰래 문신〉, 〈다이빙〉, 〈내 방의 끝〉으로 이어지는 곡들은 시끌벅적 요란하다. 4인조 록 밴드 편성에 키보드 연주를 부각시킨 사운드는 거창하고 재기발랄하며 거침없다. 로킹한 밴드 음악과 키보드 연주를 마구 더하고 뺀 음악은 노이지하고 사이키델릭한데, 향니의 사이키델릭은 심오함과 웅장함을 키치적으로 전유(轉游)한다. 예술적으로 폼 잡을 생각 없는 음악은 자신감에 차 있거나 확신하지 못하는 상태, 안성뇌시 않은 상태를 고스란히 노출한다. 알고 있는 것이다. '불안지옥'과 '복종중독' 상태에서 살아가게 하는 세상에서 살고 있어 답답하고 막막하다는 것을. 자신의 삶이 우스 꽝스럽고 보잘것없다는 것을.

그러나 향니는 백기 따위는 들지 않는다. 이지향의 보컬과 종 횡무진 자유연상법처럼 내던지는 사운드 메이킹으로 분출하는 에 너지는 좌절하고 굴복하는 이의 참담한 마음이라면 불가능하다. 이 음반은 거부할 수 없는 상황이지만 될 대로 되라는 심정으로 부 딪쳐보는 막무가내의 산물이다. 자신을 포기하지 않고, "너에게 잘 어울리는 뭔가가 돼서 다시 올게"라고 받아치는 유머 감각은 대담 하다. 꿈틀대는 마음을 숨기지 않는 태도는 필연적으로 역동적인 에너지를 만들어낸다. 사실 현대인들은 누구나 불안지옥과 복종 중독 상태에서 살아간다. 과잉에 가까운 사운드를 쏟아붓는 향니 의 사운드 메이킹은 불안과 복종을 강요하는 체제와 체제에 중독 되어버린 자신을 동시에 드러내는 것처럼 보인다.

향니는 여기에서 더 나아간다. 향니의 노랫말과 드라마틱한 사운드 메이킹은 그 상태를 희화화하면서 전시하고 풍자하거나 받아치는 근성처럼 느껴진다. 향니는 자신이 발견하고 사로잡힌 상황을 거창하고 코믹한 음악극처럼 쌓아 올려 불안하고 중독된 상태마저 킬킬대며 지켜볼 수 있게 해준다. 잘 풀리지 않는 사랑에 도 자신감을 잃지 않은 노래 〈우주소년〉이나 유머 감각이 돋보이 는 〈엄마 몰래 문신〉 같은 곡뿐 아니라 몽롱한 상태를 담은 〈다이 빙〉, 꽁기꽁기한 공기를 노래한 〈내 방의 끝〉까지 향니의 노래에서 는 유머를 곁들인 패기가 사라지지 않는다.

선 굵은 향니의 음악은 소리의 드라마를 좇아가는 것만으로 지루할 틈이 없다. 어떤 소리를 어떻게 연결해 기승전결을 만들어

향니 ⓒ향니

나갈지 고정관념에 사로잡히지 않은 향니는 〈불안지옥〉에서 갑자기 오페라 코러스 같은 합창을 넣거나 〈복종중독〉에서 교회 음악의 질감을 뿜다가 로킹한 연주로 연결하고 돌연 리듬을 늦추었다가 조이는 방식으로 푸지게 논다. 많지 않은 악기의 사운드가 쉴 새 없이 들고나면서 리듬보다 화려한 소리의 리듬을 창출한다. 때로 어안이 벙벙할 만큼 자유분방한 변화를 교차시키는 곡들은 4분 남짓한 곡의 길이가 훨씬 길게 느껴지는 마력을 과시한다. 슬로우 템포의 공간감 가득한 곡인 줄 알았던 〈우주소년〉의 갑작스러운 비상과 폭발은 또 어떤가. 슬로우 템포의 곡 〈엄마 몰래 문신〉도 다채로운 소리가 넘실거리고, 몽롱함을 강조한 〈다이빙〉 역시 격정적인 소리와 자유분방한 흐름 안에서 황홀하나. 서슴없이 널뛰는 음악은 과감해서 즐겁고 속이 다 시원하다.

그러나 이 화려한 소리를 변화무쌍하게 연출하기 위해 단호하게 조율하지 않았다면 뒤죽박죽 난장판이 되어버렸을 게 뻔하다. 자유로움을 표현하기 위해 내던지고 터트린 소리의 빛과 크기만 볼 일이 아니다. 연결하고 잘라내고 배치한 향니의 결단이야말로 소리의 자유로움에 이르게 한 주역이다. 상상력과 연주력, 연출력이 함께 만들어낸 역작. 당장 다이빙해 중독되어야 할 음악이다. 그러니까 얼른 들어보시라는 얘기.

향니 ⓒ향니

소리로 옮긴 인간의 고결함

황푸하 《자화상》

황푸하 〈사랑을 한다는 건〉

많은 창작자들이 자기 이야기를 한다. 대개 본인이 자신을 가장 잘 안다. 가장 속속들이 알고 생생하게 안다. 그러다 보니 자기가 보고 듣고 겪은 이야기부터 쓰는 경우가 적지 않다. 화가는 자화상을 그리고, 작가는 자전적인 이야기를 변용한다. 우물 속 한 사나이가 미워졌다 가엾어졌다 그리워졌다 말하는 윤동주의 「자화상」과 김중식의 『황금빛 모서리』에 담은 시들, 렘브란트의 〈자화상〉 연작이 대표적이다. 대중음악에도 자화상이 있다. 뜨거운 감자, 비와이, 이수만, 이쎈, 현아의 〈자화상〉이다.

2018년 10월 31일 포크 싱어송라이터 황푸하는 두 번째 음반 《자화상》을 내놓아 자화상 작품 수를 늘렸다. 황푸하가 음반에 담은 곡은 9곡. 음반의 서술자는 과거로 돌아가는 시간 여행을 감행

해 삶을 복기한다. 마르셀 프루스트의 『잃어버린 시간을 찾아서』는 마들렌 향기가 촉발한 과거 여행 이야기였는데, 황푸하의 음반은 첫 곡 〈망각〉에서 "왜 잊어버린 채 살아가"는지 물으며 구술을 시작한다. 곧장 자신의 옛이야기로 진입하지 않고, 지나온 삶을 잊어버린 채 살아가는 이유를 묻고, "생각하기엔 힘이 드나요"라고 묻는 노랫말은 이 음반이 회상과 추억만 담지 않을 거라고 공지한다.

좋은 자기 기록은 자신을 미화하지 않는다. 실체를 가감하지 않는다. 주름살 같은 우여곡절과 헤어 나오지 못하는 허방까지 감추지 않을 때 한 인간의 실체에 가까워진다. 그러기 위해서는 끈질기게 묻고 정직하게 답해야 한다. "내가 누군지 몰라"하는 모습 또

한 자신의 진실이다. 멋지고 근사한 모습만 담지 않고 모르겠다 쓰는 첫 곡은 이 음반이 과거의 복기일 뿐 아니라 진솔한 질문과 대답임을 밝히는 보안검색대 같다.

두 번째 곡 〈시계 보는 법〉은 시계 보는 법을 처음 배웠던 날들로 돌아간다. "내가 만나는 모든 시간은 모두 다 놀라운 시간이었"던 날들, "내 다리로 걷는 법을 처음 알았을 때" 세상은 사랑을 가르쳐주었다. 이 곡은 첫사랑 이야기이거나 세상을 배워가는 날들의 편린이다. 서술자는 이렇게 세상을 배우고 교감한다. 〈혼자 하는 사랑〉에 담긴 태도처럼 기다리고 바라본다. 반갑다고 인사하며 안부를 묻는다. 마음에 품었던 이에게 마음을 보내거나 세상과 친근해지려는 태도를 담는 듯한 곡은 충실한 성장의 표기이다. 음악을 만드는 행위의 적시처럼 느껴지는 서사는 다른 존재와 교감하는 이야기로도 느껴져 중의적이다.

노래의 서술자는 "시간이란 피할 수 없는 것"임을 배운다. 노래 속에서 황혼에서 새벽의 사이를 보는 이유는 쉽게 잠들지 못하기 때문이다. 어두운 밤 같은 시간을 만나며 생각이 많아졌기 때문이다. 그러나 서술자는 자신이 겪은 사건과 고민을 구체적으로 드러내지 않는다. 대신 은유적인 표현을 활용해 상황을 서술한다. 은유적인 기록은 〈자화상〉으로 이어진다. "무언가에 갇혀 있고", "내가 그린 적도 없는" 자화상은 스스로에 대한 소외감과 답답함 아닐까. 다른 이들은 나에 대해 다 알지 못한 채 자화상을 그려버린다. 자신은 하나인데 누가 보느냐에 따라 천차만별 다르다. 그만큼 오해는 흔하다.

그리고 우리는 대부분 〈나그네〉이다. "그 어떤 계획도 신발도

횡푸히 ⓒ주병천

없이" 세상에 왔다. "아무런 아쉬움 하나 없이/내가 서 있던 곳을 떠"나는 일이 삶이다. 그 일을 해내는 모든 순간이 성장이다. 노래 속 자아의 성장은 나그네임을 인식하게 되었다는 사실에 국한하지 않는다. 자신이 원래 말이었음을 알고, "이제 난 그 누구도 아니"라고 선언하는 발화 속에 삶과 예술에 대한 자의식을 담는 노래는 한 사람의 예술가가 어떻게 출현하는지 보여준다.

한편 경쾌한 곡 〈사랑을 한다는 건〉은 타자와의 관계에서 정점인 사랑에 대한 태도를 노래한다. "그대를 내 길에 데려오지 않아도 괜찮"다고, "너만의 공간을 빼앗지 않겠다"고 다짐한다. 그뿐 아니다. "사랑은 한다는 건 당신과 함께 싸워나가는 거"라고, "너의 맘이 외로워진다면 오 나는 언제라도 너한테 갈래"라고 속삭이는 노래는 음반의 가장 튼실한 내면이다. 서술자는 계속 세상과 교감한다. 울부짖는 땅의 목소리를 듣고 절망하는 〈해변에서〉는 세상과 사람에 대한 태도를 명시한다. 음반의 마지막 곡 〈합일〉은 《자화상》 음반의 대미를 이루는 곡이다. 태양이나 바다 혹은 어떤 대상과 충만하게 교감하면서 설움을 해소하는 이야기는 《자화상》 음반에 마침표를 찍는다.

자화상의 서사를 표현하기 위해 황푸하는 어쿠스틱 기타, 드럼, 베이스, 피아노, 바이올린, 일렉트릭 기타를 운용한다. 노랫말로 그린 밑그림을 음악으로 완성하는 동력은 악기를 들고 빼거나 속도를 빠르게 했다가 늦춰가면서 만들어내는 소리의 드라마이다. 바이올린 연주와 함께 시작하는 첫 곡 〈망각〉은 돌연 속도를 올리며 드라마틱하게 과거 여행으로 인도한다. 두 번째 곡 〈시계 보는 법〉에서는 성장의 속도처럼 리듬을 바꾸며 활기를 만든다. 어쿠

황푸하 ⓒ주병현

스틱 악기를 주축으로 한 소리의 질감은 맑고 낙관적인 성장기의 정서를 대변하기 충분하다. 여기에 리듬을 늦추고 보컬이 두드러지는 음악은 자화상의 서술을 풍성하게 더해준다. 평면적일 수 없고 다층적이며 모순적일 수밖에 없는 자신에 대한 서술 방식으로 효과적이다. 그리고 기타, 바이올린, 드럼으로 구성한 〈혼자 하는 사랑〉은 서정성을 부각한다. 어쿠스틱 기타와 베이스의 이중주로 구성한 〈노을〉은 제목에 담은 시간만큼 어두움이 충분하다. 각각의 곡들이 다른 서사를 담고 있는 만큼 다른 사운드로 서술하는 감각은 이 음반에 들인 공과 완성도를 압축한다.

가장 아름다운 멜로디를 이어가는 〈노을〉에서 황푸하는 리듬을 바꿔가면서 더 많은 드라마를 쌓는다. 노이지한 사운드를 사용하거나 강력한 사운드를 폭발시키지 않고, 정갈하고 간결한 질감을 놓치지 않음으로써 이 음반이 자신을 단정하게 다듬은 기록임을 웅변한다. 따뜻하고 고운 바이올린이 이끄는 〈자화상〉과 〈나그네〉는 편안하면서도 느슨하지 않다. 고운 소리의 결로 파고드는 기타 연주는 몽환적이고 부드럽다. 피아노 연주를 앞세운 〈사랑을 한다는 건〉에서도 바이올린과 휘파람 소리를 연결해 소리의 파장이 풍부하게 움직인다. 재지한 질감을 더하는 곡은 차별성과 재미를 동시에 획득한다. 불안함을 드러낸 〈해변에서〉의 피아노 연주와 건반 연주에 더한 일렉트릭 기타 트레몰로는 어쿠스틱 포크에 한정되지 않는 확장성을 보여준다. 느리게 이어가다가 속도를 당기고 영롱한 소리와 노이즈를 장엄하게 더해 노래 속 자아의 변화와 환희를 표현해낸 〈합일〉은 소리의 드라마를 만끽하기 충분한 곡이다.

고뇌와 성찰로 만들어낸 음반은 소비가 실천을 대신하고, 무지가 배려를 압도하는 시대에도 인간의 고결함 편에 선다. 포크 음악의 순도 높은 정신이 오늘 황푸하의 손으로 피어났다고 써도 좋을 작품집이다. 음악으로 써낸 문학이자 인문학인 음반은 묻는다. 너의 자화상은 어떠하냐고, 어떤 자화상을 만들어가고 있냐고. 혼자 들으며 스스로 답할 일이다.

황푸하 ⓒ주병현

사람을 사랑하다

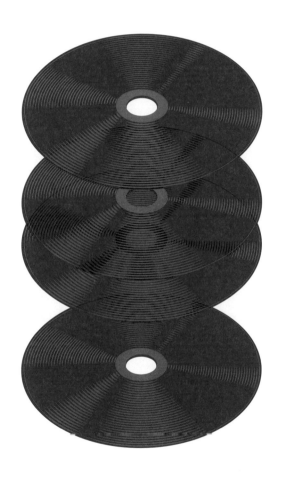

이 우직한 질문에 답하라

 권나무 《새로운 날》
권나무 〈새로운 날〉

음악의 무게는 얼마쯤일까. 창작자의 삶만큼, 창작자의 고뇌
만큼일까. 얼마나 진실하게 살아왔는지, 얼마나 성실하고 치열하
게 연습하고 만들었는지에 따라 음악의 무게가 달라질까. 그들이
산 시대의 공기와 역사가 음악의 무게를 늘리거나 줄일 수 있을까.
얼마나 많은 악기를 사용하고, 얼마나 많은 뮤지션과 자본이 개입
했는지에 따라 음악의 무게가 달라질 수 있을까.

실제 음반은 바이닐 음반이나 카세트테이프, 시디 정도라 무
겁지 않다. 하지만 음원 파일이나 스트리밍 서비스의 무게를 재는
일은 불가능하다. 음악이 흐를 때 허공으로 흩어진 소리의 무게를
재기도 불가능하다. 음악이 누군가의 귀에서 가슴으로 옮겨갈 때
울림의 무게는 항상 다르다. 노래하고 연주하고 녹음해 담을 뿐이

권나무 3집《새로운 날》ⓒUTI. JIANG 권나무

고, 달팽이관 어디에도 음악의 흔적이 남지 않는데, 음악의 무게는 천차만별이다. 진지하다고 무겁지 않고, 신난다고 가볍지 않다. 어쩌면 음악의 무게는 음악을 듣는 이의 마음의 무게일지 모른다. 그런데 다른 장르에 비해 악기를 덜 사용하는 포크 음악은 더 맑고 투명하다고 생각한다. 덜 헤비하다고 여긴다. 더 솔직하고 진실하기 때문에 더 묵직하다고 생각하기도 한다.

　2019년 1월 1일 세 번째 정규 음반《새로운 날》을 발표한 포크 싱어송라이터 권나무 음악의 무게는 어떨까. 12곡으로 수록곡 수는 충실하다. 2016년부터 발표한 두 장의 정규 음반에서 권나무는 늘 정직한 목소리로 노래했다. 포크 싱어송라이터 중에 성직하게 노래하지 않은 뮤지션이 있냐고 묻지 말기를. 권나무는 그동안 어쿠스틱 기타와 건반, 바이올린 정도의 단출한 편성으로 식물성 사운드를 만드는 데 주력했다. 리듬 악기를 최소화한 채 나무에 맨 줄을 튕기고, 현을 떨게 하면서 노래하는 곡들은 나무처럼 제 목소리로 서 있을 뿐이었다.

무엇보다 권나무는 삶을 속이지 않으며 곧이곧대로 노래했다. 한순간도 화려하지 않은 음악은 순박하고 우직한 노랫말과 함께 권나무 음악의 본성을 이루었다. 권나무의 노래에는 1970년대 김민기나 메아리 음악에서 느낄 수 있는 진실함이 일렁거린다. 아름다움을 위해 과장하거나 꾸미지 않는 진실함이다. 아름답다고 공인하는 관습에 길들거나 주눅 들지 않아야 가능한 진실함. 자신이 느끼는 설렘과 기쁨을 치장하지 않고, 가난과 절망을 온몸으로 맞이하는 진실함이다.

이해와 타산을 계산하지 않고 있는 그대로 좋아하고, 삶과 세상의 상처와 어둠을 바라보는 권나무의 노래는 윤리를 지향하는 태도 없이는 불가능하다. 사람들은 남들이 좋아한다 말할 때, 비로소 자신도 좋아한다 말한다. 남들이 좋아한다고 하는 무언가를 뒤따라가며 좋아한다 말한다. 그러나 자신의 내면과 사회의 허방 앞에서는 곧잘 눈감는다. 쉽게 해결할 수 없는 일, 절망을 마주하게 하는 일 앞에서 발걸음을 돌려버린다. 권나무가 김민기와 메아리를 닮았고, 윤리를 지향하는 태도가 있다고 생각하는 이유는 그가 보지 않아도 되는 것을 보려 하고, 침묵해도 되는 이야기를 하려 하기 때문이다. 그때마다 순수하고 진중하게 노래 너머 세계에 다가가기 때문이다.

그러나 "예술은 현실의 반영이 아니다. 반영이라는 현실이다"

라고 말한 고다르의 이야기처럼 예술로 현실을 느끼게 하려면 본대로 말하는 것만으로는 부족하다. 물론 권나무는 번듯한 미사여구를 끌어오지 않는다. 그는 자신의 생각이 나아간 만큼만 말하고, 자신의 생각이 나아가지 못하고 멈춘 곳에서 주저앉는다. 그리곤 그 순간 보이는 풍경을 묵묵히 받아쓴다. 부끄러움과 두려움과 절망마저 숨기지 않은 노래는 누구도 피할 수 없다. 그곳을 지나는 이들 모두 그 노래를 들어야 한다.

정직한 노래를 부르기 위해서는 의지와 믿음이 필요하다. 행여 비관이 넘치더라도 할 일은 한다는 의지가 있어야 한다. 권나무의 음악에 윤리와 의지가 돋보이는 것은 그의 노래가 적극적이고 필사적인 노력의 소산이기 때문이다. 그는 긍정적이거나 착하기 때문에 노래하지 않는다. 그는 착하고자 하는 윤리와 의지의 안간

힘으로 노래한다. 그의 노래가 감동적인 이유는 그 일이 얼마나 어려운지 알기 때문이다. 그 일이 얼마나 소중한지 알기 때문이다. 그 안간힘을 소리로 온전히 전달하기 때문이다. 그래서 권나무의 노래를 들을 때면 마음이 뭉클해질 때가 잦다. 그의 노래가 세상과 거리를 좁히는 비결이다. 반영이라는 현실을 창조하는 데 성공하는 이유이다.

세 번째 정규 음반 《새로운 날》은 기쁨과 비관으로 거른 현실의 반영이다. 첫 곡 〈빛이 내리네〉는 사랑에 빠진 이의 설렘을 어쿠스틱 기타와 바이올린으로 표현한다. 투명한 연주음 위에서 흐르는 목소리는 빛 사이에 들떠 있을 만큼 감사하는 마음이 가득하다. 〈자전거를 타면 너무 좋아〉도 삶의 기쁨을 노래하는 예쁜 곡인데, 권나무는 그 순간에도 다른 존재들을 놓치지 않는다. 그는 "멀어지는 오래된 골목들의 고독과/멀어지는 버려진 가구들의 죽음/멀어지는 술 취한 간판들의 피로와/멀어지는 헛된 꿈"을 어쿠스틱한 사운드로 불러내 품는다. 어쿠스틱 기타와 바이올린의 이중주에 코러스를 연출해 멋을 더한 〈춤을 추고 싶어요〉 역시 기쁨의 연속이다. 권나무는 따뜻한 감정을 소박한 편성의 연주로 드러내 순정한 태도를 보여준다. 기쁨과 설렘의 연작은 건반과 비올라 연주가 아름다운 타이틀곡 〈새로운 날〉로 이어진다.

그런데 〈거짓말은 없어요〉에서 권나무는 "도저히 이해가 안 될 때에는/널 사랑한다" 말한다. 어쿠스틱 기타 연주로 느리게 부르는 노래에서 권나무는 마음이 엇갈리는 순간마저 사랑하려는 노력을 멈추지 않는다. 이번 음반에서 줄기차게 표현하는 사랑이라는 태도가 사랑을 지키고 실현하려는 윤리와 의지의 소산임을

귀나무 🏠 궤나무

123

드러내는 순간이다. 일렉트릭 기타를 활용해 더 많은 사운드를 겹치며 "너를 생각하는 이유를 몰라"라고 노래하는 〈도시에서〉의 마음이 사랑 아닐 리 없다. "정말 아무것도 하지 말아야/했을 때 모든 것을 하고 말"았던 일을 노래하는 마음도 마찬가지이다. 불안과 걱정, 의심과 회의에도 질문하고 부탁하는 태도는 〈빛나는 날들〉로 이어진다. 의지로 낙관하는 노래 〈사랑을 찾아갈 거야〉 역시 사랑을 향한 낙관과 다짐을 기록한다. 피아노로 시작한 곡에 몽롱한 일렉트릭 기타 연주를 덧붙여 다른 질감을 만드는 솜씨가 돋보이는 곡이다. 기쁨과 감사를 노래한 〈그대 곁에 있으면〉 또한 이번 음반의 주제를 잇는다.

음반에는 특별한 관계의 사랑을 노래한 곡이 다수인데 〈깃발〉에서 권나무는 비로소 세상으로 눈을 돌린다. "아무런 울타리도 없는/저 명분의 세상에서"도 "사람은 사람을 말해야 하지 않겠소"라고 돌직구를 던진다. 당위와 의무에 가까운 신념일지라도 진심뿐인 목소리는 노래 앞에서 반드시 멈춰 서게 만든다. "아무도 없는 높은 곳에/외치는 사람들의 목소리"를 외면하지 않으려는 노력과 어떻게든 화답해 깃발 같은 노래를 흔들려는 연대의 마음은 세상에 여전한 슬픔을 위로한다. 사랑하려는 마음을 버리지 않는 의지는 마지막 곡 〈LOVE IN CAMPUS〉까지 꺼지지 않아 진심을 토해내는 중층적인 구성으로 음반을 마무리한다.

금세 오아시스에 닿을 수 있다는 헛된 환상을 이야기하지 않는 노래는 인간다움에 대한 단단한 질문을 던진다. 취향이 윤리와 책임을 앞서는 세상에서 권나무의 노래만큼 무겁게 되돌아오는 노래가 얼마나 있을까. 어떤 노래는 결국 묻기 위해 존재한다.

이 노래를 피하지 않는 일, 이 노래의 질문에 답하는 일은 모두의
숙제다.

김사월이 꿰뚫어 본 사랑

김사월《로맨스》
김사월 〈누군가에게〉

김사월은 포크 뮤지션 중에서도 유독 돋보인다. 2014년 싱어송라이터 김해원과 함께 김사월x김해원으로 공식 데뷔했을 때, 김사월은 눅진하고 육감적인 사운드와 풋풋하고 여린 사운드를 함께 뽐었다. 눅진하고 육감적인 사운드와 풋풋하고 여린 사운드는 서로를 대비시키며 드라마틱한 아우라를 만들어내 각각의 매력을 강화했다. 김사월이 기대고 있는 복고적인 질감은 김사월 음악을 농염하고 원숙하게 채색했을 뿐 아니라, 레트로가 힙이 되는 트렌드와 맞아떨어졌다. 김사월x김해원 음반과 김사월 자신의 솔로 음반이 연달아 한국대중음악상을 받고, 공연 때마다 젊은 음악 팬들이 몰려든 이유이다.

김사월은 2018년 9월 16일 두 번째 정규 음반을 발표했다. 제

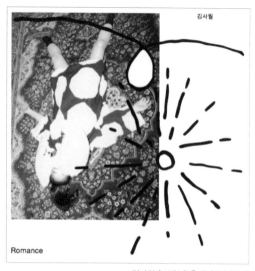

김사월

Romance

목은 《로맨스》. 이번에는 사랑 이야기이다. 수많은 예술가들이 드라마, 문학, 미술, 연극, 영화, 음악, 춤으로 대대손손 그리고 노래하고 쓰고 찍은 사랑 이야기. 사랑은 두 사람이 만나고 좋아하고 살고 헤어지는 이야기만이 아니다. 사랑에는 당사자 안팎의 계급, 권력, 세계관, 세대, 시대, 욕망, 젠더를 비롯한 가치와 이데올로기가 촘촘히 박혀 서로 죽일 듯 싸운다. 사랑 이야기를 담은 예술 작품들, 특히 사랑 노래들은 들뜨고 아프고 그리운 마음을 증폭시켜 구구절절 토로하는 것처럼 들리지만, 적지 않은 사랑 노래들은 사랑을 수행하는 주체의 내면을 보여주고, 서술자의 정체성을 드러낸다. 어떤 계급과 권력과 세계관과 세대와 시대와 욕망과 젠더를 지니고 사랑을 수행하면서 갈등하고 화합하는지 폭로한다. 사랑은 가장 내밀하고 적나라하며 강력한 발산이자 충돌이다. 멜로와 로맨스 드라마가 끊이지 않으며 여전히 문제적인 까닭이다.

그렇다면 김사월이 노래한 사랑 노래 12곡은 어떤 내면과 충돌을 드러낼까. 김사월이 싱어송라이터이기 때문에 이 음반이 자전적 기록이라고 여길 필요는 없다. 여성이고 20대라고 이 음반을 20대 여성, 2018년에 20대를 통과하는 싱어송라이터 자신의 연애담이라고 해석할 필요는 없다. 예술가의 창작물은 예술가의 서술인 동시에 자신이 창조한 허구의 세계이다. 그러므로 우리는 이 음반을 김사월의 이야기이자 김사월이 만든 픽션으로 읽어야 한다.

포크 싱어송라이터의 음악에서는 음악 언어만큼 노랫말의 비중이 높은 편인데, 사랑 이야기를 담은 이번 음반에서는 노랫말의 역할이 더욱 지대하다. 노랫말의 서사가 가장 중요하다고 느껴지고, 때로는 곡이 노랫말의 무게에 눌린다는 느낌이 들 정도이다. 그래서인지 음반 수록곡들의 편곡은 대체로 단출하다. 김사월이 포크 뮤지션이므로 그렇겠지만 노랫말을 잘 들을 수 있고, 노랫말의 서사에 집중할 수 있도록 편곡했다는 인상을 받는다.

《로맨스》음반은 달콤하거나 쓰디쓴 순간으로 양분할 수 없는 로맨스의 구질구질하고 복잡한 장면들을 포괄한다. "내 마음 받으러 올래?"라고 "난 운전은 못하니 네가 가지러 와"라고 청하는 솔직한 시작부터 마음 깊숙이 녹음기를 들이댄다. 음반의 서술자는 로맨스의 주인공들이 "사랑보다 먼저 넌 나를 사랑하라 했"지만 "너도 그거 못하"는 처지임을 안다. 그럼에도 "우리를 돕고 싶어" 사랑은 시작된다. 이 음반에는 자신조차 사랑하지 못하는데도 "어둠으로 우리 달려가 봐요"라고 용기를 주는 열정이 있다. "나를 사랑해

김사월 ⓒ뇌 (N'Ouir)

쥐요"라고 요구하는 욕망이 있다. 사랑은 나를 달라지게 만들고, 솔직하게 만드는 드라마의 주인공으로 종잡을 수 없게 마법을 걸어버린다.

　김사월은 이렇기도 하고 저렇기도 한 모습을 거르지 않고 채록하여 〈젊은 여자〉의 로맨스 가운데 얼마쯤을 반영한다. 그런데 "서로 괴롭혔지만 옆에 있어주는 것은 원했"고, "서로 외로웠지만 옆에 있어주는 건 안 원했던" 모순적인 자의식을 버릴 수 없는 사람의 연애담이 달콤하기만 할 리 없다. "서로가 서로의 옆에 있어줄 자리가 있을까"를 묻는 이유는 자신부터 온전히 사랑하기 어려운 사람이기 때문이다. 이 음반의 가장 큰 미덕은 자신과 충돌하며 불화하는 일관되지 않은 이이 내면끼 필언적인 실패를 사랑이나는 이름의 환상이나 고정관념으로 억압하거나 감추지 않는다는 데 있다. 이 음반은 예쁘고 달콤한 사랑 이야기라는 이상과 선을 긋고, 사랑을 수행하는 현재의 여성 혹은 젊음 혹은 인간의 면모를 풍부하게 담아낸다. 사랑의 실제와 실체를 직시한다. 덕분에 우리는 복잡한 인간의 내면에 대한 진술을 하나 더 얻게 되었다. 김사월의 노래만큼 사랑 앞에 정직해졌다.

"네가 서울에 있어 난 서울에 왔"고, "네가 그림을 그려 난 그림을 그렸"을 정도이지만 "지금 내 앞에 있는 너를 나는 못 본 체 지나가"는 마음도 사랑이고 로맨스이다. "나와 함께 있어줄 순 없어?"라고 물으며 "행복한 사람이 되고 싶"다고 호소하는 이기적인 모습, 그러나 결국 "엉엉엉" 울게 되는 비참함은 노래 속에만 존재하지 않는다. 대부분 사랑받고 싶어 사랑하고 행복하고 싶어 사랑하지만 번번이 깨닫는 사실은 내가 우선일 수밖에 없는 인간의 좁쌀 같은 마음이다. 하나가 될 수 없는 모든 존재의 차이와 거리이다. 특별하고 아름답고 완벽하지만 사랑받지 못하는 사람들끼리 만나 상처를 주는 것이 사랑 아닌가. 그런 사람도 쉽게 얻지 못하는 것이 사랑 아닌가.

〈그리워해봐〉에서 김사월은 그리워하면서도 이기적이고 사랑과 미움이 뒤섞일 수밖에 없는 사랑의 실체를 추적한다. 어떤 사랑도 각자의 열망이나 노력만으로 유지할 수 없고 완성할 수 없다. 모든 사람은 자신의 자리에서 상대를 바라보거나 부르기 마련이다. 그러다 보니 결국 알게 된다. "우린 헤어질 사람과 사랑하고 있다는 걸". 그 쓸쓸한 사실을 알게 되는 순간을 성장이나 성숙이라 부르는 것은 너무 뻔뻔한 후일담이다. 하지만 이것이 그토록 간절하게 원했던 사랑의 본질이며 대가라는 걸 부정하고 지속할 수 있는 사랑은 없다. 그 과정과 결과를 만든 것은 바로 자신이라는 사실을 인정하는 일 또한 사랑 아닌가. 〈죽어〉의 노랫말로 기록한 처절한 자기 인식과 절망은 로맨스가 아니면 도달하기 어려운 인식이며 발견이다.

연애는 자주 비감하고 잔인하며 지질한 현실을 추억이라는 이름으로 남겨준다. "난 견뎌내거나 파멸하거나 할 수밖에" 없다는 쓰라린 깨달음, "만질 수도 가질 수도 없는 너무 소중한 너를/나의 세상에서 없애"야만 한다는 숙제를 배달해준다. 인간은 이렇게 피할 수 없는 숙제를 감당하며 살아간다. "불확실한 나에게/이미 정해진 것은 방황 하나뿐이라는 걸" 인정하며 살아간다. 찬란했던 로맨스는 피치 못하고 별수 없는 삶을 누더기처럼 남겨주고서야 끝난다. 그러나 "이 세상의 모든 진심들 아무것도 아닐지 몰라"라는 깨달음은 부질없지 않다.

김사월은 이 쓰디쓴 이야기를 담백하고 단출한 음악으로 노래한다. 12곡의 수록곡은 어쿠스틱 포크와 포크 록을 기본으로 하되 한두 악기에 강세를 두고 공간감에 변화를 준다. 〈연인에게〉에서는 건반과 일렉트릭 기타가, 〈옆〉에서는 건반이, 〈프라하〉에서는 스트링 연주가, 〈오렌지〉에서는 관악기 연주가 찬란한 무늬를 덧붙인다. 그때마다 곡의 습도가 달라지고, 온도가 달라진다. 김사월은 곡마다 보컬의 명도와 채도를 조절하면서 들뜨고 흔들리고 추락하는 마음을 연기한다. 그렇게 해서 김사월은 중편소설급 연애 드라마를 핍진하게 종결한다. 듣는 이들의 무수한 사연들이 얹힐 음반. 그때마다 더 두툼해질 음반

모든 불가능을
가능하게 만드는 건 사랑

 김일두《사랑에 영혼》
김일두〈얼마나 좋을까〉

음악을 듣는 일은 음악에 마음이 반사되기를 기다리는 일이다. 반사된 마음이 돌아올 때까지 귀 기울이는 일이다. 음악을 듣다 보면 생경했던 사운드와 구조와 가사에 친숙해지면서 음악이 던진 이야기가 서서히 떠오른다. 평론은 그 이야기들을 뜰채로 건지듯 모으고 다듬는 일이다. 잘 듣고 고스란히 받아 적는 일이 평론의 기본이다.

《곱고 맑은 영혼》과 《달과 별의 영혼》에 이어 《사랑에 영혼》을 발표한 남성 포크 싱어송라이터 김일두의 노래가 반사한 이야기를 받아 적는 일은 어렵지 않아 보인다. 김일두는 화려한 사운드나 복잡한 구조, 난해한 연주를 앞세운 적이 없다. 김일두의 노래는 대부분 어쿠스틱 기타와 자신의 목소리만으로 간결하게 발화한

김일두 《사랑에 영혼》 ⓒ김일두

다. 낮은 목소리, 어눌하게 갈라지는 톤과 은근한 성조, 고해성사하
듯 간절한 태도는 김일두가 써낸 노랫말과 멜로디에 어울려 노래
를 도무지 잊을 수 없게 한다. 쓸쓸하고 우울하며 때로 암울한 노랫
말처럼 가난한 목소리의 투박한 정직함은 노래보다 노래에 깃든
삶의 태도를 바라보게 했다. 일부러 멋 내지 않는 노래이며, 자신을
전시하지 않는 노래이다. 묵묵히 견디는 노래, 견디면서 단단해지
는 그러나 여전히 아프고 수줍은 사람의 노래는 세상 어떤 노래보
다 묵직했다.

그런데 2019년 8월 13일 발표한 음반《사랑에 영혼》에 담은 노
래들은 조금 다르게 들린다. 김일두의 이번 노래들은 선작들처럼
고통스럽거나 처연하지 않다. 보컬 스타일이 달라지거나 악기를

바꾸지는 않았다. 노랫말로 표현한 태도가 변화했다. 김일두는 첫 곡 〈나는 나를〉에서 "나는 나를 아끼지를 않았네"라며 반성한다. 그리고 "나는 나를 더 사랑해야 해"라고 자각하고, "좋아 무얼 해볼까"라며 적극적이고 긍정적인 태도를 취한다. 그의 결론은 "내 여인 찾아가야지"라는 사랑의 갈망이다. 이렇게 시작한 음반은 김일두의 로맨스 음반이라고 해도 좋을 만큼 사랑 이야기가 그득하다. 〈301〉에서는 "생각, 생각하면/그리워 그리운 그림자"라고 노래하고, 〈홀리타임〉에서는 "어쩜 그렇게 이쁘게 웃을 수 있니"라고 놀라워한다.

김일두가 실제로 사랑에 빠졌는지는 알 수 없고, 중요하지도 않다. 음반의 발화자가 사랑에 빠졌고, 영적인 기쁨을 느낄 만큼 충만하다는 사실이 중요하다. 사랑마저 계급과 이념으로 갈리고, 서로를 평등하게 바라보지 않는 생각으로 흔들릴 때, "문제없어요"라고 노래했던 김일두는 여전히 막무가내 같은 우직함으로 노래할 뿐이다. 그렇다고 김일두의 목소리가 달콤해지거나 부드러워지지 않았다. 목소리는 여전히 어눌하고 노랫말 역시 단순하다.

어눌함과 단순함이 그의 노래를 다르게 만드는 원동력이다. 그의 노래가 진실해지는 비결이다. 이미 숱하게 많은 노래, 숱하게 많은 말들로 좀처럼 새롭지 않고, 너무 상투적으로 변해버린 이야기들을 되살려 특별하게 만드는 힘은 아방가르드한 예술 언어의 전복에서만 오지 않는다. 김일두의 노래는 감정의 밑동만 남기고 나머지는 다 베어내 자신의 이야기를 정직하게 만든다. 그 외의 다른 수사를 용납하거나 견디지 않는 검박한 태도는 설렘과 기쁨과 뜨거움과 분노와 슬픔을 생생하게 들이밀어 고개 돌릴 수 없게 한

김일두 ⓒ김일두

다. 김일두의 노래에는 미학이라는 이름으로 치장해 본질보다 형식에 더 취하게 만들고, 실체보다 과장하고 부풀려 결국 실체를 만나지 못하게 하는 화려함이 없다. 실체를 아름답게 전달하지 않으면 외면하는 미학 과잉의 시대에 염결성이 돋보이는 김일두의 노래는 트렌드에서 멀찍하게 자신의 세계를 이룩한다.

　　물론 단순한 스타일로 쉽게 친숙해지지 못하거나 동어반복처럼 느껴질 가능성이 있다. 그러나 이번 음반에서 김일두의 노래는 퍽 다정하고 부드러워졌다. 연주곡으로 선보인 〈평온에서〉 같은 곡의 따스함은 사랑이 변화시킨 음악을 단적으로 보여준다. 돌아가신 아버지와 이야기 나누는 곡 〈더 가까이〉에서 "아버지 저는요 사람에 길로/한 발 더 갈게요"라는 표현 역시 마찬가지이다. 사실 비판과 냉소만으로는 세상을 바꿀 수 없다. 자신조차 움직일 수 없다. 결국 사랑이 아니면 우리는 서로에게 닿을 수 없으며, 함께 할 수 없다. 모든 불가능을 가능하게 만드는 것은 사랑이다. 사랑뿐이다. 사랑만 싹트고 꽃 피게 한다. 김일두의 노래는 오래된 감정, 아니 오래된 진실을 일깨우고 사랑으로 돌아가자며 씨익 웃는다. 사랑에 도착한 노래는 이제 어떤 노래를 낳을까.

순식간에 날아온 그 옛날 사운드

 더 보울스(The Bowls)
《If We Live Without Romance》
더 보울스 〈COSMOS〉

이 글은 리뷰다. 리뷰는 비평이고, 비평가의 의견이다. 리뷰는 리뷰일 뿐, 음악이 되지 못한다. 음악을 대신할 수 없고, 음악을 들려줄 수 없다. 물론 리뷰를 읽고 음악을 찾아 듣는 이들도 있지만, 글로 심장이 뛰게 만들기는 쉽지 않다. 다만 이런 음악이 있다고, 혹시라도 짬이 난다면, 행여 짬을 낼 수 있다면 들어보라고 말을 흘릴 뿐이다. 세상의 모든 즐거움을 다 누릴 수 없듯, 세상의 모든 좋은 음악을 다 들을 수 없다. 비평가는 리뷰로 피어난 꽃의 빛과 향기를 받아 적을 따름이다. 꽃 하나 피우기 위해서는 온 세상이 도와야 하듯, 음악이 흐르기 위해서도 온 세상이 함께 밤을 지새워야 한다.

5인조 밴드 더 보울스의 음반《If We Live Without Romance》는 2019년 3월에 피었다. 봄꽃들에 눈이 팔려서인지 더 보울스의 음

더 보울스 《If We Live Without Romance》ⓒ이한수

반에 눈 맞춘 이들은 많지 않았다. 그러나 누가 보든 보지 않든 꽃은 꽃이다. 향기는 저절로 흩어지고, 꽃잎은 멀리멀리 날린다. 더 보울스의 음반은 록의 꽃이다. 개러지라든가 일렉트로닉 록 같은 최근의 록이 아니다. 더 보울스가 스스로 언급했듯 이번 음반에는 스테판 비숍(Stephen Bishop)의 《Bish》, 스틸리 댄(Steely Dan)의 《Aja》, 래리 칼튼(Larry Carton)의 《Discovery》 같은 1970년대와 1980년대 록 음악의 비가 흩뿌렸다. 때려 부수는 폭풍 속 비나 묵직하게 이어지는 장맛비가 아니다. 깔끔하고 나른한 비, 세련된 비, 팝을 자주 들락거리는 소프트하고 컨템포러리한 비다. 당시를 살지 않았어도 오래전 뮤지션들이 가꾸고 키운 록을 순식간에 이식하는 솜씨는 날렵하다.

멜로디와 리듬, 사운드와 가사가 음악을 구성하는 것을 누가 모를까. 적고 보면 뻔한 재료들을 더 보울스는 어떻게 다듬고 버무리고 끓였을까. 더 보울스의 음악에는 매끄러운 멜로디가 있고, 여유로운 연주가 있다. 블루스 음악의 묵직하고 끈끈한 사운드를 앞세웠던 더 보울스는 이번 음반에서 언제 그랬냐는 듯 음악의 무게를 덜어냈다. 일렉트릭 기타와 건반, 신시사이저가 채우는 사운드는 매끈하면서도 펑키해 리듬감 넘치고 몽롱하다. 많은 악기를 사용하지 않으면서 공간감을 활용하고, 배음을 적절히 부여한 사운드 메이킹은 보컬만큼 나른한 여운을 불러일으킨다. 레퍼런스로 삼았다고 이야기한 뮤지션들이 오래전에 선보였던 사운드에 아련한 멜로디를 얹은 노래는 몽롱함과 강렬함을 교차시킨다. 록이 팝과 만났던 순간을 부활시키고, 록의 가장 부드러운 속살을 만질 수 있게 한다. 〈SHY〉를 비롯한 여러 곡에서 서울전자음악단을 느낄 수 있고, 또 다른 음악에서는 다른 뮤지션을 느낄 수 있지만 흠이 되지 않는다.

이 음반을 호평하는 가장 큰 이유는 더 보울스와 음반의 조력자들이 애초에 정한 사운드의 일방통행로를 이탈하지 않기 때문이다. 더 보울스는 리듬을 당기거나 늦추면서, 혹은 일렉트릭 기타를 터트리거나 퇴장시키면서, 또는 건반을 부각하거나 뒤로 숨기면서 사운드의 변화를 주는데, 팝과 록의 경계 사이의 개척지를 한 치도 벗어나지 않는다. 강렬함조차 매끈하게 만들어버리는, 강렬함으로 매끈함을 더 매끈하게 만들어버리는 사운드 메이킹은 고급스럽게 달콤하다. 어느 선까지 뜨거워야 하고, 어느 선까지 달콤해야 하는지, 어느 선까지 부풀어 올라야 하는지 알고 옴팡지게 실

행한 덕분이다.

가령 일렉트릭 기타와 드럼, 건반을 이어 경쾌함을 불러일으키는 〈DRIVE〉는 리듬을 반복하다 일렉트릭 기타의 변주로 확장하고, 몽환적인 보컬을 흩뿌려 로맨틱한 분위기에 쐐기를 박는다. 그리고 간주 부분에서 등장한 트럼펫은 곡을 더욱 멋스럽게 한다.

이렇게 예스럽고 낭만적인 분위기를 뿜는 것이 이번 음반의 의도라면 더 보울스는 완전히 성공했다. 13곡의 노래는 각각 다른 노랫말과 리듬을 구사하면서도 설레고 들뜨고 따스한 정서의 톤을 유지할 뿐 아니라 좋은 노래로 사운드를 둘러싼다. 매끄럽고 달콤한 사운드를 더 깊이 들여다보면 많지 않은 악기를 무심하게 넣고 빼면서 쉴 새 없이 온도를 높이고 사운드 스케이프를 넓혔다가 비우면서 레코딩했다는 사실을 확인할 수 있다. 곡의 초반부에서 제시한 리프와 사운드를 반복하는 곡은 한 곡도 없다. 공들여 쌓았다가 허물고 다시 쌓는 사운드의 정교하고 보드라운 손길. 압도하지 않는 즐거움과 경쾌한 농염함으로 달아오르는 음악은 봄처럼 따뜻하고 들뜬 계절에 제격이다. 노랫말 역시 사랑을 이야기하고 새롭게 태어난다 노래한다. 우리가 현재라고 믿는 오늘은 얼마나 많은 과거가 함께 하는지. 과거와 만나 더 두터워지는 오늘의 음악. 레트로의 길은 이렇게 넓다.

더 보울스 ⓒ한유수

살아보자 춤추며 살아보자

로큰롤라디오(ROCK 'N' ROLL RADIO)
《YOU'VE NEVER HAD IT SO GOOD》

로큰롤라디오 〈비가 오지 않는 밤에〉

로큰롤라디오의 음악은 댄서블하다. 댄서블한 사운드는 쉬지 않는 비트의 산물이다. 비트는 거의 모든 곡을 리드미컬하게 추동한다. 밴드 음악에서 백 비트가 새로울 리 없다. 그런데 로큰롤라디오의 백 비트는 활기 이상의 역동을 발굴한다. 백 비트는 속도감을 불어넣을 뿐 아니라 곡의 스케일을 규정한다. 백 비트의 너비와 점도는 로큰롤라디오 음악의 규모를 선정하고 곡의 서사를 확장하는 엔진이다.

첫 곡 〈HERE COMES THE SUN〉의 드럼/퍼커션 비트와 일렉트릭 기타/프로그래밍 사운드의 충만한 공간감을 느껴보자. 곡을 부풀리며 시간의 경계로 인도하지 않나. 리듬 악기가 확장한 사운드 스케이프 위에서 김진규의 일렉트릭 기타는 자유롭게 유

YOU'VE NEVER HAD IT SO GOOD

ROCK N ROLL RADIO

로큰롤라디오《YOU'VE NEVER HAD IT SO GOOD》ⓒ정진수

영한다. 그가 만진 프로그래밍 사운드와 김내현의 보컬 역시 같은 역할을 한다. 딱딱 맞아떨어지는 비트는 얼른 춤추자는 재촉이다.

하지만 로큰롤라디오는 정박의 비트를 고수할 생각이 없다. 〈HERE COMES THE SUN〉에서부터 비트를 당기고 풀면서 사운드를 허물고 세운다. 만약 이 음반을 어떻게 들으면 좋을지 묻는다면 백 비트를 어떻게 운용했는지 살피자고 답하겠다. 〈이대로〉, 〈비가 오지 않는 밤에〉, 〈DANSE MACABRE〉, 〈THE MIST〉, 〈SISYPHE〉 등 다수의 곡에서 백 비트를 당겼다 늦추고 다시 당기면서 로큰롤라디오가 변신하잖나. 포스트 펑크와 뉴 웨이브의 복고적인 사운드를 활용한 〈DANSE MACABRE〉와 〈DAHLIA〉의 비트, 제목처럼 끈적한 질감을 시도한 〈SOUL〉은

얼마나 발랄한가. 그러니 풍요로운 백 비트의 변용을 댄서블하다
고만 표현한다면 고심해 만든 음반의 유동하는 재미를 제대로 즐
길 수 없다.

일렉트릭 기타의 톤도 마찬가지이다. 김진규가 연주하는 일
렉트릭 기타는 당연히 로킹하지만, 기타의 톤을 로킹이라고 요약
해버리면 사운드 안의 무수한 차이와 풍부한 미학을 놓친다. 〈비가
오지 않는 밤에〉에서는 나른하고, 〈TAKE ME HOME〉에서는
건조한 일렉트릭 기타는 곡마다 다른 색과 빛을 연거푸 발산한다.

특히 일렉트릭 기타는 계속 좋은 리프를 찾아낸다. 첫 곡부
터 로큰롤라디오는 리프를 연료 삼아 내달린다. 로큰롤라디오의
음반을 즐기는 두 번째 방법은 리프의 미학을 만끽하는 일이다. 제
시하고 반복하고 변용하는 리프의 완성도는 수록곡마다 마력을

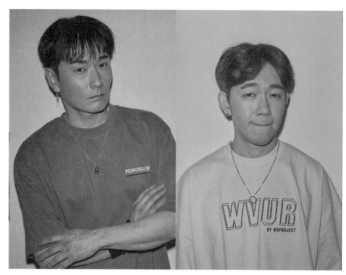

로큰롤라디오 ⓒ박정우

내뿜는다. 좋은 음반이라는 게 별것이 아니다. 좋은 곡이 많으면 좋은 음반이다. 좋은 곡은 들어서 좋은 곡이다. 록 음악에서는 리프가 강력한 곡이다. 수천 마디 말을 대신하는 리프는 록 음악의 생명이다. 〈말하지 않아도〉, 〈TAKE ME HOME〉, 〈KEEP YOUR MOUTH SHUT〉, 〈DANSE MACABRE〉, 〈THE MIST〉, 〈DAHLIA〉처럼 잘 만든 리프에는 보탤 말이 없다.

게다가 로큰롤라디오는 프로그래밍 사운드를 더해 신스 팝과 일렉트로닉 사운드를 횡단한다. 첫 곡 〈HERE COMES THE SUN〉의 간주에서부터 로큰롤라디오는 잼 연주처럼 놀면서 6년의 공백을 사뿐하게 웃어넘긴다. 〈KEEP YOUR MOUTH SHUT〉의 멜로디와 구조는 찐득거리며 출렁인다. 〈DANSE MACABRE〉에서 〈THE MIST〉로 이어지는 곡들의 존재감은 음반의 중반 이후를 더 쫀득쫀득하게 반죽한다. 포스트 펑크에 집착하지 않고, 천편일률적이지 않은 사운드를 위해 고심한 흔적이 역력하다. 덕분에 타이틀곡을 정하지 않아도 될 정도이다. 이 정도의 음악을 다시 들려준다면 또 다른 6년도 얼마든지 기다릴 수 있다.

그러다 보니 속도감과 사운드를 즐기면 충분하다고 생각할지 모른다. 하지만 로큰롤라디오의 음악은 명쾌하게 밝기만 한 음악이 아니다. 보컬은 처질 때가 많고, 사운드도 곧잘 흐리다. 포스트 펑크 특유의 음울함을 표현하는 방식일 수 있는데, 로큰롤라디오는 보편적 고뇌와 열망을 풋풋하게 노래한다. 수록곡 다수는 잘되지 않는 이야기, 고민하는 이야기이다. 고민해도 잘 풀리지 않는 이야기이다. 어쩌면 6년간의 공백은 그 어려움을 직면해야 하는 시간이었을지 모른다.

당신은 결코 이토록 좋았던 적이 없다는 타이틀. 그리고 "지나간 꿈"과 "일그러진 어제"를 기억하며 시작하는 첫 곡부터 로큰롤라디오의 음악은 상실감을 마주한다. 곁에 있는 사람은 떠났다. 위로도 소용없다. "보잘것없는 날 위한/의미도 없는 변명과/기억나지 않는 거짓말"과 "가질 수 없는 널 위한/지키지 못할 약속과/후회만큼 남은 거짓말"을 곱씹는 시간은 힘겹다. 고통과 방황의 시간은 금세 끝나지 않는다.

〈TAKE ME HOME〉에서는 새로운 만남으로 희망을 품기도 한다. 하지만 '죽음의 무도'를 연주하고, 목 놓아 울고, 비참한 기분을 노래하는 삶. 철없는 사랑과 불안한 어둠을 직시하는 삶에서 누가 자유로울까. 우리는 들뜨고 가라앉고 일어서기를 반복한다. 시시포스처럼 오늘의 언덕을 왕복한다. 그러면서 과거를 기억하

로큰롤라디오 ⓒ박정우

고 그리워하고 잊는다. 포기할 건 포기하고 인정할 건 인정한다. 로
큰롤라디오의 음악은 모두의 절망만큼 슬퍼하고 모두의 선의만큼
꿈꾼다. 모두들 영원히 지속되는 것은 없다는 걸 알고, 최선을 다한
다는 사실을 알기에 로큰롤라디오는 울지 않겠다고 약속한다. "무
엇 하나 바꿀 수 없"더라도 "미소를 잃지 않길" 바라는 응원을 보낸
다. 상대의 손을 잡는 마음으로 예전과 같지 않을 날들을 살아갈 각
오를 하는 음악의 주인공은 제법 단단해졌다.

그래서 이토록 좋았던 적 없었다는 음반의 타이틀은 과거에 대
한 아쉬움의 토로가 아니라 앞으로의 새날들에 대한 기대와 축복으
로 읽는 게 낫다. 물론 단숨에 희망과 절망을 맞바꾸지는 못한다. 하
지만 로큰롤라디오의 음악이 있다. 오늘은 춤출 수 있다. 그러니 살
아보자. 스치는 바람 속에서 춤추며 눈부신 아침을 깨워보자.

슬픔을 넘어 하염없는 음악

 백현진《가볍고 수많은》
백현진 〈빛〉

백현진을 신화화할 생각은 없다. 그러나 분명한 것은 백현진이 1997년 어어부프로젝트 1집으로 데뷔한 후 한국에서 그처럼 노래하는 사람은 백현진뿐이라는 사실이다. '훈련되지 않은 목소리'로 삶의 남루와 아이러니를 불러젖힌 백현진은 한국 대중음악계에서 가장 리얼하며 가장 아방가르드한 영역을 개척했다. 혼자 힘으로 해낸 일은 아니었다. 방준석, 장영규를 비롯한 베테랑 뮤지션들과 함께 만들어낸 음반들은 백현진을 유일무이한 뮤지션으로 등극시켰다. 특히 2008년부터 내놓은 솔로 음반들은 어어부프로젝트를 비롯한 팀의 백현진과 다른 개인 백현진의 시선과 사운드를 극사실적인 노랫말로 토해냈다.

2019년이 저물어가는 11월 말에 내놓은 백현진의 음반《가볍

백현진 《가볍고 수많은》 ⓒArtwork 모임 별, Album Cover designed 백현진

고 수많은》 역시 일견 비슷해 보인다. "2리터짜리 물", "김밥 한 줄", "이 병신아 죽긴 왜 죽냐고", "네가 빌려 간 사자 티셔츠" 같은 노랫말들은 생활에서 그대로 채집한 것 같다. 익숙한 낭만과 환상의 클리세를 반복하면서 안정된 만족감으로 회귀하는 대개의 대중음악과 달리 백현진의 음악에는 낭만이 없고 판타지가 없다. 애틋하고 간절한 마음이 없지 않으나, 그가 노랫말로 그리는 세계는 이미 답이 정해져 있는 안전한 세계가 아니다. 불화와 파국이 예정되어 있고, 발버둥 쳐도 돌이킬 수 없는 비극 앞에서 무력한 자아가 백현진 음악의 주인공이다. 그이는 도저히 믿을 수 없다고 소리를 질러보아노 아부섯노 날라시시 않는나는 것을 안나. 체제와 권력에 비하면 쥐똥보다 작은 우리는 운명을 거슬러 이긴 적이 없다. 고통스러

위하거나 견디거나 탈주하는 것밖에 다른 수가 없다. 백현진은《가볍고 수많은》에서도 흡사한 세계를 만들고, 자신의 목소리로 인간을 기록할 뿐이다. 그가 만든 세계와 그 안의 인간이 음악이 된다.

백현진의 세계는 첫 곡부터 심상치 않다. 그런데 이번 음반에서 백현진 목소리의 위치는 주체이지만, 너라는 상대와의 관계에 철저히 메여 있다. 이번 음반은 자신만의 이야기가 아니라 너와의 관계에서 파생한 연작 드라마이다. "병원에서 너를 보고/너무 심란하여서/나는 몇 개 있던 약속/모두를 취소했지"라는 노랫말은 첫 곡부터 비극으로 내동댕이쳐 버린다. 할 수 있는 일은 없다. 2리터짜리 물을 사서 공원으로 가고, 흩날리는 눈을 보는 수밖에. 이어지는 노래들은 모두 그 전과 후를 오가는 연작 드라마처럼 읽힌다. 김밥 한 줄을 사서 나왔으나 집으로 되돌아와서 반 줄을 먹다 바닥에 눕는 상태, 말을 하다가 안타까운 마음에 말을 잃어서 입을 다무는 상태는 모두 낙담과 절망의 반영이다.

사실 낙담하고 절망할 때 비로소 우리는 현실과 정면으로 만난다. 비극은 즐거울 때 보지 못하거나 생각하지 않았던 일들을 보고 생각하게 한다. 외면할 수 없게 밀어닥친 상황은 인간이 얼마나 작고 나약한지, 그러나 세상은 얼마나 크고 비정한지 아느냐며 냅다 후려친다.《가볍고 수많은》은 우리가 가벼운 존재이며, 수많은 존재 중 겨우 하나임을 드러내는 서사와 대응의 드라마로 비극을 축조한다. 급기야 "간신히 가로수를 붙잡고/비틀거리며 오줌을" 누고, "이 병신아 죽긴 왜 죽냐고" 노래할 때는 숱하게 보았던 비극의 절정으로 치닫는 것만 같다.

그런데 백현진의 노래와 김오키, 백현진, 이태훈, 진수영의 연

백현진 ⓒ백현진

주는 일견 상투적인 상황에 다른 아우라를 불어넣는다.《가볍고 수많은》의 사운드는 리프나 루프 같은 테마 멜로디를 강조하지 않고, 드럼으로 감정을 증폭시키지 않는다. 김오키의 색소폰을 비롯한 연주는 노래의 멜로디를 반복하거나 강화하지 않고, 때로 노래보다 더 큰 지분으로 노래에 깃든 마음과 공기를 짐짓 외면하듯 감싼다. 백현진의 보컬이 막막함으로 쩔쩔매듯 노래할 때도 연주는 몽롱해 꿈결 같다. 좀처럼 폭발하지 않고 듬성듬성 이어지는 연주는 자주 나른하고 우울하며 부드럽다. 그래서 노래의 결과 서사는 더 풍부한 함의로 뻗어나간다. 노래가 절망을 맡았다면 연주는 아름다움을 맡았다고 느낄 정도로 연주는 엇갈리며 대등하게 결합한다. 그리고 그 결합으로 견뎌볼 힘을 얻은 수록곡들은 이전 음반과 다른 태도의 작품이 된다. 노랫말과 멜로디, 보컬이 다 말하지 못한 서사와 속내를 연주로 연장하며 드러내는 앙상블은《가볍고 수많은》음반을 수많고 가벼운 음악들과 다른 세계에 착륙하게 한다.

그래서 이 음반을 듣는 한 가지 방법이 노랫말과 백현진의 보컬을 따라가는 방식이라면, 다른 방식은 김오키, 백현진, 이태훈, 진수영의 연주를 듣는 것이다. 둘 사이의 관계와 대응을 느끼고 파악하는 일이다. 〈눈〉에서 건반과 일렉트릭 기타 연주에 이어 뒤늦게 테너 색소폰이 개입하고, 이태훈의 기타가 어루만질 때 느껴지는 따스함은 노래를 다독이고 위로하며 거리를 둔다. 〈반 줄〉에서도 일렉트릭 기타가 고즈넉하게 연주하고, 김오키의 관악기들이 밑그림처럼 깔릴 때, "가위에 눌러 허우적대"는 상황에 집중하면서도 미학적으로 전유할 수 있다.

〈빛〉에서 김오키가 주도하는 연주는 안타까운 마음을 중화시킬 뿐 아니라, "다정한 세 갈래 빛"이 흐르며 만드는 파장을 농염하고 따뜻하게 전달하다가 확장한다. 《가볍고 수많은》이 풍성해지고 특별해지는 비결이다. 백현진은 비극을 제시할 뿐 아니라 비극에만 머물지 않는 소리의 파장으로 비극의 시간과 색을 바꿔버린다. 실제로 일렉트릭 기타와 건반으로 미니멀하게 연주하는 〈가로수〉에서 좀처럼 노래를 따라가지 않는 연주는 진입과 탈주라는 상반된 역할을 한다.

첫 노래 속 주인공의 무덤가에서 밤을 새우는 이야기처럼 들리기도 하는 〈별무리〉에서도 김오키의 테너 색소폰 연주는 현실과 환상의 경계를 허물며 꿈꾸듯 빨려들게 한다. 〈저곳〉도 마찬가지이다. 〈터널〉 역시 현재형 절망 기록만이 아니라 과거형의 노래이자 환상 혹은 미래의 예감으로 들린다. 그만큼 백현진의 음반은 과거와 현재의 기억과 미래의 환상에 추억과 절망과 분노가 겹쳐지고 넘나드는 시간 초월형 기록이다. 현실에 현미경을 들이댄 것 같았던 전작들과 이번 음반의 차이는 시간의 확장성과 모호함이다. 〈언덕〉에서 촛불이 피워 올린 연상이 이어질 때, 과거와 현재는 동시에 존재한다. 지나갔으나 지워지지 않았고, "가볍고 수많은" 눈처럼 계속 돌아오며 내린다. 연주가 몽환적이고 백현진의 목소리가 절절한 이유이다. 〈사자 티셔츠〉가 이제 티셔츠를 돌려줄 수 없게 되어버린 이에 대한 노래로 들리는 이유이다. 〈늦여름〉과 〈고속도로〉 역시 업보와 인연으로 이어지는, 오늘 같은 과거의 기록이다. 가볍고 수많은 삶의 가볍지 않아 수많은 기억. 과거이자 현재이며 미래일 기억을 떠올리게 하는 노래는 슬픔을 넘어 하염없다. 하염없이 깊어진 백현진의 음악에서 누구도 빠져나오기 어렵다.

한 세대의 노래, 한 시대의 음악

 브로콜리너마저 《속물들》

브로콜리너마저 〈속물들〉

브로콜리너마저가 첫 데모 싱글을 발표하며 데뷔한 지 13년, 〈앵콜요청금지〉로 당대의 청춘을 사로잡은 지 12년이 지났다. 1집 《보편적인 노래》에 이은 2집 《졸업》도 9년 전이다. 시간은 공평하게 흐른다. 브로콜리너마저도, 브로콜리너마저를 듣던 청춘도 나이 들었다. 세월은 빛나던 청춘이 청춘이라는 말 앞에서 멈칫하게 만든다. 어떤 뮤지션은 시간이 지나고 나이를 먹어도 똑같은 이야기를 하지만, 이미 졸업해버린 브로콜리너마저는 이제 〈잊어야 할 일은 잊어요〉라고 선을 긋는다.

브로콜리너마저는 그동안 현대 자본주의 도시의 젊음이 경험하는 사회와 관계의 피곤과 불편, 그로 인한 자책과 상처를 음악으로 대변했다. 크고 작은 부당함을 모른 척하지 않고 목소리를 내보

브로콜리너마저 《속물들》 ⓒ변인희, 김기조

려는 마음. 같은 상황에 놓인 이들의 이야기에 눈 맞추려는 마음은 2010년대를 살아가는 젊음이 9와 숫자들, 로로스와 함께 브로콜리너마저에 귀 기울이게 했다.

9년 만에 내놓은 정규 3집 《속물들》은 조금 더 직설적이다. 졸업한 이들이 사회로 진입하고 기성 권력과 부딪치고 발견한 사회의 실체 그리고 함께 부대끼는 자신의 달라진 모습을 담은 노래들은 여전히 냉정하다. "우린 높은 확률로/서로 실망하게 될 일만 남은 셈"이라거나 "세상은 둘로 나눠지지 않아요/내가 당신을 사랑하지 않는 게/당신을 미워하는 게 아닌 것처럼"이라는 첫 곡 〈좋은 사람이 아니에요〉의 노랫말은 알고 있던 브로콜리너마저와 조금도 다르지 않다. 브로콜리너마저의 노래에는 자만이 없고, 허세가 없었는데, "당신이 그렇다면 그렇겠네요"라는 노랫말에는 이제 상대에 대한 체념이 함께 배어난다. 아무리 아니라 해도 넘어설 수 없는 차이 앞에서 고집을 부리지 않는 마음에는 고단한 단념이 묻어난다.

이처럼 브로콜리너마저의 새 음반에는 애쓰기 어렵고, 나아지기 어려운 현실에 길들여지는 모습이 비친다. 타이틀곡 〈속물들〉의 노랫말 "우리는 속물들/어쩔 수 없는 겁쟁이들" 뿐만 아니다. "꽤 비싼 건물도 요즘은 빈자리가 많다고/하지만 그런 거라도 가지고 싶어"라는 노랫말은 악착같이 버티고 견뎌야 하는 시대의 안간힘 같은 욕망을 가감 없이 받아쓴다. 거대한 사회 앞에서 무기력한 개인은 살아남으려는 생각 이상을 꿈꾸기 어렵다. 변화의 가능성을 신뢰하기 힘들다. 브로콜리너마저가 모든 세대, 모든 젊음을 대변하지는 못한다 해도 지금을 살아가는 이들의 생각이 이 노래와 멀지 않은 현실은 노래가 위로나 희망이 되는 역할과 다른 기능이 있다고, 브로콜리너마저가 여전히 그 역할을 하고 있다고 말해준다.

이어지는 노래들에서도 보편적인 삶의 매듭과 바람을 포착해 많은 이들의 발화로 확대한다. "조금 힘겨운 하루였다고 해도/언제나 그렇지는 않을 수도 있겠지"라는 노랫말이나, "괜찮다고/생각하면 괜찮은 일/나만 삼키면 없어지는 일/나를 삼키고 없어지는 일/나만 괜찮지 않은 일"이라는 노랫말에 많은 이들이 공감할 것이다.

그러나 브로콜리너마저는 냉정한 기록만 노래하지 않는다. "나쁜 사람이 되지 않겠어/어떤 인간들을 만나도/우아함을 잃지 않는 건/그저 사람이 되는 일"이라는 노랫말과 "너는 왜 이렇게 못 돼 처먹었니 하고/말하는 자신을 먼저 돌아보세요/인생 혼자서 사는 거 아니라고 하면서/주변에 민폐 끼치지 맙시다"라는 노랫말은 선의를 선의로 지켜 자신을 망가뜨리지 않는 방법을 알고 있음을 보여준다. 그뿐 아니라 브로콜리너마저는 싸워야 한다면 감당하겠다는 단호함까지 드러낸다. 좋은 게 좋은 거라고 타협하거나 묻어가는 일이 성장과 성숙으로 곡해되는 세상에서 "좁아지는 길/손에는 몇 장 남지 않은 카드/웃으며 일어나는 사람들/점점 줄어가는 의자/텅 빈 운동장"이라는 현실의 균열 속에 서 있으면서도 다른 기성세대, 다른 어른의 가능성을 포기하지 않는다. 브로콜리너마저의 노래는 다르기만 한 게 아니라 더 가치 있다고 말할 수 있는 근거이다. 그래서 "행복해지려"는 다짐의 노래가 뭉클해지고, "꿈도 꾸지 않을 만큼 깊은 잠을 자요/우리에겐 세상이 꿈이니까"라는 노랫말에 담은 연민은 더 애틋하다.

브로콜리너마저는 멋들어진 연주나 화려한 플레이보다 노래 자체의 맛을 살리는 데 집중하면서 노래마다 차이를 조각한다. 보컬의 변화로 차이를 만들기도 하고, 비트의 차이를 만들기도 한다. 주도하는 악기를 바꾸거나, 연주의 강약을 조율하는 방식, 그리고 포크 록과 팝 사이를 오가면서 변화를 만드는 방식 모두 음반을 소리의 활동으로 실체화하는 브로콜리너마저의 실천이다.

그런데 〈서른〉이나 〈행복〉, 〈아름다운 사람〉을 들으면 브로콜리너마저의 매력이 윤덕원이 써내는 노래의 힘에서 출발한다는 것을 새삼 깨닫는다. 정직한 보컬, 핍진한 노랫말의 서사, 자연스럽고 울림 큰 멜로디를 버무린 노래는 브로콜리너마저가 자신의 노래를 듣는 세대를 이끌고 다른 세상으로 향하고 있음을 숨기지 못한다. 나는 이 세대를 이명박·박근혜 시대를 견디고 결국 그들을 퇴학시킴으로써 스스로 졸업한 세대라고 부르고 싶다. 어떤 노래는 이렇게 한 세대의 노래가 되고, 한 시대의 음악이 된다. 브로콜리너마저의 노래가 그들과 함께 도착할 세상이 한없이 궁금하다.

브로콜리너마저 ⓒ남중효, 스튜디오브로콜리 제공

12년 차 여성 뮤지션의 정점

 빅베이비드라이버(Big Baby Driver)
《사랑》
빅베이비드라이버 〈밀림〉

 예쁜 노래 선물을 받았다. 싱어송라이터 빅베이비드라이버의 세 번째 정규 음반 《사랑》이다. 2008년 아톰북(Atombook)에서 시작한 음악이 빅베이비드라이버의 3집으로 이어지는 동안 12년이 지나갔다. 시간은 공평하게 흘러갔다. 우리는 모두 알게 모르게 달라졌을 것이다. 이번 음반의 가장 큰 변화는 수록곡 전부를 한국어로 노래한다는 사실이다. 그동안 빅베이비드라이버의 음반에는 영어 가사 곡이 더 많았다. 그런데 이번 음반 수록곡 10곡은 모두 한국어이다.

 음반에 담은 곡들은 하나같이 순하고 부드럽다. 포크 싱어송라이터로 활동해온 이력답게 빅베이비드라이버는 나일론 기타, 밴조, 어쿠스틱 기타, 오르건, 일렉트릭 기타, 일렉트릭 피아노, 피

빅베이비드라이버 《사랑》 ⓒ봄로야

아노, 콘트라베이스에 프로그래밍 사운드를 조금만 덧붙인다. 모든 노래에서 소리를 낮춘 연주는 배경이 된다. 빅베이비드라이버의 목소리도 일부러 돌출할 생각이 없는지 내내 편안하고 차분하다. 그래서 심심하게 들릴 수 있을 노래를 빅베이비드라이버는 연주와 리듬의 변주로 다르게 칠한다.

첫 곡 〈사랑〉은 피아노와 나일론 기타, 밴조의 삼중주가 부드러움과 떨림의 상반된 사운드를 만들어낸다. 기분 좋은 설렘을 느끼게 하는 두 번째 곡 〈내 마음은 밀림〉에서는 일렉트릭 기타의 울림에 어쿠스틱 기타의 리듬감이 번갈아 이어지면서 차이를 낸다. 〈고양의 봄(슈이에게)〉에서는 일렉트릭 기다가 빠지고 나일론 기타와 보컬의 이중주가 곡을 지배한다. 여기에도 프로그래밍 사운드는 뽕뽕거리는 듯한 소리를 더해 들뜬 마음을 대변한다. 깔끔한 편곡이다.

반면 〈둘이서 세 잔〉은 리드미컬한 피아노가 주도한다. 흡사 바에서 라이브 연주를 들려주는 것처럼 흥겨운 연주는 금세 이전 곡을 잊게 한다. 간주에서 가세한 일렉트릭 기타의 맛은 취흥을 배가시킨다. 〈농담〉에서는 프로그래밍한 사운드가 나일론 기타와 함께 넘실거리며 낭만적인 분위기를 부풀린다. 최소화한 악기를 효과적으로 활용하는 감각은 계속 돋보인다. 빅베이비드라이버는 〈오직 그대만이 말할 수 있죠〉에서도 같은 편성으로 정감 있는 사운드를 만들어낸다. 〈어둑어둑해진 말로〉에서 잔잔한 리듬에 실은 노래는 노래 속 어둠만큼 젖어든다. 〈열두 겹 이불 아래 완두콩〉은 앙증맞고, 〈내게 말해요〉에서 반짝이는 일렉트릭 기타 연주는 3집의 아름다움을 완결한다. 〈사랑 2〉에서는 보컬과 나일론 기타, 프로그래밍 사운드가 다시 편안하고 고즈넉하게 밀려온다.

노랫말로 표현한 재치 있고 사려 깊은 사랑 이야기와 몽글몽글하고 소박한 사운드가 완벽하게 맞아떨어진다. 기타를 활용하면서 프로그래밍한 사운드를 더해 따스하고 순수한 느낌을 빚어내는 음악은 노랫말이 지향하는 사랑의 태도를 자연스럽게 실현한다. 빅베이비드라이버는 상대를 사랑한다고 열띠게 고백하거나 압박하지 않는다. 당신이 나와 달라서 힘들다고, 왜 나를 내가 원하는 만큼 사랑하지 않느냐고 탓하지 않는다. 사랑은 "내 마음에 언제나 있는 미움 같은"것임을 아는 탓이다. 빅베이비드라이버는 자신의 마음이 "얽히고설키기가 고르디우스의 매듭만큼 단단하"다는 것을 스스로 파악했다.

빅베이비드라이버 ⓒ케이채

　　하지만 그는 "어쩌면 난 밀림의 왕/내 마음은 일 년 삼백육십오 일 정글북"이라고 재치 있게 표현하는 사람이다. 유머가 가능한 것은 자신의 마음에만 사로잡히지 않고 떨어져 볼 줄 아는 여유가 있기 때문 아닐까. 그만큼 다정하고 상대를 배려한다는 증거이다. 고양이와 이야기를 나누며 "내게 말하네/나를 믿어"라고 교감할 수 있는 이유가 따로 있지 않다.

　　"그대로 그대가 난 좋아요/애써 달려가려 말아요/어차피 우린 원을 그리며 돌고 돌아 거기로 가잖아요"라는 〈둘이서 세 잔〉의 노랫말과 제목 역시 있는 그대로 존중하는 마음의 표현이다. 그래서 "너의 농담은 길기만 하고 재미도 없구나"라고 상대의 무관심을 지적하는 노래조차 가시가 없다. "나는 그대의 마음을 알고 싶어요", "내게 뭔가 바라고 있는 게 있다면/고민하지 말고 말해보아요/그다음 일은 다음이니까", "하지만 그대의 마음은 그대의 것이죠/누구도 함부로 아는 체할 수는 없죠"라고 이야기하는 〈오직 그대만이 말할 수 있죠)의 태도는 얼마나 사려 깊은지. 상대의 마음이 어떤지 헤아리지 않고 자신의 마음을 터트리기 급급한 노래들과 태도를 달리하는 곡은 제각각 다른 사랑의 태도 가운데 가장 윗길에 서 있다.

관계가 잘 풀리지 않을 때나 상대가 자기 마음 같지 않을 때도 "어둑어둑해진 말로 널 불러봤어/가만히 나도 몰래 달도 몰래"라고 노래하는 마음은 사랑이다. 특히 〈열두 겹 이불 아래 완두콩〉의 설렘은 살갑기만 하다. 〈내게 말해요〉에서 경쾌하고 부드러운 권유를 표현하는 "접힌 종이처럼 들어줄게요", "두 눈을 살며시 감고서/고양이 수염처럼 들어줄게요"라는 표현은 사랑 노래의 살가움과 재미를 동시에 불러일으킨다. 빅베이비드라이버는 사랑의 쓸쓸함을 표현할 때도 "안개처럼 사라져버렸네"라고 서정적으로 표현한다.

노랫말에 담은 인식의 깊이와 표현의 개성만큼 사운드와 멜로디가 출중해 듣는 내내 지루하지 않고 한순간도 마음이 곤두서지 않는다. 소리와 태도가 일치해서 소리로 그린 인식과 태도에 수긍하고 매료되는 음악이다. 사랑이 미움의 시작이 되고, 폭력의 이유가 되는 시대에 빅베이비드라이버는 사랑이 갖추어야 할 부드러움과 따스함을 그만큼의 음악으로 떠올려준다. 사랑하기 때문에 마음대로 해도 된다고는 생각하지 않는다고, 자신의 마음만큼 상대의 마음을 소중하게 생각하는 것이 사랑이라고 속삭인다. 이기적인 마음에 베인 상처를 감싸는 붕대 같은 노래는 흉흉하고 불안한 시절에 위로가 된다. 노래를 듣는 것만으로도 봄을 맞는 것처럼 마음이 피어난다. 참 사랑스러운 음반이다. 이 음반을 12년 차 뮤지션이 만든 음악 세계의 정점이라고 해도 좋지 않을까. 물론 빅베이비드라이버의 음악은 앞으로도 훌륭할 테지만.

박베이비드라이브 ⓞ케이치

단단한 생각으로 만든
심심(甚深)한 음악

 아마도이자람밴드《FACE》

아마도이자람밴드 〈신이 나타나서 물었다〉

아마도이자람밴드의 음악은 노랫말을 읽으며 들어야 한다. 노랫말이 절반 이상이기 때문이다. 6년 만에 내놓은 정규 2집 《FACE》에 실은 11곡의 노랫말은 재기발랄하다. 아마도이자람밴드는 이자람의 발언으로 곡마다 다른 이야기를 두툼하게 펼친다. 노래를 들을 때마다 새로운 이야기와 충돌한다.

첫 곡 〈유머〉는 "목이 마를 땐 유머나무 아래로 달려라"고 부추긴다. "유머 하나를 따서 아삭아삭 먹자"는 거다. 생뚱맞게 느껴질 노랫말은 첫 곡부터 짧은 가사를 반복하면서 아마도이자람밴드의 음악은 다르다고 내지른다.

아마도이자람밴드는 흔한 사랑과 이별 이야기를 들뜨거나 슬픔에 잠겨 노래하지 않는다. 사랑과 이별을 노래할 때도 다른 태도

FACE

아마도이자람밴드

아마도이자람밴드《FACE》ⓒ유어썸머

를 내보인다. 음반의 두 번째 곡 〈Face〉는 사랑을 "매일 아침 눈을 뜨는 나의 세계가/매일 아침 눈을 뜨는 너의 세계를 만났다"고 표현한다. 각자의 세계를 가진 다른 존재의 만남이라고 말하는 노랫말은 사랑을 한다고 개별 존재의 차이가 사라지지 않음을 분명히 한다. 그래서 "니가 가꿔온 아름다운 세계/그곳에 들어가도 될까요"라고 묻는 가사로 이어진다. 다른 태도, 다른 세계관이 노래로 영글었다. "나의 폐허가 돼버린 세계/누추해도 들어와 줄래요"라는 질문은 어떤 사랑 노래보다 사려 깊어 로맨틱할 뿐 아니라 정치적으로도 올바른 사랑 노래의 문을 연다.

　　그리고 이자람은 "각기 다른 눈과 마음이 달려온/두 개의 세계는/서로를 마주치고는 시작과 끝을 잇는/끝없는 원주만큼 강하게 진동한다"고 만남과 설렘을 기록한다. 추상적이어도 정확한 표현은 사랑의 본질에 근접한다. 특히 "두 세계의 진동"이라는 노랫말은 보편적인 두근거림을 기록하면서, 일방적으로 매혹당하거나 굴종하지 않는 평등한 관계와 교감을 지향하는 오늘의 노래로 맞춤한다. 시대의 변화를 증거하는 노래이자 호응하는 노래로 아마도이자람밴드의 노래는 노래의 길과 세상의 길을 연결한다.

반면 거부와 부정의 언어를 제목으로 삼은 〈아니〉는 자유로움에 대한 갈망과 의지를 노래한다. "원해야 하는 것 말고/그렇게 해야 하는 것 말고/배우며 자란 것 말고/남이 알려준 거 말고"라는 노랫말은 자신의 생각과 욕망과 의지로 살아가려는 으르렁이다. 순간적이거나 즉흥적으로 터트리는 고민이 아님을 알 수 있는 노랫말은 평등한 관계 맺음과 주체적 태도를 연이어 노래함으로써 여성 주체의 목소리를 굳세게 대변한다. 〈Face〉와 〈아니〉로 맞닿은 생각들은 연달아 단단한 노래가 된다.

살가운 사랑을 고백하는 노래 〈I will〉의 표현도 생동감 넘친다. "너의 귀에서 나는 살냄새/너의 코에서 나는 숨 냄새/빼앗듯이 맡을 거야 떨어지지 않도록/내가 다 마실 거야 하나도 남김없이"라는 노랫말에 망설임은 없다. 자신의 욕망과 확신대로 사랑하겠다는 생각을 살냄새와 숨 냄새로 표현한 노랫말은 육체에 대한 에로틱한 탐닉을 노출해 사랑의 열망을 온전히 대변한다. "너의 팔을 들고 겨드랑이 사이로/흩어지는 온도를 나의 온몸으로"라고 쓴 노랫말은 노골적인 표현으로 의지를 표출하는 감각이 빛난다. 아마도이자람밴드의 사랑 노래는 지금 걸크러쉬한 노래들과 함께 야무지다.

아마도이자람밴드 ⓒ유어썸머

반면 〈Going to〉는 인간이 도달할 수밖에 없는 소멸과 부재, 망각을 노래한다. "시간은 그렇게 흘러가 버리고/우리는 모두 잊혀질 거야"라는 서술 앞에서 고개 저을 수 있는 사람은 아무도 없다. 하지만 모든 예술이 허무와 영원을 향해 시선을 던지지 않는다. 존재의 열망과 부재의 폐허를 함께 노래해 아마도이자람밴드는 음과 양의 세계를 모두 품는다.

그리고 〈기억한다〉는 간명하고 시적인 언어로 지워지지 않는 찰나의 순간들을 불러들인다. 구체적인 지명과 사물은 기억을 복원하면서, 기억하는 시공간과 그때의 자신, 과거의 기억을 재생하는 현재의 자신을 아우른다. 이 노래는 뜨거웠던 과거에 대한 노래이며, 기억에 대한 노래이다. 우리는 함께였을지 모르는 거리의 날들로 이동한다.

자유에 대한 열망을 담은 노래처럼 보이는 〈신이 나타나서 물었다)는 자유가 고통이며 오욕일 수 있다는 노래이다. 그렇지만 돌파하겠다는 의지를 표현하는 아마도이자람밴드는 자유에 대한 사유의 온도와 열망의 속도를 함께 높인다. 이번 음반에서 가장 깊은 사유를 담은 〈하나비〉는 불꽃처럼 찬란하지만 잡을 수 없고 흔적 없이 사라지는 인간의 욕망을 바라본다. "바라는 것은 언제나/세상에 없는 것이다/세상에 없는 것들은/늘 그리운 것들이다"라는 진술은 아포리즘에 가까운 간명함과 적확함으로 눈물겹다. "시를 쓰고 이야기를 짓고/노래를 만들어/세상에 없는 것들로 불꽃을 지어 올"린다는 노랫말은 예술에 대한 쓸쓸하고 아름다운 고백이다. 먼저 발표한 싱글 〈귀뚜라미〉와 〈산다〉, 그리고 〈빈집〉도 사소하거나 막막한 순간, 공감할 수밖에 없는 진실이다. 이 음반은 세상 수많은 얼굴만큼 다르지만 생생한 발언의 화랑(畫廊)이다.

포크 록 사운드를 구사하는 아마도이자람밴드는 격렬하거나 풍성한 사운드를 연주하지 않는다. 한국적인 리듬감을 자주 활용하는 음악은 구수하고 담백한데, 매 순간 연주를 앞세우거나 빼면서 음악의 차이를 만든다. 명확한 리듬과 보컬의 이중주를 잠식하는 기타와 신시사이저 연주는 몽환적이거나 경쾌하거나 해학적이거나 따뜻한 질감을 불어넣어 노랫말을 소리로 확장한다. 채워 넣기보다 비우는 연주는 감각을 자극하지 않도록 경계하면서 노랫말에 집중하라고 안내한다. 그리고 연주가 등장하는 순간은 늘 분명한 의도 속에서 관성적이지 않은 사운드로 마무리한다. 노랫말을 반복하는 노래가 많지만, 아마도이자람밴드는 반복으로 인해 생길 수 있는 지루함을 음악의 변화로 해소한다. 이 음반에서 가장 드라마틱한 연주를 들려주는 〈하나비〉에서는 영롱하고 강렬한 연

주와 사운드로 밴드의 역량을 보여준다. 팝 음악처럼 진한 멜로디와 사운드로 유혹하는 음악은 아니다. 하지만 아마도이자람밴드의 음악은 다른 어법과 빼어난 노랫말이 두드러진다. 특히 곡마다 다른 어조의 차이는 음반을 듣는 재미를 안겨 끝까지 은근하다. 간은 심심하지만 뜻은 참 심심(甚深)한 음악.

좋은 음악의 역사는 끊어지지 않는다

 아월(OurR)《I》

아월〈I+Floor〉

이런 목소리에는 끌리기 마련이다. 빠져들기 마련이다. 밴드 아월의 보컬 홍다혜, 그의 목소리는 신산하고 처량하다. 앳되어 보이는 분위기와는 사뭇 다른 질감이다. 보컬의 음색은 배우의 표정이나 얼굴 같은 것으로 배우의 대사와 연기를 보컬은 목소리로 대신한다. 목소리의 굵기와 농도, 음색의 높고 낮음은 노래하는 이야기의 파장과 위력을 거의 결정한다. 자신이 펼치는 이야기에 조응하지 못하는 보컬은 실패하고, 이야기를 육화한 보컬은 성공한다.

2019년 12월에 발표한 아월의 첫 EP에 담은 이야기는 대개 우울하고 힘겹다. 사는 게 원래 뜻대로 되지 않아서가 아니다. 스스로 당당하지 못한 삶은 주눅 들어 비감하다. 연주곡인 첫 번째 곡 〈I〉를 지나 등장하는 첫 노래 〈Floor〉에서 홍다혜는 "내 차가운 마음",

아월(OurR) 《I》 ©BIGSEUL, 해피로봇 레코드

"내 초라한 마음", "내 초라한 긴 그림자", "내 서투른 말들"이라고 내내 자신을 비하한다. 자신을 정직하게 인식한 결과가 아니다. "분명 실망할 거"라고, "괜찮아요 그대 가버려도", "나만 남겨지겠죠"라고 말하는 마음의 주인인 탓이다. 자신을 사랑하지 못하고 아끼지 못하는 이는 어떤 상대 앞에서도 꿋꿋할 수 없다. 가까워지면 실망하고 당연히 떠날 거라 믿는다. 결국 자신은 혼자 남을 것이라 확신한다. 스스로 아끼지 못하는 자기모멸의 태도를 노래할 때, 홍다혜의 목소리는 구슬프다. 맑기보다 흐리고 질박하게 짙은 목소리는 노랫말의 어둠을 충분히 담았다. 선우정아가 떠오르는 목소리는 원래 그랬다는 듯 마음이 밑바닥까지 내려가기를 주저하지 않는다. "그대 언젠가 떠나갈 거잖아요/그땐 아마 나에게 가장 쓸

쓸한 날일 거예요"라고 고음을 내지를 때, 노래의 비관주의는 화려하게 완성된다.

"멈춰질 말들을/아무렇지도 않게 물"으며 관계를 무너뜨리고 후회하는 노래 〈20+3〉에서도 홍다혜의 목소리는 쓸쓸하다. 그러나 목소리만으로 노래가 힘을 갖기는 불가능하다. 밴드 아월은 홍다혜의 목소리에 실은 멜로디에 팝의 보편성을 장착했다. "멀리 나를 보내고/넌 혼자 어떻게 걷고 있는지/좁은 길에 갇힌 채/넌 어떻게 걷고 있는지"라고 안타깝게 노래할 때, 좋은 노래의 마법이 펼쳐진다. 가사와 멜로디와 리듬과 보컬과 연주가 완벽하게 조화를 이뤄 노래가 닿으려는 세계로 듣는 이를 끌고 가기 때문이다. 그 순간 우리는 현실과 잠시 유리되어 노래의 세계로 이주한다. 거기에서 노래 속 살아 움직이는 사람들을 만난다. 그 사람들을 지켜보다 보면 그들의 얼굴이 내 얼굴과 내 기억 속 얼굴로 바뀐다. 좋은 노래, 뛰어난 노래는 좋은 작품들이 대부분 그러하듯 자신의 삶을 헤집어 기억과 만나게 한다. 자신을 합리화하거나 위로할 뿐이라도 동감하지 못하는 노래는 어떤 반향도 끌어내지 못한다. 좋은 작품은 감상자를 주인공의 자리로 옮겨 기억하게 하고 그리워하게 하고 반성하게 하고 성찰하게 한다. 최소한 그중 하나라도 가능하게 한다.

또 다른 타이틀곡 〈Circle〉에서도 화자는 "텅 빈 땅"에 "혼자 허우적대며/벗어나지 못하고/작은 파도가 일면 멀리 휩쓸려가겠지"라고 자조한다. 누군가에게 고백하지만 기대는 없다. 홍다혜의 보컬이 샤우팅으로 외치는 순간에도, "아마도 우린 같은 건 없나 봐/얼마나 지나고 나야 넌 알까"라는 노랫말은 통하지 않는 관계에 대

아월(OurR) ⓒ해피로봇 레고드

한 절망뿐이다. 그리고 밴드 아월은 막막한 마음을 보컬과 멜로디를 끌어올리는 로킹한 사운드로 터트린다.

〈I〉가 신시사이저와 멜로트론 등을 활용한 신비로운 사운드를 창조한다면, 〈Floor〉는 일렉트릭 기타와 드럼을 주축으로 한 강렬한 록 밴드 사운드가 이끈다. 그런데 아월은 여기에 피아노와 신시사이저, 멜로트론 등으로 사운드 스케이프를 확장한다. 곡의 드라마는 더 격동하고 파장은 더 강력해진다. 〈20+3〉도 흡사하다. 로킹한 사운드와 팝의 스타일은 보편성과 위력을 동시에 다지며 노래의 힘을 채운다. 〈Circle〉은 신시사이저의 역할이 두드러진다. 일렉트릭 기타의 급작스러운 분출이 노래의 상승을 책임진다면, 신시사이저는 하강을 책임지는 방식이다.

보컬의 농염함이 돋보이는 노래 〈Cycle〉은 영어 가사와 펑키한 리듬감으로 의지를 드러내는 변화를 만든다. 〈선인장〉에서 "이제 예쁜 꽃이 필 거야/아직 보이지 않아도/언젠가는 큰 꽃이 될 거야/그걸 믿자"라고 노래할 때, 〈선인장〉이라는 의미심장한 제목과 자기 긍정의 노랫말이 어색하지 않도록 이어지는 흐름이다. 영롱한 일렉트릭 기타 연주는 미래에 대한 낙관과 정직한 인식을 가능하게 한 마음의 온도를 부각한다. 밴드 아월은 이렇게 한 장의 EP 안에서 변화하는 한 사람의 이야기를 서술한다. 마지막 곡 〈응답〉은 지나온 날들의 자신을 차분하게 고백하는 곡으로 음반을 마무리한다. 다른 마음을 안다고 말하게 된 자신은 조금이나마 다르게 살 수 있을 것 같다.

키보드와 프로듀싱을 맡은 이희원, 베이스를 연주하는 박진규, 보컬과 기타를 담당한 홍다혜의 밴드 아월은 2018년에 데뷔했다. 크고 작은 공연에 꾸준히 출연하고 온스테이지도 촬영했다. 2020년부터는 좀 더 자주 보게 될 듯한 아월은 드링킹소년소녀합창단, 보수동쿨러, 신인류, 차세대 등과 함께 밴드 신의 변화를 대표한다. 시간은 흐르고, 새로운 이들이 새로운 음악으로 등장한다. 좋은 음악의 역사는 끊어지지 않고, 옛날 사랑했던 노래만큼 훌륭한 노래를 계속 듣게 된다. 아무리 생각해도 신비로운 일이다.

이미 나무이자 열매인 씨앗

 애리《SEEDS》

애리 〈없어지는 길〉

음악은 마음을 옮긴다. 마음을 옮기고 이따금 생각을 옮긴다. 생각을 옮길 때 마음까지 옮긴다. 마음과 생각이 싹트고 자라고 피고 시들고 지는 순간을 옮긴다. 마음과 생각을 듣고 기록하고 들려주는 사람을 옮긴다. 그이에게 묻은 시간과 세상을 옮긴다. 음악에 담은 모든 것을 다 알지 못해도 마음은 생각보다 빨리 흔들린다. 설명할 수 없는 감응, 설명할 필요 없는 공감. 그것이 음악의 힘이다.

싱어송라이터 애리가 2018년 10월 29일 발표한 첫 음반 《SEEDS》의 세계는 불투명하다. 〈어젯밤〉부터 〈비 오는 날 씨앗으로 틔우는 여정〉까지 수록곡은 5곡. "흩날리던 글자의 결이 시리구나/휘파람도 나를 스쳐갔어/이상한 이야기/곧 스러지는 단어의 춤/곧 미끄러질 표정들이/담벼락에서 헤매이네"라는 첫 곡 〈어젯

애리 《SEEDS》 ⓒ미어캣(Meercat)

밤)이 무슨 이야기를 하는지 알아차리기는 쉽지 않다. 그러나 노랫
말로만 말하지 않는 음악을 들으면 노래에 담은 마음이 흘러온다.
밤이 되어 혼자 맞는 시간, 후회와 상실감을 담은 듯한 노랫말은 사
이키델릭한 사운드의 향기로 피어난다. 생각을 거듭하다 현실과
환상의 경계로 날아가 버린 순간을 담은 듯한 음악은 나른한 보컬
의 중첩과 공간감, 느슨한 드러밍, 강렬하고 몽환적인 일렉트릭 기
타 연주로 〈어젯밤〉이 밤의 노래라고, 의식과 무의식의 경계를 넘
나들고 통합하면서 자신도 다 알지 못하는 마음을 탐색하는 곡이
라고 속삭인다.

　〈없어지는 길〉에서도 애리는 지나간 시간의 생채기를 더듬는
다. 애리가 노래하고, 일렉트릭 기타가 긁고 반복하면서 주도하는

멜로디는 쓸쓸하다. 6분 33초의 긴 곡은 노래만큼 연주의 비중이 높다. 그리움과 상실감을 드러내는 노랫말은 애리의 노래와 밴드의 연주를 빌어 그리움과 상실감에 한정할 수 없는 마음으로 가지 친다. 아린 마음임에도 드라마틱한 변화를 이어가는 연주는 노래가 한 자리에만 머물러 있지 않다고, 계속 생동한다고 말한다. 마음의 흐름과 흐름을 가능하게 한 시간까지 담은 곡임을 알아차리게 하는 사운드. 애리의 보컬이 담담하게 들리는 이유이다.

이뤄낸 마음보다 실패한 마음을 더 오래 바라보는 애리의 시선은 〈낡은 우편함〉에서도 마찬가지이다. 낮게 부른 노래는 우수에 잠겨 있다. 자신이 〈낡은 우편함〉과 다르지 않은 존재라는 자의식은 막막하다. 애리는 막막한 마음을 영롱한 기타 연주와 사이키델릭 포크의 질감으로 노래해 아름다움으로 치환한다. 애리의 동병상련은 노래의 아름다움에 힘입어 듣는 이들을 두드린다. "철거되지 못했던 구물" 같고, "쓰임새 없이 녹슬어 간다"고 생각하는 이들에게 노래는 "노란 민들레 하나"처럼 "잠시 친구 되어"줄지 모른다. 녹슬고 부서진 마음을 다독이는 것은 근사한 긍정이나 찬사만이 아니다. 마음 바닥에 내려앉은 슬픔을 온전히 기록할 때 슬픔은 슬픔의 아름다움으로 빛난다. 슬픔의 아름다움은 훼손할 수도 무시할 수도 없다. "노란 민들레 하나가 잠시 친구 되어주"는 것은 슬픔의 힘으로 버티기 때문이다. 애리가 그 의미와 가치를 놓치거나 외면하지 않는 뮤지션이기 때문이다.

덕분에 상처에서 벗어나지 못했던 마음은 〈에덴〉에서 자연과 교감하며 스스로 낫는다. "바람이 휘이 부는 땅"과 "별들이 반짝이는 하늘"에서 "바다가 들려주는 노래"를 듣고, "나무가 뿜어내는

애리 ⓒ미어캣(Meercat)

녹음"을 느낄 수 있는 이유는 마음이 완전히 시들지 않은 덕분이다. "돌들이 속삭이는 틈새"와 "꽃들이 사근대는 기우뚱"에서 "사랑의 달콤함"을 찾아낼 줄 아는 마음은 사이키델릭한 사운드를 위로와 평화로 바꾼다. 일렉트릭 기타가 만드는 몽롱함과 일렉트릭 기타와 드럼이 주도하는 리듬 변화를 교차시킨 곡의 드라마는 마음의 변화와 치유를 소리로 보여준다. 〈비 오는 날 씨앗으로 틔우는 여정〉은 새로운 출발의 사이키델릭한 도전이다.

덕분에 이 음반은 길지 않은 분량인데도 기승전결 구조를 가진 중편 작품으로 완성되었다. 마음을 사운드로 이전하고 사이키델릭 포크와 밴드 사운드를 결합한 애리, 신사론, 우기디의 결과물. 2016년부터 꾸준히 존재를 알린 애리의 단단한 출발이다. 스스로는 씨앗이라 칭했지만 이 정도의 음반이라면 나무이자 열매라 해도 부족함이 없다. 2018년이 가기 전에 들어야 할 음반. 새로운 음반이 나올 때까지 계속 듣게 될 음반.

관계의 빛과 그림자

 에몬(Emon) 《네가 없어질 세계》
에몬 〈숨 쉴 때마다〉

싱어송라이터 에몬의 정규 2집 《네가 없어질 세계》는 제목처럼 가깝고 소중한 존재와 관계에 대한 이야기 모음이다. 그러나 《네가 없어질 세계》의 단절과 부재 가능성만 노래하지 않는다. 에몬은 〈네가 없는 세상이 단 하루도 없었으면 해〉라는 제목처럼, "네가 떠난다는 생각만으로도 난 어쩌면 하루 종일 울 수 있을걸"이라고 노래하긴 한다. 하지만 〈다른 인종〉에서는 "믿고 싶은 말들만 귀를 기대어 넌 이해할 수 없는 사람이 됐네"라고 불화하는 관계의 불편함과 고통을 노래한다. 〈숨 쉴 때마다〉는 "숨 쉴 때마다 너를 생각한다는 그 말은 거짓말/매 순간 하늘을 볼 때도 나는 다른 생각을 해"라고 속마음을 노래하다가, "아직 난 준비가 안 됐는데 커져만 가는 너의 그림자가 너무 싫어"라며 의지보다 커져 버린 마음을

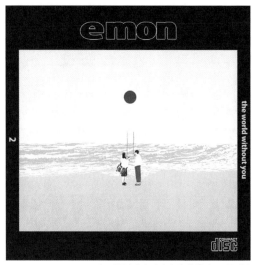

에몬《네가 없어질 세계》ⓒ필로스플래닛

고백하기도 한다.

　이처럼 소중한 관계가 되는 일은 쉬운 일이 아니고, 소중한 관계가 된 후에도 관계를 유지하기 어렵다. 우리 모두 다른 사람이기 때문이다. 다른 존재이기 때문에 다른 시선으로 보고 다른 가슴으로 살아간다. "내게 진짜 소중한 것은 너를 알고 있는 나"라는 노랫말처럼 다른 이를 자신보다 더 사랑하기는 불가능에 가깝다. 상대는 자신보다 나를 더 사랑해주기를 바라지만, 자신은 상대보다 자신을 더 사랑하기 마련인 자기중심성은 모든 관계에 차이와 장벽을 만든다.

　에몬은 이번 음반에서 너라고 부르는 가까운 관계에서 일어날 수 있는 마음의 진동을 다양하게 포착한다. 두근거리고 들뜨는 진동부터 식고 멈춰버린 마음의 잔해까지 기재한다. 〈남겨진 로봇〉에서는 "그리움 가득한 날들/이제는 아무도 없네"라는 노랫말로 "고장나 버려진 작은 로봇"처럼 "낡고 초라해진 마음"을 노래하고, "끝나지 않을 밤을 지나 영원한 사랑을 약속해"라며 사랑에 대한 기대와 희망을 표현하기도 한다. 반면 〈Poor Love〉에서는 "나를 모르는 그대는 내 이상형/다가가면 분명히 깨질 사랑"이라고 "이대로 그저, 바라만 보"는 낮은 자존감과 단념을 고백한다. "힘든 사람을, 좋아하는 버릇"을 털어놓는 노래 〈머리끝〉도 "네 안의 결핍이 자석처럼 나를 끌어당"긴다면서 고단할 수밖에 없는 관계의 마력을 자백한다. "어디에서 언제라도 네가 다시 내 눈앞에 나타날 그 날을 꿈"꾼다고 고백한 〈어디에서 언제라도〉는 좀처럼 지워지지 않는 그리움을 노래한다.

이렇게 이 음반에는 관계의 빛과 그림자가 모여 있다. 들뜨고 처지고 가라앉으며 오락가락하는 마음이 함께 있다. 감정 기복을 생략하거나 감추지 않는 목소리는 누구나 경험했을 상승과 하강의 시간, 그 속에서 깨닫는 자신과 관계의 상반된 실체를 마주하게 한다. 현실은 낭만적이기만 하지 않고, 반드시 비극적이기만 하지 않아 기쁨과 슬픔이 꽉 껴안고 있다. 자긍과 한탄 사이에서 서성이고 비틀거리는 관계의 민낯을 모두 노래하는 에몬의 음악은 거리낌이 없다.

에몬은 노랫말 속 상승과 하강의 낙차에 휘둘리지 않는다. 쓸쓸함이 배인 에몬의 목소리는 들뜨지 않을뿐더러 처지지도 않는다. 에몬은 서늘하고 담담한 목소리로 기쁨과 서러움을 모두 매만진다. 덕분에 마음이 요동치지 않고도 노래 속 감정의 이면과 기저

까지 바라볼 수 있다. 그곳을 바라보는 에몬의 자리에 서게 되고, 언젠가 그곳에 있던 기억을 끌어오게 된다. 감정을 부풀리거나 감정의 한복판에서 휘둘리지 않는 보컬의 안정적인 톤은 듣는 이들이 부담 없이 노래 안으로 걸어 들어와 오래 머물 수 있게 배려한다. 화려하고 드라마틱한 노래들 사이에서 에몬의 노래가 존재하는 방식이다.

에몬의 노래를 빛나게 하는 힘은 에몬의 보컬에서만 나오지 않는다. 에몬은 드럼, 바이올린, 베이스, 신시사이저, 어쿠스틱 기타, 일렉트릭 기타, 클라리넷, 퍼커션, 피아노 같은 악기들을 곡마다 효과적으로 활용해 정갈한 사운드를 구축한다. 〈네가 없는 세상이 단 하루도 없었다면〉이 미디엄 템포의 담백한 팝을 만들어냈다면, 〈다른 인종〉에서는 신시사이저와 드럼/퍼커션으로 리드미컬하면서 영롱한 사운드를 깔끔하게 펼친다. 소규모의 악기를 적시·적소에 등퇴장시키며 연출하는 에몬의 감각은 넘실거리듯 밀려오는 〈숨 쉴 때마다〉의 사운드에 이르면 반하지 않을 도리가 없다. 맑고 투명하면서 은근한 음악의 빛은 〈남겨진 로봇〉을 비춘 다음, 〈가로등이 꺼지는 순간〉의 고즈넉함으로 건너간다. 절제하면서도 절제했다는 인상도 주지 않을 만큼 세련된 연출 덕분에 에몬의 음악은 편안하다. 편안함을 소리의 편안함으로 실제화하고, 〈Poor Love〉에서는 시타르를 이용해 몽롱한 질감을 만들어낸 후 신시사이저와 팅샤 등으로 아찔하고 아련한 슬픔을 수수하게 펼치는 음악은 11년 차 뮤지션 에몬의 다른 음악까지 들어보라고 권한다. 〈머리끝〉의 리듬감과 멜로디의 중독성에 〈숨 쉬듯 크리스마스〉의 서정성까지 에몬의 음악은 매력을 빼곡하게 포개 올린다.

세상이 재미없고 지루해도, 잔인하고 비관적으로 무너지는 것 같아도 누군가 이렇게 좋은 음악을 만들어낸다. 좋은 음악을 만들기 위해 무던히 애쓴다. 덕분에 음악을 듣는 순간만큼은 세상은 똑바로 흐른다. 음악이 멈추었을 때 어느 쪽으로 걸어야 하는지 모를 수 없다. 거창한 이야기를 하지 않더라도 에몬의 음악이 흐르는 순간 아름다움이 선사하는 기쁨을 오밀조밀 누릴 수 있다. 요즘 들을 음악이 없다고? 최소한 에몬의 음악을 듣지 않고 그런 이야기 하면 안 된다. 누군가 해야 할 일을 대신하고 있기에 돌아가는 세상에서 에몬이 노래하고 있다.

에몬 ⓒ에몬

쓴맛 단맛 다 본 언니의 노래

 오소영 《어디로 가나요》
오소영 〈떠나가지 마〉

음악은 창작자가 만난 사실과 사실이 자아내는 생각과 감정을 표현한다. 창작자가 누구인지, 당사자의 국가/계급/민족/이데올로기/인종/젠더/지역에 따라 만나는 사실은 달라진다. 생각과 감정도 달라진다. 그렇다면 싱어송라이터 오소영이 세 번째 정규 음반《어디로 가나요》에서 만난 사실과 생각과 감정은 무엇일까. 11년 만에 발표한 정규 음반에서 오소영의 노래 10곡은 제각각 다른 이야기를 향해 산개하면서 하나의 태도에 안착한다.

첫 곡 〈홀가분〉은 "매일 매일 그렇게 되고 싶다고 바라고 바라도/절대 그렇게 될 수 없단 걸 이제 알아"라고 포기를 노래한다. 그런데 미디엄 템포로 노래하는 곡에 절망스러운 목소리는 없다. 오소영은 제목에서부터 삶에 대한 의지와 욕구, 그리고 그와 대척되

오소영《어디로 가나요》ⓒ도대체, afternoon records

는 절망과 좌절 너머에 있다. "힘들게 붙들고 있던 꿈들"과 "그래도 놓을 수 없던 희망"에 안녕을 고하고, "어떻게든 될 거야/걱정하지 마"라고 훌훌 노래한다. 적잖은 좌절과 노력을 거치지 않으면 건넬 수 없는 이야기에는 녹록지 않은 삶의 무게를 인정하며 단련된 성찰이 묻어난다. 어쿠스틱 기타와 드럼, 일렉트릭 기타의 포크 록 사운드는 성찰을 담담하게 전하는 데 주력한다. 특히 건반 연주는 정해진 리듬을 따라가며 편안하게 부르는 노래가 자연스러워지기 위해 필요했을 시간과 마음의 생채기를 감싸며 이 음반이 성숙한 태도의 결과물임을 맨 먼저 표시한다.

그래서인지 오소영은 "마음을 적은 짧은 유서 친 킹 없이/그렇게 서둘러 이곳을 떠나야 했"던 그녀의 죽음 앞에서 소리 내 울지 않는다. 경쾌한 리듬과 어쿠스틱 기타/하모니카/퍼커션으로 만든 〈살아 있었다〉의 사운드는 산책을 노래하듯 투명하다. 그러나 노래의 투명하고 가벼운 톤은 듣는 이를 슬픔으로 몰아세우지 않으면서 한 사람의 비극을 생생하게 전달한다. 슬픔을 전달하는 노래의 다른 방법은 오소영이 다른 이들의 삶을 외면하지 않고, 노래를 듣는 이를 고통스럽게 하지 않으면서 더 오래 기억하기 위해 고심한 예술가라는 판단의 근거이다. 관찰자의 위치에만 서지 않고 기록자이자 증언자로 분투하는 노래는 비극을 복원할 뿐 아니라, 떠난 이가 남긴 이야기까지 놓치지 않는다. 경험과 인내 그리고 이해의 태도가 쌓이지 않았다면 부르지 못했을 노래이다.

세 번째 곡 〈멍멍멍〉에는 반려동물에 대한 배려가 가득하다. 반려동물에 국한하지 않아도 좋을 만큼 보편적인 행복의 가치를 노래하는 곡의 사운드는 경쾌하다. 에스닉한 휘슬 연주를 실은 어쿠스틱 사운드는 과장도 허세도 없이 스며든다. 오늘의 솔직한 기쁨을 향해 달려가는 노래는 무엇이 중요한 것이고, 어떻게 살아야 하는지 명징하게 보여주는 데 집중한다. 컨트리와 요들 스타일로 노래하는 〈즐거운 밤의 노래〉 역시 지금 만날 수 있는 행복에 몰두한다. 지나간 날들의 고통이나 아직 오지 않은 날들의 두려움을 노래하지 않는 노랫말은 2박자의 리듬감에 요들의 신명을 더해 행복감을 발산한다. 관악기들의 협연은 곡의 낙관적인 태도를 소리로 표출하는 주역이다.

하지만 어쿠스틱 기타와 일렉트릭 기타 연주에 맞춰 차분하게 노래하는 타이틀곡 〈어디로 가나요〉는 "뭘 쓸지 잊어버린 소설가"이고, "뭘 쫓는지 모르는 사냥꾼"이 되어버린 누군가의 모습을 부

정하지 않는다. 그 순간 오소영은 "이제 그만/그 어둡고 외로운 길에서 도망쳐요"라고 과감하게 조언한다. "차가운 물속에 몸을 뉘어/파도가 치는 대로 몸을 맡겨/너는 어디로 가는지 모르는 모험가"라고 노래를 이어가는 오소영의 목소리에는 피할 수 없다면 떠나버리라는 충고가 담대하다. 이렇게 적확하고 사려 깊은 이야기를 전하기 위해 오소영의 세 번째 정규 음반은 11년의 시간이 필요했던 것 아닐까.

한편 "내 곁에서 멀리 떠나가지 마"라고 노래하는 〈떠나가지마〉는 어쿠스틱하게 시작한 연주에서 사이키델릭한 연주로 톤을 바꾼다. 음반의 전반부와 다른 어법을 선보이는 곡은 오소영이 들려줄 수 있는 사운드의 세계가 평이하지 않다는 것을 드러낸다. 단순한 가사와 대조되는 연주의 풍성한 파노라마는 이 음반에서 만날 수 있는 아름다움 중 가장 돋보인다. 그리고 "당신의 마음을 모르겠습니다"라고 노래하는 〈난 바보가 되었습니다〉는 오소영에게 한 번도 예상하지 못한 트로트 사운드가 이채롭다. 오소영의 트로트는 신파적이거나 향락적이기보다 능청스럽고 여유롭다. 내 마음은 무너진다고 노래하지만 이쯤은 견디거나 즐길 수 있다는 자신감이 배어 나오는 곡이다.

이 곡의 자신감은 "뾰족한 사람 나를 찔러도/난 당신의 모서리가 좋아요"라고 말하는 노래, 〈당신의 모서리〉의 넉넉한 배려와 필연적으로 만난다. "당신의 모서리를 안을 수 있게/나를 조금만 잘라낼게요"라고 말할 줄 아는 이라면 상대의 마음이 자기 같지 않다고 흔들리지 않는다. 이 마음은 처음부터 있었던 것이 아니라 계속 만나고 헤어지며 단단해지고 부드러워진 마음일 것이다. 슬로우 템포의 어쿠스틱 기타 연주에 맞춘 보컬 역시 환하다. 간주 부분에 더한 오보에 연주와 코러스는 곡에 깃든 마음의 온도를 더 부드럽게 높여준다.

오소영의 모든 노래가 자신감에 차 있는 것은 아니다. 〈난 알맹이가 없어〉는 깊이 없고 넓이 없는 자신을 숨기지 않는다. 곡을 완성하는 비트와 사운드는 자신을 아는 이의 담담함을 드러낸다. 그리고 "아름다운 날들"과 "그 사람", "반짝이던 기억들"을 그리워하는 마지막 곡 〈그 사람〉은 현경과 영애의 노래처럼 순수한 목소리가 아련하다. 이 노래에서도 그리운 것은 그리운 대로 그리워할 뿐, 돌아가려 하지 않는다. 후회하지 않는다. 세월의 강 건너편에서 지켜보고 노래할 뿐이다.

지난 일들을 인정하고 존중하는 목소리는 깊어진 인간의 초

상을 완성한다. 상실감으로 오래도록 잠 못 들던 밤을 건너 누군가
는 어른이 되었고 다른 이들을 위해 노래 부른다. 지금 잠 못 드는
이들, 아직 잠 못 드는 이들 그리고 그 언젠가 잠 못 들던 날들을 함
께 견디던 이들과 함께 듣고 싶은 음반이다. 어떻게든 될 테니까.
노래는 끝나지 않았으니까.

일목요연할 수 없는 삶을 위한 신스 팝

 우효《성난 도시로부터 멀리》
우효 〈PIZZA〉

음악을 플레이한다. 소리가 흘러나온다. 이야기가 흘러나온다. 음악의 이야기를 노랫말만 짊어지지 않는다. 리듬과 비트가 나눠 메고 멜로디가 합세한다. 아니, 리듬과 비트가 이야기이고, 멜로디가 이야기이다. 톤과 사운드도 이야기이다. 이야기의 일부이며 전부이다. 하나도 외따로 존재하지 않는다. 함께 이야기가 되고, 이야기를 책임진다.

그래서 뮤지션이 어떤 이야기를 하는지 궁금하다면 리듬과 비트, 멜로디, 톤, 사운드, 노랫말 중 하나에만 귀 기울여도 된다. 그중 하나에서 실마리를 찾으면 된다. 실마리를 잡아당기면 음악은 알았다고 듣는 이를 끌어당긴다. 그때 못 이기는 척 따라 들어가면 된다.

신스 팝 뮤지션 우효가 오랜만에 내놓은 정규 음반《성난 도시

우효《성난 도시로부터 멀리》ⓒ문화인

로부터 멀리》도 그렇게 들으면 된다. 음반 제목부터 명쾌하다. 도시는 성나 있고, 음반의 주인공은 탈주한다. 그 순간 음악 속 주체가 편안할 리 없다. 해방감을 느낄 수도 있지만, 패배감을 느끼며 지쳐버렸을 가능성이 높다. 예술은 성공의 과시보다 실패의 잔해인 경우가 많다. 게다가 삶은 설명할 수 없고, 분석할 수 없는 경우가 대부분이다. 예술은 삶의 모호함과 막연함까지 추적하려는 수사이며, 파헤치려는 공사이다.

　12곡의 노래를 담은 음반에서 우효의 목소리는 예전에도 그러했듯 활기찬 편이 아니다. 첫 번째 곡〈NAIVE〉부터 우효의 목소리는 건조하다. 우효의 거주함은 지쳐 공허하거니 시큰둥하고 냉정한 쪽에 가깝다. 보컬의 질감은 음악의 분위기를 결정한다. 우효는 곡에서 복잡하거나 화려한 사운드를 직조하지 않는다. 간명한 리듬과 선명한 멜로디를 품은 신시사이저 사운드가 만든 골조 위에서 노래하는 목소리는 요동치는 한 사람의 갈등과 속앓이를 음악으로 옮기는데, 사막처럼 마른 땅의 경계를 넘지 않는다. 삶이 편안할 수만은 없다는 걸 알지만 기대를 버릴 수 없어 불화하며 꿈꾸는 목소리는 들뜨지 않고 자주 신산하지만 솔직하다.

목소리만큼 건조하면서도 세련된 신스 팝 사운드는 의지와 불화를 소리로 옮긴 우효 음악의 또 다른 중심축이다. 내내 멜랑콜리한 음악은 멜로디가 함께 주도한다. 첫 곡 〈NAIVE〉는 경쾌한 비트가 곡을 이끄는데 멜로디는 애잔하다. 노랫말도 세상에는 아무것도 없으니 조심해야 한다는 이야기를 먼저 던진다. 삶의 비정한 무의미를 깨달아버린 현실은 자주 맥 빠지게 한다. 하지만 우효의 노래 속 화자는 주저앉지 않는다. 자신 안에 "숨어 있던 감출 수 없는 테니스 스타"를 왜 모른 척하고 잊으려 했느냐고 묻는다. 다시 일어날 때 너는 사랑스럽다고 이야기한다. "흔들리는 맘까지도 내게 맡겨"라고 노래할 때 노래의 주인공은 다른 이만 응원하지 않는다. 여러 곡의 리듬을 바꿔가면서 자신을 응원하고 이길 거라 다짐하는 목소리는 우효가 열정을 표출하는 방식이다.

그리고 〈토끼탈〉에서 "행운 행운이란 없어/내 인생에 행운 같은 건 없어요/너무 큰 기대를 했나요 또다시/내 앞엔 토끼탈이 있어요/나한테 주어진 삶이/오늘도 이 탈을 쓰고/웃어요"라고 막막하게 노래할 때, 멜로디는 음악 언어로 완벽하다. 〈NAIVE〉, 〈A Good Day〉, 〈BRAVE〉, 〈카메라〉, 〈SAD LOUNGE〉, 〈라면〉을 비롯한 대부분의 수록곡에서 우효는 무장해제당할 수밖에 없는 멜

로디를 유포한다. 음반의 타이틀곡은 〈테니스〉와 〈토끼탈〉이지만, 〈A Good Day〉이거나 다른 곡으로 바꿔도 무방할 만큼 좋은 곡들이 이어진다. 특히 도시의 삶을 담은 〈A Good Day〉는 우울한 노랫말과 현악 연주로 삶의 슬픔을 완벽하게 옮긴 아름다운 곡이다. 인생은 오직 당신에 대한 일일 때 오래 지속된다거나, 우리를 아프게 하는 모든 것을 숨 쉬는 것이라는 진술에 트립 합의 질감이 밴 연주가 덮일 때 음악 밖으로 한 걸음도 벗어날 수 없다.

한편 세 번째 곡 〈PIZZA〉에서 "모두가 예쁘게 보이려 애쓰는 인터넷에서 남들에게 인상을 줄 시간이 없"다고 이야기하고, "남의 어리석은 관심에 부응하려고 노력할 시간도 없"다고 잘라 말하는 목소리는 나른히면서도 서늘하다. 〈토끼탈〉의 비관적인 정서는 〈Other Side of Town〉으로 이어진다. 맞서 싸우려 하지만 네 등을 타고 눈물이 흘러내리는 날들, 계속 울라는 이야기는 피할 수 없을 것 같다. 그러나 그 순간에도 노래 속 주인공은 도망치지 않는 삶, 진정한 사랑에 대한 열망을 버리지 않는다. 우효는 들끓는 마음의 다성(多聲)을 신스 팝 안팎의 사운드로 거뜬히 표출한다. 아기자기한 연주를 효과적으로 결합한 〈BRAVE〉, 〈수영〉, 〈SAD LOUNGE〉의 사운드는 우효가 신스 팝에만 머무르지 않는 뮤지션이라는 판결처럼 울려 퍼진다. 코랄 핑크를 비롯한 프로듀서의 역할을 감지할 수 있다.

마음의 혼란과 의지를 나열한 노랫말은 일목요연하게 통일하고 정리할 수 없는 마음의 기록이다. 불안정성과 유동성이 신자유주의적 전환 이후 액체근대가 된 세계의 특징이라는 지그문트 바우만의 이야기처럼 사람들은 더 많이 흔들린다. 그럼에도 세련된 사운드와 감각적인 멜로디, 간절하게 표현한 가사의 표현력은 예술 작품이 감당해야 할 내용과 형식을 충실하게 채우면서 소리의 이야기와 노랫말의 이야기에 귀 기울이게 한다. 힘든 이야기를 들을 수 있게 하고, 노랫말처럼 용기 내게 하는 동력은 모두 음악에서 솟구친다. 내용과 형식이 조화로운 음악은 견디고 버티는 누군가의 노래이다. 견디고 버티는 누군가에게 닿을 노래이다.

우효 ⓒ문화인

기도하듯 노래하고, 참회하듯
듣는 노래

 장필순《soony eight: 소길花》
장필순〈저녁 바다〉

음악은 어떻게 아름다움에 이르는가. 좋은 음악은 언제 좋은 음악에 도달하는가. 현실과 비현실을 오가며 희로애락의 감정을 함축하는 음악들 가운데 좋은 음악은 도착해야 할 종착지를 안다. 목적지를 향해 뚜벅뚜벅 걸어갈 줄 안다. 가사, 리듬, 멜로디, 비트, 사운드, 음색, 화음을 조율해 곡의 이야기와 정서와 주제를 담보할 줄 안다. 각자의 몫을 다해 서로를 빛낼 줄 안다.

좋은 음악을 들으면 순식간에 언젠가 경험했던 감정을 복기하며 특정한 순간으로 복귀하게 된다. 좋은 음악은 복기와 복귀를 체험하게 하고, 아름다운 음악은 복기와 복귀 너머로 이끈다. 아름다운 음악은 자신의 내면과 현실 깊숙이 들어가 의식과 무의식의 기저에 흐르는 실체를 보여준다. 좋은 음악은 몰랐던 자신을 만나게

장필순《soony eight: 소길花》ⓒ송철의, doekee music

한다. 음악가가 발견하고 깨우친 통찰을 담아 새로운 사유를 선물한다. 삶과 세상을 대하는 시선이 깊어지게 한다. 노랫말과 소리만으로 변화를 만들어낸다.

싱어송라이터 장필순이 2018년 8월 8일 발표한 8집《soony eight: 소길花》는 좋은 음악, 아름다운 음악의 결정체이다. 이미 5집과 6집에서 당대의 최고작을 상재한 장필순은 5년 만에 내놓은 8집을 5, 6집 곁에 두어 마땅한 음반으로 마감했다. 장필순은 박용준, 배영길, 이경, 이상순, 이적, 조동익, 조동희를 비롯한 식구 같은 뮤지션들과 함께 12곡을 담은 8집을 만들었다. 이 음반은 단편적이고 즉흥적인 감정을 도해내지 않는다. 그리움, 막막함, 슬픔, 외로움을 외면하지 않는다. 노래 속 서술자는 감정과 현실에 초연하고 해탈한 사람이 아니다. 장필순 음악의 서술자는 똑같이 그리워하고 막막해하고 슬퍼하고 외로워한다.

다만 그/그녀는 감정에만 사로잡히지 않는다. 지금 자신에게 그 감정이 가득 차 있음을 알지만, 피하지 않고 휘둘리지 않는다. 인지하고 인정하며 존중한다. 대부분의 노래들은 감정을 충분히 재현하면서 공감을 얻는데, 장필순의 노래는 감정이 스러지고 남은 그림자가 또렷해질 때까지 시선을 떼지 않는다. 그래서 장필순의 노래는 사라진 줄 알았던 감정의 타고 남은 밑동을 찾아내고, 밑동을 더듬던 자신의 모습까지 발견한다. 그 후 장필순의 노래는 사라진 시간과 감정이 도착한 "그곳"으로 향한다. 하지만 세계의 본질이고, 영원이며, 피안인 그곳에 쉽게 닿을 수 없다. 장필순의 노래가 슬픈 것은 그 한계를 알기 때문이고, 장필순의 노래가 고귀한 것은 그럼에도 꿈꾸기 때문이며, 장필순의 노래가 아름다운 것은 막막한 마음을 어루만지기 때문이다.

장필순은 모든 기록과 사유를 자연 속에서 해낸다. 음반에는 자연을 경배하는 태도를 견지해온 포크 음악의 전통과 장필순이 살고 있는 제주의 시공간이 무시로 겹쳐진다. 첫 곡 〈아침을 맞으러〉는 "저 들판 위 어둠 속", "바람 잦은 언덕", "이른 봄날 햇살" 같은 풍경과 애틋한 그리움을 연결했다. 타이틀곡 〈그림〉 역시 "비바람", "무지개 호수", "흰 은하수"가 대표하는 온 우주와 상상의 풍경을 빌어 그리움과 사라짐 이후의 세계를 향한다. 장필순의 노래 속 자연은 감정의 출발지이며, 영원의 현현이다.

슬픔에 젖지 않았다고 말할 수 없는 장필순의 목소리는 그러나 육탈한 듯 마른 질감으로 감정을 껴안은 채 세계의 시작과 끝을

장필순 ⓒ송철의, doekee music

포용한다. 감정의 주체인 인간의 연약함을 외면하지 않고, 저 너머로 나아가는 목소리는 인간적인 동시에 영적이고 때로 종교적이다. 어떤 시공간과 가치도 버리지 않는 목소리는 애틋한 위로로 울컥이다 끝내 평화로워진다. "서둘러 사라져버린 너의 그림자"를 "채우고 또 채우려 했었던 아쉬움"을 어리석다 하지 않고, "비우고 또 비우려 했었던 그 기나긴 슬픔의 시간"을 과장하지 않는 노래는 〈저녁 바다〉처럼 말없이 품어주며 곁에 머문다.

"사랑, 아무것도 아닌 얘기/제법 멋지게 오르던 추락"이라고 씁쓸하게 털어놓는 노래 〈사랑, 아무것도 아닌 얘기〉는 "내가 아픈 사이에" "연둣빛 나무에" 핀 "하얀꽃"을 놓치지 않고, "또 처음의 나로 돌아오"게 한다. 고 조동진과 김남희에 대한 그리움으로 가득 찬 음반의 〈낡은 앞치마〉에서 장필순은 추억과 그리움만 재현하지 않는다. 나지막한 노래와 섬세한 편곡은 추억과 그리움으로 사무쳤을 시간을 지나 그들이 도달했을 평화와 안식을 소리로 그려내 인간의 유한을 뛰어넘는 영원을 감지할 수 있게 한다. 그러니 외로움을 토로하는 노래 〈외로워〉가 자기 연민이나 파괴로 나아갈 리 없다. "내게 필요한 건 나를 필요로 하는 사람"이라는 자기 인식은 스스로 족하다. "풀빛 이슬 냄새", "새벽 별들", "바람의 노래" 같은 풍경으로 자기 고백 같은 노래 〈집〉에 귀 기울여보라. "이제는 잃을 것이 없"고, "내 마음에 수많은 돌 던져대도/쓴웃음 하나 그리고 말"라고, "우리 어렸기에 무지갯빛만을 쫓았지만/이제 곁에 있는 그대의 웃음에 하루가 가네"라고 노래하는 목소리에 마음은 씻어내리듯 정화된다. 기도하듯 노래하고, 참회하듯 듣게 되는 노래.

"당신을 보내고 난 뒤" "이렇게 훌쩍 자랐"던 고사리로 그리움을 노래하는 〈고사리 장마〉 역시 그리움 안팎의 시공간을 포착한다. 어린 시절로 돌아가 "달빛 가득한 환한 골목"과 "비밀스러운 밤의 향기"를 재현하는 노래 〈그림자 춤〉에서 장필순의 목소리는 들뜨지 않는다. "노을 젖은 언덕"과 "빛과 바람과 시간", "어두운 밤"과 "달빛" 속에서 삶과 사랑에 대한 통찰을 써 내려가는 노래 〈아름다운 이름〉까지 장필순은 여여하다.

싱어송라이터 장필순이 박용준, 조동익과 함께 만든 소리는 어쿠스틱 기타를 갈고 닦은 소리만이 아니다. 일렉트로닉 사운드의 비중이 높은 사운드인데도 자연과 삶과 영원을 표현하는 데 부족함이 없다. 아니, 더 적확하고 정교하다고 할 정도이다. 음반의 첫 곡 〈아침을 맞으러〉에서 피아노 연주와 함께 이글거리는 사운드는 밝아오는 아침 햇살의 환하고 뜨거운 에너지를 탁월하게 재현한다. 이 음반에는 노랫말과 장필순의 목소리, 박용준과 조동익이 주도한 소리들이 어긋남 없이 맞물리며 음악의 가치를 꽃피운다. 장필순의 역작이다. 동료들과 그들의 뿌리가 된 이가 함께 만든 명반이다. 인간은 대체로 어리석지만 음악은 이따금 위대하다.

조동익과 장필순이 만든
고결한 아름다움

 장필순《soony re:work-1》

장필순〈나의 외로움이 널 부를 때〉

이제 장필순의 음악에 대해서는 어떠한 단정도 하지 않기로 한다. 1984년 소리두울로 데뷔해 그해 1집을 내고, 2018년 여덟 번째 정규 음반을 내는 34년 동안 장필순은 계속 우리가 알고 있던 장필순을 비켜섰다. 이제 생각하면 음악 웹진 100BEAT에서 1990년대 베스트 앨범 100 국내 1위로 장필순의 5집《나의 외로움이 널 부를 때》를 뽑고, 다시 장필순의 6집《Soony 6》을 2000년대 베스트 앨범 100 국내 1위에 선정했을 때, 그것은 장필순의 음악 인생이 끝나지 않았다는 의미였을 뿐이었다. 2018년에 내놓은 정규 8집《soony eight: 소길花》음반으로 2019년 한국대중음악상 올해의 음반과 최우수 팝 음반 부문을 석권했을 때도 마찬가지였다. 같은 시대에 음악을 했던 이들이 더 이상 음악을 하지 않거나 새로워지지

장필순《soony re:work-1》
©photograph 강영호 cover design&artwork pageturner doekee music

못할 때, 장필순은 유일한 예외였다.

장필순은 제주의 오름을 쓰다듬는 바람의 속도로 걸었다. 그가 걸을 때 섬에 아침이 오고 해가 지고 별이 반짝였다. 장필순은 모든 풍경과 사람의 일들을 앞치마에 옮겨 담듯 노래했다. 그리고 장필순의 지음(知音) 조동익은 노래에 담을 소리들을 하염없이 갈고 닦았다. 포크와 팝의 영토에 머물렀던 노래들은 그의 손을 거치며 현재의 노래로 화사해졌다. 한결같이 서정적인 정서가 일렉트로닉한 사운드로 물드는 동안, 1980년대의 두 뮤지션은 현재의 어떤 음악인과도 비교할 필요 없는 프로그레시브한 뮤지션으로 자리를 옮겼다. 2020년 3월 31일 장필순이 발표한 음반《soony re:work-1》도 마찬가지이다.

자신이 불렀던 13곡을 다시 부른 이번 음반은 장필순의 과거와 미래를 이으면서 현재로 온다. 오래도록 대표곡이었던 〈어느새〉로 시작하는 음반은 김민기와 함께 작업한 〈절망 앞에서〉를 거쳐 5집과 6집의 명곡들을 하나둘 소환한다. 이미 좋았던 곡들이라 어떻게 다시 부른다 해도 좋았을 노래들은 조동익의 연주와 장필순의 목소리를 통해 완벽하게 새로워진다. 음반 제목처럼 다시 작업한 곡들을 감싸는 감각은 영롱한 앰비언스 사운드이다. 어쿠스틱 기타, 피아노, 바이올린, 첼로, 만돌린 같은 어쿠스틱 악기를 배제하지 않지만, 조동익은 그보다 박용준의 키보드와 자신이 연출한 일렉트로닉 사운드를 주축으로 모든 노래를 매만진다. 그 결과 장필순의 노래들은 고결하게 아름다워진다.

이 감각을 영성이라고 불러도 좋을까. 노래들은 세속의 이야기를 하고 있지만, 세속의 감각에 좀처럼 침윤되지 않는다. 그래서 첫 곡으로 고른 〈어느새〉가 "어느새 내 나이도 희미해져 버리고/이제는 그리움도 지워져 버려", "이제는 가슴 시린 그런 기억조차도/모두 깨끗하게 잊어버린 무뎌진 사람이 되어가네"라고 노래할 때, 노래 어디에도 회한이 없다. 노래를 끌고 가는 힘은 감정이 아니다. 포용과 승화이다. 거의 모든 음악은 감정을 발산하는데, 장필순의 음반은 감정을 껴안고 그 너머로 나아간다. 음악에 표정이 있다면 장필순의 이번 음반은 웃음 머금은 표정이다. 음악에 인격이 있다면 《soony re:work-1》은 누구도 내치지 않고 다독이는 현자의 인격이다.

보컬이 흘러나와 퍼지고 다른 소리와 융합하는 방식, 그리고 소리가 존재하고 소멸하는 방식이 음반의 표정과 인격을 체현한다. 〈어느새〉부터 은은하고 영롱하게 퍼지는 소리는 어쿠스틱 악기와 보컬만이 아니다. 일렉트로닉 사운드가 주도하는 소리의 질감은 명명백백 2020년의 사운드이다. 현재적이며 영적인 소리의 감각으로 모든 노래를 휘감고, 그 소리의 질감에 조응하는 보컬을 스스로 직조했다는 사실은 장필순과 조동익 음악의 깊이를 뒷받침한다.

평화를 염원하는 〈절망 앞에서〉에서 감지할 수 있는 소리의 총합은 평화를 실현한 피안의 세계에 먼저 도달한다. 분단을 극복하고자 했던 김민기의 의지는 2020년 장필순과 조동익에게 와서 조화로움을 꽃피웠다. 그리고 세 번에 걸쳐 다른 편곡으로 실은 〈나의 외로움이 널 부를 때〉는 음반의 다정한 위로를 책임진다. 먼저 부른 〈나의 외로움이 널 부를 때〉는 건반과 첼로 연주로 종교적인 안식을 전해준다. 그 순간 장필순의 보컬은 솜털처럼 부드러워 절로 품에 안기게 된다. 노래로 고해성사하는 듯한 체험.

〈보헤미안 a〉도 소리들을 쌓고 이으며 드라마를 펼친다. 쉽게 만든 곡은 한 곡도 없다. 다만 쉽게 들리거나 귀에 걸리지 않을 뿐이다. 장필순의 목소리는 덜어내고 덜어낸 목소리이다. 말리고 말려 다 말라버린 목소리, 그러나 말랐다는 것도 알아차릴 수 없는 무념무상의 목소리. 그 목소리는 단순하면서 복잡하고 소박하면서 거대한 연주 사이를 넘나들며 범접할 수 없는 차원에 도달한다. 〈햇빛〉의 건조하고 프로그레시브한 사운드 메이킹과 보컬의 이중주는 지금 어떤 노래보다 실험적이다. 〈풍선〉에서 들려주는 피아노의 촉촉함과 일렉트로닉 사운드의 긴조한 대비는 노랫말에 배인 인내를 영성 가득한 사운드 드라마로 마무리한다. 사람의 삶, 그

고단함을 모르지 않으면서 고통에 사로잡히지 않고 영원을 펼쳐 보이는 손짓은 감동적이다.

그리고 우아한 현악 연주와 피아노, 건반의 협연으로 재현한 〈tv, 돼지, 벌레〉에서 "채우고 채워도 부족한 세상/우리의 욕심은 하늘을 찌르네"라고 노래하는 목소리는 증오와 혐오를 지운다. "화내지 말아요 피곤해져요/따지지 마세요 거기서 거기"라고 노래하는 순간, 영롱하고 고즈넉하며 거대한 소리의 파노라마는 어쿠스틱과 일렉트로닉을 아우르며 평온한 세계로 건너간다. 성과 속이 만나 융합하는 소리의 흐름에서 자연스럽지 않은 접합은 없다. 장필순은 조동익과 함께 음악이 담지한 거의 모든 것을 다 품었다.

음악으로 도를 묻는다 해도 좋을 태도인 연주와 노래는 피아노 버전의 〈나의 외로움이 널 부를 때〉로 이어진다. 피아노 하나와 장필순 목소리의 앙상블로 연결한 곡은 곡의 온기를 이어간다. 포근하고 따스하며 경건한 소리의 향연은 얼마나 아름다운 곡인지, 아름다움이 얼마나 마음을 위로하고 영혼까지 맑고 향기롭게 바꿔줄 수 있는지 증언한다. 찰랑거리는 피아노 연주로 부르는 〈어떻게 그렇게 까맣게〉는 담백함과 영롱함을 이어가고, 다시 부른 〈보헤미안 b〉는 앰비언스 사운드의 매력에서 떠날 수 없게 꽁꽁 묶어버린다. 멀리서 퍼지는 장필순 코러스의 환상적인 질감은 목소리가 지닌 힘을 배가해준다.

한편 만돌린 연주를 더해 만든 어쿠스틱 기타 버전의 〈나의 외로움이 널 부를 때〉는 소박한 연주로 돌아온다. 〈흔들리는 대로〉는 달관의 노랫말을 반짝이는 연주로 실현한다. 자연스럽게

장필순 ⓒkim dotae_doekee music

새로움을 더하는 솜씨는 매한가지이다. 〈그대가 울고 웃고 사랑하는 사이〉역시 "모든 것이 다 떠나가 버리죠/괴롭던 순간도 서럽던 시간도"라는 노랫말로 위로를 전하며 천천히 사라진다. 13곡의 노래가 끝났을 때 세상은 맑고 고요하게 다가온다. 앞으로 살아갈 날들은 장필순과 조동익의 새 노래를 기다리며 살아가고 싶을 뿐이다.

예쁘고 따뜻한 음악,
예쁘고 따뜻한 마음

 코가손《모든 소설》

코가손 〈PINK〉

이런 일이 있을 것이다. "품에 파고드는/너의 털과 살을 헤치고/맞닿은 얼굴 보며/서로 눈을 감겨주는" 일이 있을 것이다. 그때 출렁이는 마음이 있을 것이다. 기타 팝 밴드 코가손의 정규 2집《모든 소설》은 그렇게 마주치는 사건의 연대기이다. 그 순간 일렁이는 마음의 현현(顯現)이다. 사회적 사건은 아니다. 자신에게 엄청나게 큰 사건도 아니다. "전봇대 옆에서 날 기다리던/개 한 마리가 우두커니/선뜻 다가서지 못해 서로를 노려보던 오후"의 기록. "참 오랜 시간이 걸렸지만 이제야/네게 가까워지"는 일. "모든 소설/모든 우연/이 모든 중력마저도/모든 고백/모든 선언/다 네게서 시작"함을 아는 일. 누구든 겪지만 자신에게는 세상 여느 사건보다 더 많은 파장을 만드는 일들이다. 그러나 맥락과 의미를 설명하기는 어려운

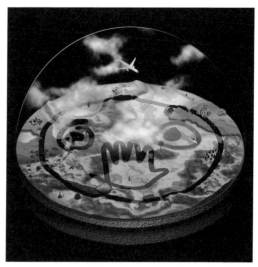

코가손《모든 소설》ⓒ오디너리피플 ORDINARY PEOPLE

일들이 하나둘 코가손의 노래가 되었다.

그 일들은 대체로 만남과 만남으로 느끼고 깨닫는 경험이다. 오후를 만나고, 설명서를 만나고, 너를 만난다. 마음을 만나고, "잊지 않았던 달콤한 것들"을 만난다. "빤히 쳐다보는 네 두 눈"을 만날 수 있는 것은 마음을 닫지 않은 이에게 주어진 축복이다. "선량한 시민들/달콤한 시민들/선량한 시민들/거짓말 시민들"을 지켜본 결과이다. "용기를 내곤" 할 뿐 아니라, "우린 널 아낄 거야"라고 약속한 덕분이다.

코가손은 마음의 온기만큼 예쁘고 따뜻한 음악을 들려준다. 모든 곡에서 보컬은 순하고, 멜로디는 매끄러우며, 사운드는 영롱하다. 기타 팝 밴드가 지향하는 특질이라고 할 수 있겠지만, 김원준

(보컬, 기타), 이기원(기타, 베이스), 이동욱(드럼)이 애써 만들지 않았다면 들을 수 없는 소리의 연속이다. 좋은 기타 팝 밴드에게 줄곧 들어서 익숙하지만 이제 흔하지 않은 사운드. 그리고 익숙함에 변화를 주어 더 흥미로운 사운드가 예고 없이 교차한다. 코가손의 2집은 2015년 데뷔 이후 중단하지 않았을 뿐 아니라 더 나아간 밴드의 수작이다.

첫 곡 〈오늘 오후〉는 드러밍으로 시작해 나른한 보컬을 다시 드러밍과 교차시키며 변화를 준다. 건반 연주가 몽롱한 일렉트릭 기타 연주에 운치를 더하는 베이스 기타 소리를 감쌀 때, 몽환적인 질감은 배가된다. 후반부 연주를 이끄는 드럼은 곡의 드라마를 무게감 있게 마무리해서 인상적이다.

〈설명서〉에서도 보컬은 순정하고, 일렉트릭 기타의 간명한 리프는 리드미컬하다. 그러나 간주에서 펼치는 연주는 곡을 로킹하고 사이키델릭하게 바꿔놓는다. 순식간에 과거의 록으로 돌아가 불을 지폈다가 돌아오는 변화가 매끄러워 타이틀곡으로 손색이 없다. 반면 어쿠스틱 기타 스트로크로 시작하는 두 번째 타이틀곡 〈모든 소설〉은 친숙한 리듬 위에 얹은 담백한 노래로 산뜻하다. 일렉트릭 기타와 건반 연주가 자아내는 몽글몽글한 기운은 기타 팝 밴드의 장점이 어디에 있는지 분명하게 확인시킨다. 이 사운드가 선사하는 행복감은 장르의 팬을 감전시키고 노곤노곤 풀어지게 만들어버린다.

〈달콤한 것〉에서도 기타 리프를 영롱하게 이어가다 터트리는 사운드의 쾌감이 세차다. 감성적인 기타 사운드와 거친 기타 사운드를 함께 배치해 여리고 뜨겁게 마음을 흔드는 곡의 공간감에서

코가손 ©Kotaro Yamaguchi

헤어 나오기 쉽지 않다. 다르게 배치한 정교한 연주는 곡의 온도와 순도를 동시에 끌어올린다. 반면 〈재미〉를 이끄는 사운드는 복고적인 건반 연주와 기타 아르페지오이다. 노랫말로 담은 정서와 태도를 정확하게 옮긴 곡은 코가손의 팝 재능을 소담스럽게 피워 올린다.

한편 8비트 리듬에 베이스 리프가 주도하는 〈더플코트〉는 모던 록의 전통적인 매력을 보여주는 곡이다. 어렵지 않고 부담스럽지 않으면서 정감 있는 리프(riff)로 곡을 매끄럽게 끌고 가는 솜씨가 돋보인다. 경쾌한 템포의 〈선량한 시민들〉에서도 코가손은 직관적으로 끌리는 멜로디를 뽑아낸 기타 연주로 곡을 리드미컬하게 채운다. 그리고 곡의 템포와 연주 사운드를 바꿔 드라마를 강화함으로써 곡의 정서에 깊숙이 빠지게 한다. 원형처럼 제시하는 소리와 변주하는 소리의 차이를 비교하며 듣는다면 코가손의 음반을 듣는 일은 더 흥미진진해진다. 단순명쾌하게 밀어붙이는 로킹한 곡 〈PINK〉에서도 코가손의 매력은 덜하지 않다. 몸집을 부풀린 〈In My Dreams〉는 "내 꿈속에서만 모든 걸 말할 수 있"는 마음을 다른 곡들처럼 영롱함과 강렬함을 연결해 표출한다. 〈반대편〉에서도 곱고 아련한 사운드가 넘실거린다.

이렇게 곱고 예쁘게 살아갈 수 있다면 얼마나 좋을까. 물론 항상 이런 마음, 이런 기분으로 살기는 불가능하다. 하지만 코가손의 음반은 우리가 오래 기억하고 싶은 마음, 가까이 가고 싶은 정서와 태도를 소리로 재현해 삶과 음악에 날개를 단다. 어느 때보다 한층 외롭고 지치고 슬픈 이들에게 코가손의 음악이 닿았으면 얼마나 좋을까 싶은 시절이다.

코가손 ⓒ성의석

이방인의 눈으로 오늘을 보다

 피에타(PIETA) 《밀항》

피에타 〈Off〉

언젠가 했던 이야기를 반복하자면, 가끔 팬이 되고 싶은 음악이 있다. 분석하고 평가하는 대신, 감상만 하고 싶은 음악이 있다. 노랫말과 비트, 멜로디, 사운드의 역할과 관계를 따져보지 않고 들리는 대로 즐기고 싶은 음악. 들어보라고 권해주고 싶은 음악, 같이 듣고 함께 감탄하면서 동감하고 싶은 음악, 그 순간의 소리와 마음 울림에 대해 계속 이야기하고 싶은 음악. 그 음악의 리스트에 밴드 피에타의 《밀항》을 추가한다.

2016년 3월 싱글 〈Save Me〉를 발표하며 활동을 이어온 4인조 밴드 피에타는 2019년 5월 17일 첫 정규 음반 《밀항》을 내놓았다. 음반에 수록한 곡은 10곡. 음반의 첫 곡 〈Off〉를 여는 일렉트릭 기타 연주에는 포스트 록의 기운이 물씬하다. 수록곡에 고르게 밴 공

피에타 《밀항》ⓒSOOZEN KIM

간감과 아련한 정서, 기타 트레몰로 주법, 점층적 전개 같은 방법론은 포스트 록에 몸담고 있다 자수한다. 그런데 피에타는 포스트 록의 어법을 운용하면서 팝 스타일의 노래를 더하는 방식으로 음악의 서사를 명징하게 연출한다. 노래는 밴드가 연주한 사운드와 동일한 무게감을 가질 만큼 비중이 높다. 기승전결이 분명하고 멜로디가 또렷해 록 언어보다 먼저 귀의 창을 두드린다.

하지만 피에타의 곡들은 노랫말이 모호한 편이다. "난 당신의 눈동자에 별들을 봐/난 추락하는 수많은 별들을 봐"라는 〈Off〉의 노랫말이나, "수면 위를 떠다니듯/이건 그저 연습이라 생각해/어떻게 내가 약속해 어떻게든/내가 약속해 다 꿈이라 생각해"라는 타이틀곡 〈표류〉를 비롯한 수록곡들은 이야기를 간명하게 드러내지 않는다. 숨겨가며 조금씩 보여주듯 써낸 노랫말들로 감지할 수 있는 정서는 슬픔보다 비관, 분노보다 탄식이다. 노랫말의 정서는 "당신이 잠들던 우주가 무너진다면/그 무덤 앞에다 너의 이름을 새기고/메마른 사막에 비에 젖은 모래알/그 위를 거닐며 널 위해 슬퍼하겠어"에서처럼 비감하고 환상으로 충만하다.

피에타는 밴드의 이름처럼 마음의 슬픔에 거주한다. 거대한 사건이 일어났거나 해결할 수 없는 문제 속에 살고 있어서는 아니다. 본질적으로 미약하고 연약한 존재인 탓이다. 자존감을 가져야 한다고 자꾸 이야기하는 이유도 미욱한 자신을 사랑하기 어렵기 때문이다. 원하는 대로 산다고 자신하는 이가 얼마나 될까. 내심 표류한다고 느낄 때가 더 많다. 가고 싶은 곳은 지척인데, 허우적대며 발버둥 쳐도 가까이 가지 못한다는 체념. 오히려 갈수록 막막하다는 절망을 느끼며 살아갈 때가 훨씬 많지 않나.

곁에 있는 사람이 힘이 될 때도 있지만 그렇지 않을 때가 허다하다. 타인이기 때문이다. "똑같은 밤을 다르게" 세거나, "내가 말해주면 넌 이해할 수 있겠"냐고 반문하는 이유. "이곳에선 당신이 숨 쉴 곳이 없고/이 슬픔엔 내가 알던 슬픔이 없"다고 하는 이유도 우리가 서로에게 〈이방인〉이기 때문이다. 피에타는 정착한 이의 시선으로 노래하지 않는다. 피에타는 〈표류〉하는 사람이다. 〈이방인〉이다. "난파선 위"에 있는 사람이다. 그곳에서 춤을 출 만큼 마음을 놓아버린 사람이다. 피에타는 언제 어떻게 그런 삶에 이르게 되었는지 설명하지 않는다. 다만 그곳에서 노래함으로써 다른 노래를 만나게 할 뿐이다. 노래 속 가득한 비관적 태도는 상실의 시선으로 보이는 세계만 제시한다. 정상적이거나 일반적이라고 생각했던 일상에 침투하는 피에타의 음악은 우리의 삶이 무너져버린 세계와 얼마나 가까운지 지도를 짚어주듯 연주하고 노래한다. 삶은 인스타그램의 해사한 이미지와 달리 "하루에 한 번쯤/숨을 삼켜보고/손끝 발끝 메꿔도/새어나가는 게 느껴"지는 대상임을 인지하게 하며 의지보다 큰 운명 앞에서 어쩔 수 없다고 탄식한다. 음반의 비감한 정서는 운명 앞에서 무기력한 인간의 처지와 태도를 탐미적으로 반영한다.

록의 대해를 항해하는 피에타는 일렉트릭 기타가 발산하는 쓸쓸한 아름다움에 드럼과 일렉트릭 기타가 주도하는 사운드 스케이프를 더하고 보컬의 서정적인 노래로 음악을 운항한다. 느린 템포의 곡들이 정서와 이야기를 풀어갈 때나 템포를 바꾸어 노래를 펼칠 때, 피에타는 항상 선명한 멜로디로 마음을 감싼다. 맹렬한 사운드를 터트리기보다 백 보컬의 허밍이나 딜레이를 건 일렉트릭 기타 연주로 멜로디를 앞세우는 연주는 금세 막막한 심정으로 이주한다. 그래서 〈Sunset〉 같은 곡에 울렁이지 않는 심장은 없다.

사운드는 낙하하는 마음만큼 가라앉고, 비상하는 마음만큼 폭발한다. 피에타는 록 사운드를 직조하고 연출하는 요령을 안다. 〈Fiction〉, 〈이방인〉, 〈Dive〉, 〈데미안〉, 〈Home〉에서 사운드를 분출할 때 피에타는 더할 것도 뺄 것도 없는 연주로 과도함에서 비켜선다. 밴드의 정체성과 노래의 완성도 사이에서 균형을 잡는 피에타의 사운드는 장르의 경계를 넘는 설득력이 돋보인다. 서정적인 멜로디와 리듬의 결합, 효과적인 반복과 변주를 통한 구조화, 개성 있는 노랫말로 보여주는 인간의 내면이 어우러진 음악은 전무후무한 오리지널리티에 이르지는 않는다. 이미 누군가 제출했던 방법론을 망라한 음악처럼 들리기 때문에 상투적이라고 폄하할 수도 있다. 하지만 이 음반이 슬픔을 소리의 아름다움으로 바라보게 해주는 작품이며, 록의 매력을 확인할 수 있는 현재작이라는 사실을 부정하지 못한다. 언제 뭍에 닿을지 모르는 삶, 그래서 노래가 있지 않을까. 처연한 마음으로 슬픔과 막막함을 들여다보는 일밖에 할 수 없는 때가 있으니까. 그러다 보면 다시 견뎌지기도 하고 살아지기도 하니까. 그게 삶이니까.

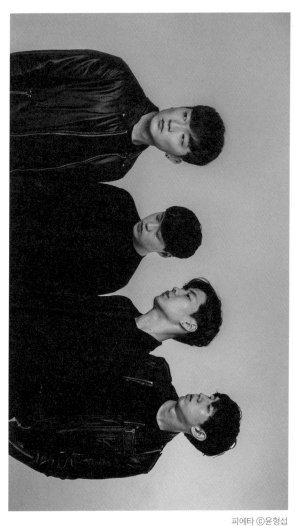

피에타 ⓒ윤형섭

새벽에 써 내려간 치유 드라마

하비누아주(Ravie Nuage)
《새벽녘》

하비누아주 〈파란〉

새벽은 어떤 시간인가. 잠들거나 잠들지 못하는 시간. 하루를 끝내거나 끝내지 못하는 시간. 혹은 서둘러 새로운 하루를 시작하는 시간. 새벽은 하루의 시작과 끝이 맞닿은 경계이다. 하루를 끝내는 새벽은 그날의 모든 사건과 경험과 생각을 차곡차곡 쌓아 일시불로 곱씹으라 청구한다. 오늘은 어땠는지 돌아보며 웃기도 하지만, 왜 그렇게밖에 하지 못했는지 씁쓸해질 때도 많다. 끝내지 못한 일과 깔끔하게 마무리하지 못한 감정은 새벽의 상념과 꿈으로 귀환한다.

혼성 팝 밴드 하비누아주의 정규 2집《새벽녘》은 새벽의 기록이다. 2018년 즈음 젊은/여성/한국 뮤지션의 팝이다. 하비누아주는 새벽 대기와 빛과 소리를 노랫말과 음악으로 채집한다. 가득한 어

둠과 서서히 스미는 빛의 파장 속에서 밀려오는 "나의 노래"를 불러 듣는 이들을 각자의 새벽으로 몰아넣는다.

어둠 깊은 새벽은 느리고 깜깜하다. 하비누아주 음악도 느리고 연주 역시 잔잔하다. 하비누아주는 이따금 요동치는 마음을 대변하는 보컬을 터트리는데, 〈너에게〉와 〈파란〉, 〈왜〉에서 풍성하고 극적인 연주를 더해 곡의 곡진함을 부각시킨다. 하지만 신시사이저와 피아노를 중심으로 하는 악기는 대개 차분함을 유지한다. 답답하고 막막한 기분을 증폭시키지 않는 편곡은 새벽의 고요함을 닮았다. 하비누아주는 기타, 건반/피아노, 드럼, 베이스에 현악기 이상의 악기를 삼간다. 하지만 하비누아주는 제목으로 가리킨 시간과 그 시간에 엄습하는 갈등을 생생하게 녹화한다.

첫 번째 곡 〈너에게〉에서부터 신시사이저로 만든 소리는 마음에 밀려드는 생각의 물결만 운반하지 않는다. 하비누아주는 절제한 소리의 흐름 위에서 더 많은 새벽을 노래한다. 새벽을 엄습하는 이야기는 모두 지나간 일들이다. 아니 지나갔으나 다 지나가지 않은 이야기이다. 과거이며 현재인 이야기는 끝이며 시작인 새벽과 흡사하다. 〈너에게〉에서 하비누아주는 소중했던 누군가나 과거의 자신을 떠올리며 생각에 잠긴다. 미소로 시작하는 이야기의 출발. 하지만 "어스름 푸르고 흐린 빛/희미한 안개 흩어지고/적막한 방 침대 위로/무심히 쏟아지는 빛"을 느끼는 새벽, 미소만 짓는 사람은 아무도 없다. "어지러운 고민들", "일렁이는 마음", "불안"이라는 노랫말은 필연적이다.

세 번째 곡 〈파란〉은 결국 "도망치고만 싶"고, "더 견뎌낼 수가 없"다고 토로하며 극한으로 치닫는다. "아름다웠던 우리"라는 과거가 되어버린 관계 때문일까. 아니면 또 다른 이유 때문일까. 그런데 하비누아주는 절망에만 붙잡혀 있지 않다. "새벽 파란빛이/내 방을 물들일 때/그런 생각을 하기도 해/저 빛을 온몸으로 느끼고 싶어"라는 고백은 새벽이 내뿜은 빛과 자신을 일치시키고 빛을 흡수하고 싶다는 열망의 표현이다.

그러니 다른 곡들에서도 절망과 답답함을 드러낸다는 점에 주목해야 한다. 하비누아주의 새벽 노래 속 "우리가 대체 왜"라는 질문은 막다른 골목처럼 풀리지 않는 의문과 기어이 마주하게 하는 새벽의 위력과 그 질문을 감당하는 이의 치열함을 동시에 낚아챈다. "왜 왜 나는/왜 왜 내게/왜 왜 나는/왜 왜 내게"라는 질문을 자신에게 던지는 노래 〈왜〉는 새벽이 한 사람의 영혼을 몰아붙이는

소중한 번뇌의 시간이라는 사실을 확인시키기 위해 최선을 다한다. 마음의 목소리를 숨김없이 듣기 위해서는 이만큼 용기를 내야한다. 기다림도 필요하다. 내면의 목소리를 노래할 때도 마찬가지이다. 누가 귀 기울여줄지 모르는 두려움을 뚫는 용기와 귀를 열어줄 이들을 기다리는 배려가 있을 때 노래는 다른 이들에게 닿을 수있다.

〈고요한 밤길을 걸어〉와 〈왜〉로 이어지는 음반의 전반부는 속내를 끄집어내는 데 그치지 않는다. 하비누아주는 이 고민을 섬세한 멜로디와 사운드, 유려하고 치밀한 구조로 음악화한다. 하비누아주의 노래 대부분은 빨려들듯 물컹거리는 멜로디로 등장한다. 특히 멜로디가 드라마틱하게 상승하고 폭발할 때, 노래를 듣는 이들의 마음은 노래 속으로 완전히 흡수된다. 곡의 아름다움은 귀의 쾌감만을 위해 존재하지 않는다. 음악의 아름다움은 곡을 만들고 부르는 이의 마음을 듣는 이에게 옮기려는 노력이며 장치이고 배려이다. 아름답지 않으면 공감할 수 없다. 다른 삶을 살아가는 개별 삶의 진실을 숨김없이 드러낸다고 좋은 작품이 되거나 감동을 주지 못한다. 기쁨과 슬픔을 온전히 재현하는 음악 언어를 만들고, 재현의 결과물이 아름다움에 이를 때 창작자의 마음만큼 들을 수 있다. 위로와 치유는 그다음이다. 작품의 아름다움은 창작자의 책임이며 의무이고 상대에 대한 존중과 배려이다.

이렇게 자신과 혼신의 전투를 벌이는 작품의 서술자가 왜 우수와 비탄에만 잠겨 있을까. 〈봄바람〉에서는 슬픔에 젖어 있지만, 〈그 밤〉의 마음은 아직 따스하다. 〈내 눈물을 따라 걷다 보면〉에서는 "눈물을 따라 걷"고 "숨겨왔던 상처를 마주 보"는 노력으로 결국 자신 같은 너, 소중했던 너를 만난다. "더 이상 혼자가 아니"라고 스스로 위로한다. 하비누아주의 《새벽녘》은 새벽처럼 홀로 투명해지는 시간, 고통스러운 자문자답으로 만들어낸 자기 극복과 치유의 드라마이다. "작아져 버린 그대를 안아주고 싶"다고 말할 수 있는 변화는 저절로 오지 않는다.

사실 많은 이들이 외로움과 절망을 호소하고, 상담과 치유에 매달리는 사회에서 고통은 그 사람만의 탓이 아니다. 그래서 음반의 종반부 〈만월〉에서 "작아져 버린 그대를 안아주고 싶어"라고 노래하고, "사라지지 말아줘"라고 부탁할 때, 노래는 보름달과 나누는 교감뿐일 리 없다. 누군가에게 마음을 열고, "그냥 웃어볼래요"라고 다짐하는 노래를 이제 곁을 내주겠다는 노래라고 말하지 않을 이유가 없다. 에필로그 같은 〈그리웠다고〉에서 자신만큼 힘들

하비누아주 ⓒ하비누아주

었을 누군가를 다독이는 것은 당연한 귀결이지만 이렇게 말하기 얼마나 어려운지 우리는 안다. 하비누아주는 새벽에서 아침으로 건너가면서 새벽이 변화와 성장의 시간이 될 수 있다고, 누군가의 막막함도 이렇게 해소할 수 있을지 모른다고 썼다. 가르치려 하지 않고, 힘겹게 물어가며 찾아낸 이야기를 들려주었다. 하비누아주의 팝은 공명하는 팝일 뿐 아니라 성장하는 팝이다. 왜 힘든지, 세상이 왜 우리를 힘들게 하는지 말하지 않지만, 이 절절함에 이 아름다움만으로도 감사하다.

하비누아주 ⓒ하비누아주

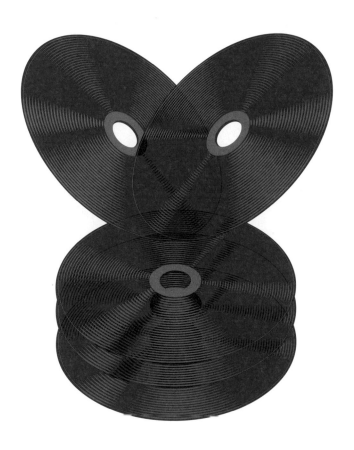

2019년 서울의 음악 기록

 9와 숫자들 《서울시 여러분》
9와 숫자들 〈24L〉

모던 록 밴드 9와 숫자들의 정규 4집 《서울시 여러분》은 역작이다. 9와 숫자들이 그동안 발표한 《9와 숫자들》,《보물섬》,《수렴과 발산》이 모두 역작이었기 때문에 자동으로 역작이라고 부르는 것이 아니다. 한 장의 역작을 만들었다고 그 후의 작품이 자동으로 역작이 되지는 않는다는 사실을 누가 모를까. 9와 숫자들의 음반들을 호평한 이유는 음악에 담은 이야기의 방향과 깊이, 울림 때문이다. 9와 숫자들은 음반을 더할 때마다 시선을 넓히고 키웠다. 자신의 삶과 추억에서 출발한 음악은 상대와의 교감과 단절로 이어졌다. 그리고 3집 《수렴과 발산》에서는 '우리'의 이야기로 나아갔다. 모든 이야기는 이야기의 무게만큼 소리의 울림을 퍼트렸다.

요즈음 많은 예술가들은 자신의 존재와 경험과 욕망에서 출

9와 숫자들 《서울시 여러분》 ⓒ오름 엔터테인먼트

발한다. 자신이 보고 들은 것, 자신이 느끼고 생각하고 꿈꾸는 것들을 모으고 정리하고 다듬어서 작품으로 내놓는다. 아는 만큼 경험한 만큼 느끼는 만큼 말하는 자세는 중요하다. 그러나 세상은 나 혹은 너라는 존재만으로 채워지지 않는다. 나 혹은 너라는 프레임으로는 세상을 담을 수 없다. 물론 나를 스쳐 가고 내 안에 고인 세상을 기록하고 이야기하는 일은 의미 있다. 그러나 주체가 반드시 창작자와 동일한 나일 필요는 없다. 예술은 나를 더 깊게 들여다보는 일인 동시에 너를 들여다보는 일이고, 내가 아닌 나들을 만나는 일이다.

　하지만 다른 나를 향해 고개 돌리고 귀 세우는 작품은 드물다. 한 사람의 예술가는 자신이나 자신 주변 목소리를 듣고 기록하는 데서 그치지 말아야 한다. 처음에는 그렇게 시작하더라도 차츰 더 많은 이들이 되어야 한다. 그들의 목소리를 자신의 목소리처럼 대신해야 한다. 신내림 받은 무당이 빙의하듯 다른 정체성, 다른 존재를 최대한 대변할 때 작가는 제 몫을 다한다. 그리고 작가가 옮긴 목소리를 들으며 우리의 시선은 비로소 만날 수 있는 기회를 얻는다. 하지만 최근 한국 문학작품에서 대하 장편소설을 보기 어렵듯 예술 작품에서 볼 수 있는 인간군이 좀처럼 확장되지 않는 아쉬움을 지울 수 없다. 대개 서울/대도시, 젊음, 대학 졸업자 등으로 한정되는 시선에 사랑과 이별과 꿈, 직장 생활을 반복하는 이야기는 세상에 비해 너무 작고 좁다.

이것이 9와 숫자들의 4집 《서울시 여러분》을 주목하는 이유이다. 9와 숫자들의 음반은 제목처럼 서울시에 사는 사람들의 이야기이다. 서울에 한정되었는데도 10곡의 수록곡에 담은 사람들은 제각각이다. 첫 곡 〈서울시〉에서 "반듯한 빌딩 사이 볕들 날 없는 골목"을 주목하는 노래는 흔하고 평범한 사람들, 존재하지만 빛나지 않는 이들의 목소리로 노래한다. 9와 숫자들이 직접 지켜보고 기록하는 방식이 아니다. 자신의 이야기를 직접 들려주는 어법으로 노래하는 곡들은 열 곡의 인물 다큐멘터리를 연결해 서울시 여러분이라는 모자이크를 완성한다.

〈She's International〉는 5개 국어를 구사하는 여행사 직원 A의 목소리로 일과 자신만의 항해를 들려준다. 〈주부가요〉에서는 "가정이란 미명 아래서/주부라는 오명을 입고/내 자신을 잊고 살아온" 여성의 목소리로 노래한다. 경쾌한 분위기의 곡임에도 숨겨진 사연은 가볍지 않다. 〈24L〉에서는 전업 작가의 시선으로 "채워지

9와 숫자들 ⓒ오름 엔터테인먼트

지 않는 텅 빈" 마음을 증언한다. 〈I.DUB.U〉는 마흔을 넘긴 나이에 뒤늦은 방황기를 맞은 이의 결정을 노래로 부른다. 〈지중해〉는 "카페 식당 술집 꽃집 다 좋았는데/남겨진 것은 몇 장의 연체 고지서" 뿐인 커플의 한탄이 노래가 되었다. 〈그녀의 아침〉은 여성 직장인의 고단하고 분주한 아침을 따라가며 여성에게 일상화된 현실의 폭력을 고발한다. 초등학교 4학년의 삶을 들려주는 〈고학년〉은 어떤 노래보다 신랄하다. "난 높이 배워서 공무원이 될 거야"라는 노랫말은 "주부가요 뭐 전기밥솥인가요?"라고 묻는 〈주부가요〉, "흙엔 주식이 매겨지고/우리 지분은 단 한 푼도 없어"라고 쓸쓸하게 토로한 〈지중해〉, "뒤엉킨 인파 속/유쾌하지 않은 눈빛과 감촉/섬뜩함을 떨칠 새도 없이 지나쳐버린 정거장"을 빠트리지 않은 〈그녀의 아침〉과 함께 《서울시 여러분》음반을 현미경으로 찍은 것처

241

럼 냉정한 시대의 기록으로 채웠다.

이 음반에는 상수동이나 성수동 같은 핫 플레이스에 대한 경탄이 없다. A매치 경기의 역동도 없다. 가진 게 별로 없어 허덕이며 사는 사람들, 단절되고 외로운 사람들의 이야기가 더 많다. 때때로 촛불을 들었는지 몰라도 삶은 크게 달라지지 않은 사람들, 사실은 '아무것도 하고 싶은 게 없'는 사람들의 노래가 서울에 사는 이들을 다 포괄하지는 못할 수도 있다. 그러나 최소한 노래가 껴안은 만큼의 삶을 만날 수 있다. 위로할 수 있고 존중할 수 있다. 〈4학년〉에서 발견한 초등학생의 삶, 〈물고기자리〉가 노래한 청년의 삶, 〈Silver House〉가 주목한 노년의 삶만이 아니다. 노동자와 자영업자, 주부, 프리랜서, 취업 준비생을 아우르는 음반은 파편처럼 부유하는 제각각의 삶 사이를 연결하고 건너갈 다리를 놓는다. 가혹하고 비정한 오늘의 삶을 견딜 수 있게 해주는 힘은 우리가 그렇게 연결되어 있다는 감각에서 싹튼다. 지금 연결되어 있지는 않더라도 언젠가는 연결될 수 있다는 믿음에서 시작한다. 그래서 음반의 마지막 곡이 윤복희의 명곡 〈여러분〉 리메이크라는 사실은 무척 사려 깊게 느껴진다.

이번 음반에서 9와 숫자들은 모던 록과 기타 팝, 신스 팝 등의 장르를 활용해 메트로폴리스 서울의 삶을 채록했다. 어느 때보다 시선은 넓어졌고 인물은 다양하다. 목소리에서는 연민과 애정이 느껴질 뿐 아니라 때때로 분노를 감추지 않는다. 〈She's International〉, 〈주부가요〉, 〈그녀의 아침〉에서는 여성들의 삶을 존중하며 따라간다. 편견 없고 치우치지 않는 기록에 한결같은 멜로디와 사운드의 매력이 더해지면서 9와 숫자들은 이제 중견 뮤지션의 경계를 넘어섰다. "빛으로 빚은 빛/밑으로 쌓은 위/기억을 압도하는 망각/점점 커져만 가는 차이"라는 〈서울시〉의 노랫말만큼 자본주의 도시 서울의 오늘을 적확하게 정리한 노래가 있을까. 이렇게 예술은 인간학이자 사회학이라는 사실을 증명하는 작품이 있어 예술은 오늘의 일부이자 오늘을 바꾸는 역동이 될 수 있다.

〈24L〉의 매혹적인 사운드 메이킹이나 〈서울시〉, 〈물고기자리〉의 내밀한 목소리는 9와 숫자들이 깊고 단단한 음악을 하는 밴드임을 다시 보여준다. 〈주부가요〉를 구현하는 앙상블이나 〈I.DUB.U〉의 리듬과 키보드 사운드뿐만 아니다. 감칠맛 나는 〈지중해〉의 편곡을 비롯해 음악과 노랫말은 완전히 한 몸이다. 오늘의 이야기를 다채롭게 포착해 매력적인 음악으로 표현했을 뿐 아니라, 오늘을 말할 때 갖춰야 할 태도를 갖추었다는 점에서 9와 숫자들의《서울시 여러분》은 정확하고 성의 있는 2019년의 작품이다. 다른 삶과 세상 앞에서 눈감거나 관성으로 살지 않으려는 마음이 한 장의 음반에 송글송글 맺혔다. 이제 "서럽게 울고 또 울던" 이들의 손을 잡는 일, 그들에게 손수건을 건네는 일은 이 음반을 들은 이들의 몫이다. 음악은 음악의 일을 하고 우리는 우리의 일을 해야겠지.

상실과 슬픔의 김오키

 김오키《스피릿선발대》
김오키〈코타르 증후군〉

문제작이 등장했다. 재즈 색소포니스트 김오키의《스피릿선발대》다. 2013년 첫 정규 음반《Cherubim's Wrath(천사의 분노)》를 내며 데뷔한 후, 김오키는 파격적인 행보를 거듭했다. 정규 교육 과정을 거쳐 재즈와 색소폰을 배우지 않았고, 원래는 춤을 추었다는 과거만 파격이진 않았다. 그의 연주는 유례없이 강렬한 사운드를 난사했다. 배워서 낼 수 있는 소리가 아닌 음악은 유령처럼 출몰해 혼비백산하게 했다.

김오키는 잠시도 멈추지 않았다.《스피릿선발대》음반이 아홉 번째 정규 음반이라는 사실만으로 경이로울 정도이다. 재즈의 특성상 라이브를 할 때마다 새로운 음반을 낼 수 있다지만, 김오키의 음반은 모두 정규 음반이다. 2016년부터 김오키는 매년 2장의 정

김오키 《스피릿선발대》 ⓒ김오키

규 음반을 발표했다. 다른 뮤지션들의 음반에 두루 참여하고, 《젠트리피케이션》 컴필레이션 음반에도 함께 한 김오키는 다른 장르의 뮤지션들과도 공연한다. 그사이 에너지를 내뿜던 음악은 서정적이고 침잠하는 음악으로 방향을 틀었다. 1집에서 보여준 김오키가 전부는 아니었다.

2019년 7월 6일 발표한 《스피릿선발대》와 함께 발표한 《스피릿선발대 재해석》 음반은 어디로 튈지 알 수 없는 김오키의 자유분방한 난발이다. 음반 커버에는 현악기를 안고 헬멧을 쓴 김오키가 왼발 차기를 하는데 신발이 날아간다. 왠지 유쾌하고 코믹한 음반일 것 같은 인상.

하지만 음반의 첫 곡 〈실직폐업이혼부채자살 휴게실〉부터 우울하다. "사람이 있다"는 백현진의 독백으로 시작하는 곡은 제목처럼 실직 - 폐업 - 이혼 - 부채 - 자살로 이어지는 비극을 침울하게 읊는다. "어렵게 어렵게 취직을" 하고, 결혼을 했지만, "계절이 몇번 바뀐" 동안 "실직을 했"고, "어렵게 치킨집을 열었"지만 "손님이 없"어 망하는 이야기. 이혼을 하고 결국 삶을 포기해버리는 이야기는 신문 사회면에 나오지 않을 정도로 흔하다. 너무 흔해 관심조차 끌지 못하는 대한민국의 단면을 김오키는 놓치지 않았다. 김오키는 이 사연을 백현진의 가사와 낭송에 자신과 진수영, 정수민의 연주를 더해 음악화했다. 낭송과 건반과 베이스의 연주로 이어지던 곡은 2분 40초 지점 "자살을 한다"라는 멘트와 함께 돌연 멈춘다. 그때서야 김오키의 색소폰이 들어온다. 생의 마지막 숨을 내쉬고 혼이 빠져나가듯 흔들리는 색소폰 연주는 곡의 비극을 음악으로 완전히 전환한다.

그러나 김오키는 이 비극을 1집의 〈칼날〉이나 〈난쟁이가 쏘아올린 작은 공〉처럼 폭발시키지 않는다. 연주는 낮고 부드럽게 떠돌며 진혼곡으로 위로를 바칠 뿐이다. 음반의 두 번째 곡 〈코타르 증후군〉도 아득하게 이어진다. 멜로디가 두드러진 연주는 '시체 증후군'이라는 제목이 낯설게 느껴질 만큼 쓸쓸하다. 〈코타르 증후군〉을 비롯한 대부분의 곡은 슬로우 템포로 흐르며 김오키가 뛰어난 멜로디 메이커임을 내비친다.

그런데 수록곡 제목들과 일부 곡은 지금 어떤 비판적인 노래보다 적나라하다. 타이틀곡인 〈코타르 증후군〉은 자신이 죽었다고 믿는 정신질환이며, 송경동의 시를 낭송한 〈나는 한국인이 아니다〉는 동남아시아로 진출한 한국 기업들의 노동 탄압과 그로 인한

죽음을 고발한다. 식민지 시대 제국주의 국가와 다르지 않은 반인권적 노동 착취를 일상적으로 자행하는 한국 기업들의 현실을 재현하는 곡에서도 김오키의 연주를 비롯한 음악은 낮고 느리다. 노동자의 현실을 노래한 김호철의 노래처럼 단순 명쾌하게 선동적이지 않고, 최창남의 노래처럼 소박하지 않으며, 노래 모임 새벽의 노래처럼 웅장하지 않은 음악은 김오키의 방식으로 노동자의 삶과 현실을 이야기한다.

　　모든 예술 작품은 현실을 기반으로 한다. 현실에서 일어나지 않거나 상상할 수 없는 이야기를 던지는 작품은 없다. 예술은 현실의 기록이거나 반영이고 대응이거나 개입이다. 1집에서 소설 「난장이가 쏘아올린 작은 공」을 모티브로 한 곡들로 현실을 받아친 김오키는 모든 음반에서 유사한 문제의식을 이어오지는 않았다. 하지만 꾸준히 한국 사회의 문제점을 주목한 김오키는 곡뿐 아니라 〈코타르 증후군〉 같은 제목의 메타포로 오늘의 두려움과 불안을 표현한다. 김오키는 인문·사회과학적 인식을 바탕으로 현실의 문제점을 짚고 대안을 이야기하지 않는다. 본능 같은 감각으로 오늘을 포착하고 터트리는 데 주력한다.

대통령이 바뀌었지만 여전히 기다려야 한다는 목소리에 짓눌리는 상황, 수많은 사람들이 벼랑 끝으로 내몰리는 우리 사회는 아직도 행복할 수 없다. 많은 이들이 소리 없이 "사라지고" "이겨내"야만 한다. 그러나 "가본 적 없는 곳에/아름다운 저 도시엔/내가 가야 할 길이 없"다. 음반 전체를 아우르는 김오키의 쓸쓸한 연주는 현실과 현실에 대한 태도의 반영이며 재현이다. 김오키는 낭송뿐 아니라 우원재의 랩과 히피는 집시였다의 노래를 동원하고, 아이패드로 만든 일렉트로닉 사운드까지 활용한다.

음반을 주도하는 정서는 슬픔과 우울함이다. 〈나는 한국인이 아니다〉의 시 낭송은 비분강개하고, 〈불타는 거리의 작별인사〉의 낭송은 전태일의 투지를 영롱하고 생동감 있게 복원했지만, 김오키의 음악은 낭송하는 텍스트만큼 일떠서지 않는다. 김오키는 간명한 멜로디를 반복하거나 주춤거릴 때가 더 많다. 〈코타르 증후군〉이나 〈사라지고 또〉, 〈이겨내는 것들〉, 〈서로를 바라보며 죽여버림〉 같은 곡들은 불안과 상실을 대변하듯 슬프게 아름답다. 어떻게든 잘될 거라고 막연한 희망을 품어보는 시대, 그러나 어느새 별다른 기대를 품지 않게 되어버린 오늘의 무의식을 김오키는 슬픔과 우울의 프레임으로 담으려 한 것일까. 수록곡 대부분은 김오키가 서정적인 음악도 얼마든지 해낼 수 있으며, 그의 음악이 변화하

김오키 ©김연

고 있음을 보여줄 뿐 아니라 멜랑콜리한 어법이 현실에 대한 예술의 기록과 대응이 될 수 있음을 조심스럽게 환기한다. 슬픔과 우울함은 정직하다. 정직함은 예술의 출발이며, 공감의 토대이다. 이번 음반에서 김오키 음악의 가치가 오롯해지는 이유이다. 형식과 내용, 아니 내용과 내용이 함께 구축한 음악의 깊이는 삶과 사회를 응시하는 노래들 곁에서 반짝인다.

〈그게 그러니까〉, 〈내 기억속에 공포가〉, 〈You've Got To Have A Flower On Your Mind〉로 이어지는 후반부의 곡들도 음반의 정서를 잇는다. 좋은 곡, 좋은 연주, 의미 있는 메시지가 만났을 때 우리는 좋은 음반이라고 평가한다. 이 음반은 좋은 음반이다. 좋은 음반 앞에서 할 일은 듣는 일이다. 들으며 생각하는 일이다. 함께 듣는 일이다. 음악이 삶을 비춰 들여다볼 기회를 만들어줄 때, 우리는 알고 있던 사실을 확인하는 데서 그치지 않고 제대로 보았는지 제대로 느꼈는지 되물을 수 있다. 좋은 예술 작품은 인식의 완성이 아니라 사유의 출발이다. 감각의 발견이며 발현이다. 상실과 슬픔의 아름다움으로 우리의 눈이 맑아질 때 눈물도 맑아진다.

자연과 역사와 인간을 기록하는 매혹

 김재훈《ACCOMPANIMENT》

김재훈〈Deep in〉

2019년 11월 29일 김재훈은 첫 번째 개인 음반《ACCOM PANIMENT》를 내놓았다. 앙상블 티미르호와 밴드 불나방스타 소세지클럽, 공연 창작 집단 뛰다에서 활동하는 김재훈이 작곡가 로서 티미르호 1집을 발표한 지 10년 만에 완성한 음반이다. 김재 훈은 10곡의 연주 음악을 담은 음반 수록곡 대부분을 강원도 평 창의 감자꽃 스튜디오에서 썼다. 연극 음악 작곡가로 뛰다의 작품 〈휴먼푸가〉에서 사용한 3곡도 함께 실었다.

뉴에이지 음악처럼 들리는 전반부의 곡들은 아름답다. 평창의 풀벌레 소리를 들려주며 시작하는 첫 곡 〈Life〉는 이 음반이 자연 의 소리로 함께 채워졌다고 예보한다. 숲에서 풀벌레 소리를 녹음 하고, 숲이 보이는 고요한 녹음실에서 피아노 건반을 누를 때, 김재

ACCOMPANIMENT ———————— JAEHOON KIM

김재훈《ACCOMPANIMENT》ⓒ디자인 김기조, 사진 채드박, 문화지형연구소씨티알

훈의 음악에는 자연의 숨결과 빛과 어둠이 배어들었다. 인생을 표현했다는 〈Life〉에는 만물의 삶까지 깃들었다. 느린 음을 반복적으로 연주하고 여린 울림의 멜로디를 얹은 첫 곡은 쓸쓸한 아름다움으로 삶을 위무한다. 김재훈은 두려워하며 한 걸음씩 나아갈 수밖에 없는 삶의 속도와 이따금 피어오르는 기쁨, 삶에 대한 경외를 미니멀한 연주로 풀어놓는다. 곡의 속도와 멜로디, 공간감이 음악의 전부이다. 속도감으로 낙관하지 않고, 불협화음으로 불화하지 않는 곡은 김재훈이 인식하는 삶의 태도를 묘사한다. 느린 속도는 섬세함의 토대가 되고, 멜로디는 표정을 불어넣으며, 공간감은 스며드는 힘을 구성한다. 일상적이지 않은 속도와 멜로디와 공간감은 김재훈이 본질이라고 믿거나 본질이기를 바라는 삶에 대한 표현

이다. 실패투성이 삶에서 의미를 찾아갈 수 있는 희망의 기약이다. 현실을 넘어설 가능성으로 음악이 반짝인다.

"가깝고 먼 나무들이 중첩된 이미지를 중저음의 반주로 풀어" 냈다는 〈Wood Song〉에서는 멜로디가 돋보인다. 테마 멜로디를 반복하고 변주하는 곡은 나무들이 겹쳐 숲이 된 울울창창한 공간으로 초대한다. 나무라는 존재와 나무가 겹쳐 만드는 이미지 그리고 그 이미지를 보고 느끼는 자신의 울림을 엇갈리는 멜로디로 담아냈는데, 어느 멜로디이든 아름답다. 자연의 존재감과 생명력에 매혹당한 인간이 자연에게 머리 숙인 결과물. 인간은 자연만큼 아름답기 어렵고 울림을 주기 어렵지만, 인간은 아름다움과 울림을 재현할 수 있다. 예술은 인간이 아름다움에 가까워질 기회이며 통로이다.

천문학에 대한 감수성을 담았다고 밝힌 〈Planetarium〉도 느린 멜로디를 반복하고 교차해 우주를 담고 인간의 시선을 비춘다. 닿을 수 없고 잴 수 없고 만질 수 없는 세계는 아득하다. 크고 먼 세계는 크기와 거리와 여백만큼 파동을 미친다. 느리게 이어가는 피아노의 터치로 우주와의 독대를 복기하는 곡에서도 아름다운 멜로디는 김재훈의 창작력을 선도한다. 아름다움이 되지 않는 존재는 많지 않다고 소근대는 곡은 아름다움으로 음악의 의의와 가치를 증명한다. 만들며 아름다워지고 들으며 순정해지는 곡은 인간이 세상과 관계 맺는 최선의 방식이다.

"반복적인 빗소리에서 영감을 받아 소리를 비처럼 떨어뜨리며 완성"했다는 〈Deep In〉은 빗소리로 시작한다. 비가 내리며 부딪치는 파동의 가벼움을 재현하는 것처럼 들리는 피아노 연주는

김재훈 ⓒ채드박, 문화지형연구소씨티알

가볍고 빠른 연주의 반복과 인상적인 멜로디, 무거운 음의 교차, 구
성의 변화를 통해 빗소리 이상의 미학에 도달한다. 이 곡은 한 존재
안에 다른 존재가 도착하고 스며들고 불화하며 조화를 이루는 과
정과 마음 파장을 옮겼다. 만나기 어렵고 마음 맞추기 어렵지만 다
른 존재가 줄 수 있는 기쁨을 담아낸 연주는 자연 안에서 만변하는
애착과 애정의 파노라마를 압축한다.

　　그리고 〈Indeed〉부터 이어지는 곡들은 전반부의 곡들과 다르
다. 한강의 「소년이 온다」를 원작으로 만든 연극 〈휴먼푸가〉의 수
록곡들은 바이올린과 기타, 피아노를 활용해 1980년 5월과 그 이
후의 역사를 응시한다. 〈Indeed〉는 격렬한 바이올린 연주와 불친
절한 피아노 연주로 역사와 폭력, 정의와 죽음이라는 명제로 이끈

다. 연극을 보지 않아 정확하게 이해할 수 없지만, 〈Indeed〉의 사운드가 전달하는 치열함만큼은 충분히 감지할 수 있다. 한편 "평창에서 보낸 음악적 시간을 되짚어 보는 명상의 마음으로" 썼다는 〈Accompaniment〉는 편안하고 맑다. 〈Hold〉 역시 피아노만으로 반복하고 더하며 만들어내는 멜로디가 음반 전반부의 스타일을 이으며 마음을 가라앉힌다.

하지만 음악은 〈Human Acts〉에서 다시 광주로 돌아온다. 가해자와 생존자가 함께 살아 있는 무자비함이 일상이 되어버린 현실은 비극을 완성한다. 어떤 음악도 어떤 예술도 비극을 온전히 기록할 수 없다. 다만 그 비극을 잊지 않으려고 발버둥 칠 뿐이다. 기타로 함께 연주하는 〈Glass〉는 이미 알고 있는 격동의 드라마로서의 광주가 아니라 남은 한 사람 한 사람에게 존재하는 광주를 받아 적듯 조심스럽다. "가장 기본적인 유기체로서의 생태, 반복되는 생태를 탐구하는" 마지막 곡 〈Green〉 역시 피아노 연주의 반복으로 이야기를 대신한다. 푸르른 것은 영원히 계속되리라는 기대와 믿음을 표현하는 듯한 음악은 바람 소리와 함께 첫 곡의 대구로 음반에 마침표를 찍는다.

음반의 소박한 연주, 꾸준한 아름다움, 깊은 울림은 작곡가이자 연주자로 홀로 선 김재훈의 존재를 일러준다. 듣는 이의 마음속에서 출렁이는 강물 같은 음악들. 아주 가끔 음악은 인간이 아름다워질 수 있다는 신기루 같다. 금세 무너질 환상일지라도 이 아름다움을 거부할 권리는 누구에게도 없다.

김재훈 ⓒ채드박, 문화지형연구소씨티알

한국 뮤지션들의 첫 번째 ECM 음반

 니어 이스트 쿼텟(Near East Quartet)이
유폐한 찰나와 영원

니어 이스트 쿼텟 〈Jinyang〉

비평하기 위해서가 아니라 그냥 듣고 싶어지는 음악이 있다. 좋아서, 좋다고 느껴서, 음악을 틀어두고 나를 잊어버리고 싶은 음악. 플레이리스트에 담아두거나 곁에 두고 수시로 듣고 싶은 음악. 나를 닮아 생활의 그늘에 금세 스미는 음악. 음악의 빛과 색과 향기로 내가 드러나고 내가 보이는 음악. 음악 속을 깊숙이 거닐고, 하염없이 퍼 올리게 되는 음악.

삶은 남루한데 음악만 풍성해진다. 영혼은 가난한데 귀만 부유해진다. 소리의 풍요로움이 고요를 대체할 수 없는데 귀의 쾌감만 커져도 되는 것일까. 세상은 날마다 한숨짓게 하는데 음악을 듣는 기쁨은 여전해도 괜찮은 것일까. 반문하고 반문하지만 음악이 무슨 죄가 있을까. 나의 귀는 니어 이스트 쿼텟(Near East Quartet)

Near East Quartet ⓒECM

의 세 번째 음반에서 좀처럼 걸음을 옮기려 하지 않는다. 음반을 듣
지 않아도 음반의 '성질과 상태'[1]가 계속 맴돈다.

2018년 8월 31일 발표한 음반은 음악 마니아 사이에서 화제가
되었다. 음반을 내놓은 회사가 ECM이었던 것이다. 재즈를 사랑
한다면, 음악 마니아라면 모를 수 없는 ECM은 독일의 재즈 레이
블이다. 팻 메스니와 키스 자렛을 비롯한 재즈 거장들의 명반을 숱
하게 내놓았고, 매력적인 사운드와 인상적인 음반 디자인으로 범
접할 수 없는 품격을 만들어낸 회사에서 니어 이스트 쿼텟의 새 음
반이 나왔다. 한국 출신 뮤지션이 ECM에서 음반을 발표한 사례
가 없지 않다. 하지만 한국 뮤지션들만이 음악으로 ECM에서 음반

1　『성질과 상태』(정한석, 강, 2017)의 제목을 인용했다.

을 낸 경우는 처음이다. 갈수록 음반에 의미를 부여하기 어려운 시대라고 하찮게 여길 일이 아니다. 케이 팝과 케이 록을 비롯한 한국 대중음악의 해외 진출 한편에 니어 이스트 쿼텟의 이름이 더해지면서 비로소 장르의 균형을 맞추었다. 한국 대중음악의 고른 성장을 밖에서 뒤늦게 눈치챘다.

6곡을 담은 음반에는 테너 색소폰과 베이스 클라리넷 연주자인 손성제, 기타리스트 정수욱, 드러머 서수진, 소리꾼 김율희, 타악 연주자 최소리가 참여했다. 2010년에 결성한 니어 이스트 쿼텟은 그동안 한국의 전통음악과 재즈를 바탕으로 다른 지역의 음악을 포섭했다. 1970년대 이후 세계의 대중음악은 국경을 넘나들어 각별해지고, 국경을 허물면서 특별해졌다. 유행은 지역과 민족의 경계를 부수었다. 세계적인 유행 음악이 만들어지고, 지역에서만 즐긴 음악은 다른 지역에서도 사랑받는다. 특정 지역에서만 생산하던 음악을 다른 지역에서도 생산하고 즐긴다. 지역성은 음악에 특별한 가치를 불어넣는데 인기를 얻은 음악의 지역성은 금세 보편화된다. 음악 역시 자본주의의 질서에서 자유롭지 못해 서구산 대중음악과 섞이며 닮고 친근해진다. 반면 특정 지역의 전통과 지역성만 내세운 음악은 설득력을 얻기 어려워 지역 밖으로 진출하지 못한다.

니어 이스트 쿼텟은 사물놀이, 산조, 창 중심의 한국 전통음악이나, 서구 대중음악 양식과 접합하는 전통음악과 달리 동서양의 민속음악을 폭넓게 이으면서 정체성을 정립했다. 그중에서도 쓸쓸하고 사이키델릭한 사운드에 몰입하고, 국경을 초월한 음악의 보편성을 담아 어디에나 있을 것 같은 음악, 그러나 어디에서 왔는

지 알 수 있는 음악을 구현했다. 한국적이며 보편적이고, 민속적이 며 현대적인 음악으로 니어 이스트 쿼텟은 둥지를 틀었다.

　　이번 음반에서도 니어 이스트 쿼텟은 한국의 전통음악을 짊 어지고 출발한다. 첫 곡 〈이화〉에서 손성제가 테너 색소폰을 연주 하고, 정수욱이 일렉트릭 기타를 연주하면서 강렬하고 몽롱한 사 운드를 만들어낼 때, 두 악기의 호흡과 멜로디는 유려하고 구슬퍼 한국 전통음악의 정한에 닿는다. 춘향전을 바탕으로 한 〈갈까부 다〉와 성주함창을 바탕으로 한 〈못〉을 비롯한 여러 곡에서 김율희 의 노래는 이 음악의 근본이 한국 전통음악이라는 것을 직접적으 로 드러낸다.

　　그러나 니어 이스트 쿼텟은 원곡의 애스러움과 진박함에 정 박하지 않는다. 이들은 원곡에 담겨 있는 슬픔을 몽롱한 연주의 아우라로 뒤덮어 시공간의 경계를 허문다. 오래전의 슬픔은 금세 오늘의 슬픔이 되고, 과거와 현재와 미래를 넘나드는 슬픔으로 전이되어 곡 전체를 감싼다. 이 슬픔 가득한 초월의 지향이 니어 이스트 쿼텟 음악의 차이이고 개성이며 중심이다. 판소리 춘향가를 인용한 〈바람〉, 〈갈까부다〉, 뱃노래를 모티브로 하는 〈파도〉에서도 니어 이스트 쿼텟은 한국 전통음악의 곡진한 밀도와 깊이를 고스란히 보존한 채 서정적인 사이키델릭 사운드를 덧칠해 한국 전통음악을 현대 대중음악으로 인도한다. 이것이 전통음악으로 빚을 수 있는 사운드의 전부가 아니라 해도 한국 전통음악을 인용하고 변주해 어법과 정서를 지키며 재창조할 수 있음을 보여주는 음악이다. 한국 전통음악을 이해하고, 특화하려는 정서와 사운드를 인지하며, 작업을 수행할 수 있는 창조성과 연주력을 가지고 있지 않았다면 내놓지 못했을 음악이다.

일렉트릭 기타와 색소폰, 클라리넷, 드럼을 비롯한 악기는 원곡의 기저에 쌓인 감정과 이야기의 세계로 깊이 내려갔다가 주렁주렁 달린 감정과 이야기를 끌고 올라와 밑도 끝도 없이 펼쳐놓는다. 서수진의 드럼을 비롯한 모든 악기의 소리들은 아득하게 사라지며 장르와 어법까지 허문다. 꿈꾸듯 애간장을 녹이는 소리의 파장. 끝나지도 멈추지도 않을 것 같은 마음의 풍랑. 찰나부터 영원까지 이 한 장의 음악에 다 있다.

니어 이스트 쿼텟 ⓒ안웅철, ECM

혼종의 록, 돌진하는 힘

 데카당(Decadent) 《데카당》

데카당 〈병(Disease)〉

쉴 새 없이 새로운 음악이 나온다. 테크놀로지가 발전했을 뿐 아니라 음악을 만드는 이들도 많다. 수요에 비해 공급이 과하다고 할 정도이다. 그러다 보니 발표하자마자 히트해야 한다. 즉시 히트하지 못한 곡들은 눈사태처럼 쏟아지는 새 음악에 묻혀 실종되어 버린다. 다행히 역주행으로 구출되는 경우도 있다. 하지만 구조 신호조차 보내지 못하는 곡들이 무의미하지는 않다. 열매가 단숨에 익지 않듯 음악도 천천히 자라고 느리게 익는다.

2017년 5월 EP 《ㅔ》를 발표하면서 등장한 밴드 데카당 역시 성장 중이다. 소울과 사이키델릭 록을 버무려 담은 EP는 큰 화제를 불러일으키진 못했다. 이질적으로 느껴지는 장르를 아울렀고, 완성도가 높았다. 사운드만큼 진솔한 메시지를 담아내려는 노력도

데카당의 음악에 귀 기울이게 했다. 그럼에도 데카당의 음악에 주목한 이들은 많지 않았다. 록에 대한 관심이 줄어들다 보니 밴드 포맷으로 활동하는 데카당에 쏠리는 관심은 적었다. 장르를 오가는 데카당의 음악이 일관되게 완성되었다기보다 산만하다는 인상을 주었을 수도 있다. 곡의 설득력도 다소 아쉬웠다. 이들의 라이브는 무난했지만 파격이나 파괴력을 발견하기 어려웠다. 그렇다고 정규 음반을 발표하지 않은 신인 밴드의 음악을 EP 한 장으로 규정하는 일은 성급하다. 데카당은 가능성을 보여주었고, 1년 뒤 첫 번째 정규 음반으로 가능성에 화답했다.

2018년 5월 30일 발표한 셀프타이틀 정규 1집 《데카당》에서 데카당은 전작처럼 소울과 사이키델릭, 포스트 펑크 등 여러 장르를 넘나든다. 대부분의 뮤지션들이 한 음반에서 한두 장르에 집중하는 데 반해, 데카당은 계속 장르를 넘나들면서 자유롭고 폭넓은 음악 스타일을 만들어냈다. 데카당은 장르의 문법을 정교하게 재현하고 연주력을 강조하는 데에만 관심을 두지 않는다. 이들의 음악이 어설프다거나 연주력이 떨어진다고 말하려는 게 아니다. 네오 소울, 사이키델릭, 펑크, 포스트 펑크 등으로 압축할 수 있는 음악은 곡마다 필요한 표현력을 충분히 갖추었다. 다만 이들의 음악에서 연주력과 사운드만 의미 있는 지분을 차지하지는 않는다. 데카당의 음악에서 중요한 덕목은 노랫말로 표현하는 메시지와 리듬/멜로디/화음/사운드로 표현하는 음악의 관계이자 조화이다.

네오 소울, 펑크, 포스트 펑크의 비중이 높은 데카당의 음악은 동일한 장르의 음악에 비해 노랫말의 무게가 더 무겁다. 음반의 소개글에 의하면 《데카당》 음반은 1부와 2부로 나눌 수 있다. "주인공인 화자가 '병'(거짓말, 편견, 아집, 혐오, 차별 등)이 만연한 바깥 세상으로부터 자신을 단절시켜 은신한 채 바깥의 기억을 되새기는 '안'의 이야기가 1부, 안에서 '창문'을 통해 바깥을 관찰해오던 화자가 이윽고 외출을 감행하면서 겪고 느끼게 되는 '바깥'의 이야기가 2부"라고 한다. 이 같은 설정은 순수하고 젊은 주체와 타락한 외부 세계를 대립시켜 개인의 무기력과 세계의 폭력성을 드러내려 할 때 흔하게 사용하는 구도이다. 막강한 세계에 비해 연약한 주체는 결국 좌절하고 타락하기 마련이다. 이미 수많은 예술 작품에서 사용하는 설정인데도 같은 장치를 사용하는 이유는 세계와 인간의 관계가 크게 달라지지 않았기 때문일 것이다. 데카당은 이 같은 상황과 태도를 첫 곡 〈병〉에서 "날씨는 여전히 맑지 않고/여전히 날 지나쳐가는/그 탓에 그 덕에/지독한 병에/걸렸더래요/살 갗은 갈라져 피가 나고/똑같은 말들을 반복해요"라는 가사로 표현한다. 가사를 바꾸면 더 농염하게 들릴 수 있을 곡은 데카당한 곡의 분위기를 현실을 직시한 고백으로 채우며 음반의 태도를 예고한다.

그리고 음반의 타이틀곡 〈각주〉는 상대에 대해 모를 뿐 아니라 "각주를 매번 달고 수정을 거쳐도/밤마다 보충의 보충을 거듭해"도 알지 못하는 자신의 상태를 노출한다. 펑키한 리듬에 라틴 기타의 화려한 연주를 가미한 곡은 노랫말 속 어지러운 상황마저 질펀하고 화려한 분위기로 녹인다. 혼란 속에서 터져 나오는 절규를 리드미컬하게 표현하는 데카당의 어법은 밴드의 이름을 음악으로 대변하며, 음반 내내 탐미적인 음악을 흩뿌린다. 노랫말로 제시하는 답답한 상황과 세계 인식을 반복하면서 몰아치는 멜로디와 리듬으로 표출하는 노래는 단순한 상황 제시에서 그치지 않고, 음악 자체를 탐닉하게 한다.

"감정 불안정과 자기애의 과시"처럼 불안한 상황을 낭독하고 절규하듯 따라 하는 〈라 토마티나〉는 음반의 정서를 이으며 〈토마토 살인사건〉으로 바통을 넘긴다. 토마토를 빌어 좌절과 분노를 강하게 드러내면서 포스트 펑크의 어법을 활용하는 곡은 토마토 과즙처럼 붉고 끈끈하다. 곡의 사운드는 은유적으로 서술한 노랫말만큼의 간절함을 리듬감 넘치게 표현한다. 이 리듬감과 끈끈한 질감을 로킹한 사운드와 결합하면서 데카당의 음악은 가사의 문제의식만큼 깊이와 힘을 획득한다. 색에 대한 판단과 취향을 빌어 차이에 대한 태도를 드러내는 곡 〈색채감각〉은 페미니즘과 인권에 대한 문제의식이 확산되는 오늘의 노래로 맞춤한다.

이번 음반에서 가장 평키한 곡이라 할 수 있을 〈살로메〉는 "볼 마음이 들을 생각이 원래 없던" 사람들의 편견을 공박한다. 곡의 끝 부분에 들려오는 전직 독재자 대통령의 목소리는 이 음반의 문제 의식이 한 사람의 개인으로만 향하지 않는다는 사실을 보여준다. 그리고 여전한 리듬감과 끈적임으로 바깥세상과의 조우를 재촉하는 곡 〈삭발〉은 다소 사변적인 표현으로 더 강렬하게 젊음을 표방한다. 화려한 일렉트릭 기타 연주는 데카당이 밴드이고, 이들이 밴드 사운드로 매력을 만든다는 사실을 분명히 한다.

그런데 음반의 2부에 해당하는 곡들인 〈창〉, 〈외출〉, 〈산책〉, 〈피터파커〉, 〈B〉 등의 노래는 제목에서부터 달라진 시선과 태도를 드러낸다. 리듬감을 유지하면서 밖으로 나온 주체가 세계와 재회하는 순간의 감정을 노래하는 〈외출〉은 영롱한 기타 사운드가 인상적이다. 〈산책〉에서 같은 노랫말을 반복하는 방식, 그리고 일렉트로닉한 노이즈와 블루스의 질감은 의지로 낙관하려는 태도가 도드라진다. 하지만 사이키델릭하고 매끄러운 곡 〈피터파커〉가 보여주는 일상과 비일상의 충돌은 쉽게 달라지지 않는 현실의 기록이라는 점에서 냉정하고, 데카당의 미학을 고집스럽게 놓지 않는다는 점에서 집요하다. 음반의 또 다른 타이틀곡 〈B〉는 여전한 소울 곡으로 매끈하고 격정적이다.

데카당의 절망이 사랑의 실패로 인한 것이든 아니든 수록곡들의 고른 완성도는 이전의 음반보다 힘이 붙은 데카당의 창작력을 과시한다. 곡의 완성도가 고르게 높아졌다는 사실 그리고 더 다양한 표현을 더 정교하게 사용한다는 사실은 데카당의 진화를 투사

한다. 노랫말에 담은 일관된 문제의식과 은유적인 표현은 사운드
와 노랫말로 쏘아 올린 데카당의 고백이며 화살이다. 화살은 여러
과녁을 동시에 꿰뚫는다. 소리의 향연에서 멈추지 않고 자신과 세
계를 향해 돌진하는 힘. 이 매력적인 혼종.

외면당한 삶을 기록한 음악 다큐멘터리

 레인보우99 《동두천》

레인보우99 〈상패동〉

우리는 모두 다르다. 같은 대상을 보아도 다르게 느끼고 다르게 생각한다. 어쩔 수 없다. 정체성의 차이는 판단과 행동의 차이로 이어진다. 다른 사람의 이야기에 귀 기울이는 이유도 다르기 때문이다. 내가 느끼지 못하고 보지 못하고 생각하지 못한 무언가를 다른 이들이 발견했을 가능성을 인정하고, 귀 기울일 때 우리는 드물게 이해의 열쇠를 찾을 수 있다.

레인보우99의 음반《동두천》은 레인보우99의 여행 이야기이다. 동두천을 이해하기 위한 징검다리이다. 시와, 하이미스터메모리, 황푸하 등의 기타리스트로 활동하면서 연극 음악 창작을 겸하는 뮤지션 레인보우99는 2015년부터 즉흥 여행 곡을 발표했다. 가보지 않은 지역에 가서 배회하다가 그 순간의 느낌을 즉흥 음악으

레인보우99 《동두천》ⓒ박상용

로 기록한 다음 발표하는 방식이다. 레인보우99는 이 같은 방식으로 곡을 만들어 2016년 《Calendar》, 2017년 《EUROPE》, 2019년 《Come Back Home》 음반을 연달아 발표했다. 그사이 천미지와 함께 한 《Alphaville》, Nwit과 함께 한 《Telekid》 음반을 내놓은 레인보우99는 손꼽히는 다작 뮤지션이다. 《동두천》 음반은 벌써 네 번째 즉흥 여행기 음반이며, 2019년 두 번째 음반이다.

기존 즉흥 여행기 음반은 여러 지역을 다니며 만든 곡을 모았는데, 이번 음반에 수록한 10곡은 모두 동두천만 이야기한다. 우연히 '이제는 말할 수 있다 – 섹스 동맹 기지촌 정화운동' 편을 본 후, 레인보우99는 동두천에 사로잡혔다. 다들 알고 있듯 경기도 동두천은 주한미군과 뗄 수 없는 지역이다. 시 면적의 42.5%를 미군기지로 제공 당한 지역에서 미군은 지배자 혹은 더 힘센 동업자다. 그러나 동두천의 이야기에 귀 기울이지 않고 일방적으로 자신의 권력과 욕망을 강요했던 미군의 시간은 한국인들에게 깊은 상흔을 남겼다. 레인보우99가 본 방송 프로그램은 그 파편이었다. 당연히 레인보우99는 낙검자 수용소를 비롯한 동두천 곳곳으로 향했고, 그곳에서 받은 인상을 음악으로 기록했다. 미군의 역사이며 한국인의 역사, 한국 여성의 역사이며 전쟁의 역사, 기지촌의 역사이며 동두천 시민의 역사인 동두천 곳곳을 걷는 동안 곡들이 쌓였다.

　노래 없이 연주만으로 채운 음반에는 설명이 없다. 레인보우99는 보통 여행기처럼 지역의 위치와 면적, 특산물과 역사를 설명하지 않는다. 그곳에서 무슨 일이 있었는지 소개하지 않는다. 대신 동두천에서 살지 않은 이방인이 동두천에 이르렀을 때 목격한 파장을 옮겨 담을 뿐이다. 이 파장은 그날의 우연이 만든 파장일 수도 있지만, 동두천의 역사와 지형, 공간이 함께 만든 해묵은 파장이기도 하다. 파장이 얼마나 객관적이고 정확한지는 중요하지 않다. 존재하는 사물은 제각각의 색과 빛과 존재감으로 자신을 구성하고 다른 존재에게 엄습한다. 고유한 아우라는 숨겨지지 않는다. 숨길 수 없다. 누구든 유사한 느낌을 받기 마련이다. 그 느낌은 존재의 본질과 연결된다. 물론 존재의 본질은 한두 가지로 압축할 수 없다. 동두천의 본질은 미군과 기지촌의 이야기에만 있지 않다. 2019년 대한민국 수도권 변방의 도시라는 사실에 있기도 하며, 또 다른 무엇에서 찾아야 할 수도 있다. 어쩌면 동두천에 산다는 것이 삶의 결정적 차이를 만들지 않을 수도 있다. 그래서 이 음반은 다름의 기록일 뿐 아니라 같음의 기록이나 유사함의 기록일 수 있다.

중요한 것은 기록의 주체가 레인보우99라는 이방인 뮤지션이라는 사실이다. 동두천에서 살지 않는 레인보우99는 동두천의 일상을 알지 못한다. 동두천의 일상이 지루하거나 똑같다고 생각하지 않는다. 동두천에서 사는 이들은 익숙해져 버린 과거의 흔적이나 현재의 풍경이 그에게는 새롭거나 충격적일 가능성이 높다. 첫 곡 〈상패동〉을 비롯한 곡들에서 가장 먼저 엄습하는 것은 몰랐던 동두천의 과거가 남긴 막강한 아우라와 예고 없이 마주친 순간의 충격이다. 레인보우99는 충격에 압도당한 채 그 기운을 옮기는 데 힘을 쏟아 과거가 얼마나 생생한 오늘로 살아있는지를 영매처럼 진술한다. 그것은 한국 사회 곳곳에 얼마나 많은 죽음과 폭력과 비극이 잠재해 있는지 대면하는 과정이다. 진실을 수용하는 과정이다.

레인보우99의 음악은 동두천이라는 지역의 역사와 삶과 공간이 뿜는 이야기의 울림을 담는 기록일 뿐 아니라, 그 이야기가 자신 안에서 들어와 자리 잡고 울려대는 대면 과정의 파장에 대한 실토이다. 역사와 삶을 기록하는 창작자가 많지 않은 한국 대중음악계에서 레인보우99는 가치의 올바름이나 미적 가치를 앞세우지 않고 자신이라는 프리즘을 투과한 지역을 기록하는 음악 다큐멘터리스트로서 특별한 영역을 만들었다. 서울의 화려함에만 주목하고, 과거의 흔적이 힙하고 핫한 콘텐츠로 소비되는 시대, 음악 언어의 형식적 조련과 상업적 가치에 몰두하는 시대에 레인보우99는 아티스트 본인이 주목하고 열중한 이야기를 자신의 방식으로 들려주는 데 집중해 예술가는 한 사람의 자유인이며, 작품은 예술가의 본능과 우연과 삶과 인식의 복합적 결과물임을 희귀하게 드러냈다.

레인보우99는 순간적으로 스쳐 가며 발견한 동두천을 기록하는 데서 만족하지 않는다. 찾고, 알아보고, 인식한 동두천까지 기록해서 동두천의 실체에 다가가려 고투한다. 그의 눈에 비친 동두천은 기지촌을 비롯한 폭력의 역사가 여전히 멈추지 않은 상흔의 땅이기에 놀라지 않을 수 없고, 분노하지 않을 수 없으며, 슬퍼하지 않을 수 없다. 레인보우99는 동두천에 여전히 남아 있는 과거의 흔적과 그곳에서 살아가는 이들이 견디고 억누르는 분노와 슬픔과 무력감, 그리고 끈질긴 삶의 의지를 음악으로 옮김으로써 묻는다. 나는 이것을 보았고 이렇게 느꼈는데 어떠냐고, 동두천은 아프고 질긴 땅이며 이것이 사실이며 실제인데 알고 있었느냐고.

레인보우99는 가사가 있는 노래처럼, 민중가요처럼 어떻게 하자고 결론을 이야기하지 않는다. 하지만 수록곡 10곡에서 레인보우99가 일관되게 보여주는 진실함과 솔직함, 음악의 사운드와 멜로디로 구현한 아름다움은 대상을 대하는 예술가의 태도이며 그가 찾은 답이다. 레인보우99는 자신이 만난 동두천이라는 세계 앞에서 자신을 숨기지 않고 섣불리 재단하지 않으며 그 안으로 들어간다. 그리고 그 세계의 이야기를 보고 듣고 느낀 대로 옮기려고 시도한다. 슬프고 화가 나고 막막한 마음을 감추지 않는 만큼 부풀리지 않는다. 그 땅의 울림을 그대로 기록하는 음악은 레인보우99가 동두천을 인정하고 존중하는 방식이다.

기타 연주뿐 아니라 건반과 미디 사운드에 현장에서 채록한 소리까지 활용한 음악은 주의 깊다. 공장 지대에 피어오르는 밤 연기와 〈턱거리 아파트〉, 〈턱거리 사격장〉과 〈초소〉까지 놓치지 않는

레인보우99의 시선은 현재의 동두천을 구성하는 쓸쓸한 공기까지 품에 안고 동두천의 삶에 근접한다. 주목받지 못하고 소비되지 않는 지역, 그러나 엄연히 존재하는 공간의 서러움이 담담하게 펼쳐지는 곡들은 다큐멘터리처럼 상영된다. 〈밤연기〉부터 〈초소〉로 이어지는 곡들을 들을 때 우리는 음악이 화려하고 빛나는 삶의 BGM이나 흥행 기록만이 아니라 존재하는 실재의 기록으로 아름다울 수 있다고 배운다. 지금 어떤 음악이 대중음악의 다양성을 지키고 있는지, 우리가 어떤 음악을 외면하고 있는지, 아니 어떤 삶을 외면하고 있는지 분명해진다.

여기 노래가 많다

 뮤지션들이 함께 만든 음반
《이야기해주세요 - 세 번째 노래들》
황푸하, 김해원 〈나의 고향〉

벌써 세 번째 음반이다. 2012년에 시작한 《이야기해주세요》는 일제강점기 일본군 위안부 피해 여성을 위한 여성 뮤지션들의 창작곡 모음 음반으로 2012년에 이어 2013년에 두 번째 음반을 내놓았다. 세 번째 음반까지 이어지는 사이 수요집회는 28년을 넘겼고, 고령이 된 위안부 피해 여성은 계속 세상을 떠났다. 정부에 등록한 일본군 위안부 피해 여성 중 생존자는 출반 당시 20명밖에 남지 않았다. 아직도 일본이 사과하지 않고 역사를 왜곡하는 현실에서 종군 위안부 문제는 전쟁 폭력/국가 폭력/성폭력/민족주의/제국주의 등의 영역으로 계속 이어진다.

2019년 12월 28일, 6년 만에 나온 《이야기해주세요 - 세 번째 노래들》은 2장의 시디에 16곡을 담았다. 이번 음반의 가장 큰 변화

《이야기해주세요-세번째 노래들》ⓒdesigned by Bohuy Kim

는 남성 뮤지션들이 다수 참여했다는 점.9, 김목인, 김민홍(of 소규모아카시아밴드), 김오키, 김해원, 라퍼커션, 레인보우99, 백현진, 사이, 신현필, 이봉근, 이태훈, 조웅, 진수영, 한받, 황푸하를 비롯한 남성 뮤지션들이 함께했다. 김완선, 김율희, 백정현, 소월, 송은지, 슬릭, 악단광칠, 이정아, 최고은, 황보령을 비롯한 여성 뮤지션들도 똑같이 비용을 받지 않고 함께했다. 이번 음반은 1집과 2집의 수익금과 텀블벅 후원을 모아 만들었는데, 김완선과 황푸하는 자비로 뮤직비디오를 찍기도 했다.

음반이 세 장째 이어지고, 다수의 남녀 뮤지션이 참여하면서 장르와 메시지는 더 다양해졌나. 일렉트로닉, 팝, 크로스오버, 포크, 한국 전통음악, 힙합 등의 장르로 풍성해진 만큼 음반의 이야기도 다채롭다. 그중 첫 음반은 위안부 피해 여성의 이야기에 집중했고, 또 한 장은 더 많은 이야기로 나아간다.

어떤 뮤지션은 참혹한 고통을 견디며 살아왔을 이들의 시간과 마음을 먼저 살핀다. 첫 곡 〈나의 고향〉에서 김해원과 황푸하는 "우리 동네 골목길 나무들"을 빌어 "내가 겪은 일들을 수없이 말했었"다고 노래한다. "마치 아무 일도 없었던 것처럼 살아 있어"라고 노래하는 황보령의 〈마치 아무 일도 없었던 것처럼〉, "이내 청춘이 아차 한 번 늙어지니 다시 청춘이 어려워라"라고 한탄하는 김율희와 백정현의 〈무정세월〉도 그렇다.

자신이 겪은 일이 아니고, 이미 오래전 일이지만, 뮤지션들은 위안부 피해 여성의 이야기를 듣고 자신의 노래로 옮긴다. 몸을 바꿔가며 이야기를 대신하는 행위는 예술로 역사를 기록하는 일이다. 잠시라도 당사자가 되는 일이다. 되기 위해 노력하는 일이다. 뮤지션이 애를 써 작품을 내놓을 때, 듣는 이들은 다른 존재와 역사로 인도하는 길잡이를 만난다. "이옥선 할머니의 진술 일부를 추출해" 노래로 만든 〈흩어지는 기억〉은 노래로 그들에게 닿으려는 시도이다. 자신의 일이 아닌 데다가 온전히 다 알기 어렵고, 이미 숱하게 들은 이야기와 분석의 익숙함을 넘어 당사자와 닿으려는 노력은 그들의 고통과 분노를 새롭게 이해하고 공감하려는 마음 없이는 불가능하다. 그렇다. 이 음반은 그들의 이야기를 과거로 박제하지 않고 오늘로 잇고 되살리려는 마음이 알알이 박힌 음반이다. 그 마음을 우리는 존중과 연대라고 말한다.

존중과 연대의 마음은 "안개비가 내리던 날/우산도 없이 산책을 나온 할머니"가 주소를 물을 때 외면할 수 없는 이유이다. 김목

《이야기해주세요-세번째 노래들》단체 사진 ⓒphoto by Chad Park

인이 부른 〈할머니의 산책〉은 일상에서 다른 이들을 존중하며 "93세로 떠난 한 많았던 인생"의 의미를 되새겨 거리에서 외치는 만큼 큰 울림을 안겨준다. 한 사람의 삶이 다른 사람의 삶을 바꾸며 이어질 수 있는 가능성을 노래한 곡은 음반의 정신과 지향을 대표한다.

다른 노래들은 위안부 피해 여성의 삶을 구체적으로 적시하고, 그들과 함께 살아가는 마음과 바람을 담았다. "누군가에게 이런 일을 가하고도 어떻게 사실이 아니라고 모른 척할 수 있죠?"라고 묻는 이정아의 〈Three Hundred Thousand Flowers〉, "잊지 마 내가 여기에 있다는 걸"이라고 응원하는 김완선의 〈Here I Am〉, "아름다운 세상을 평화로운 세상을" 노래하는 라퍼커션과 악단광칠의 〈말하고 싶어〉, "세상이 싫어 거울 속으로 들어간 사람들"을 노래하며 미러링 운동을 바라보는 시선을 담은 9의 〈Into the Mirror〉이다.

반면 "살아가고 싶지 난/살아남고 싶지 않아"라는 랩퍼 슬릭과 소월의 곡, "근본적으로 세계는 나에게 공포였다"라고 고백하는 최고은의 〈악순환〉, "와이 돈 츄 트라이?"라고 직설적으로 따져 묻는 사이의 곡, "동두천 상패동을 답사한 후 폭력에 희생된 여성들의 삶을 추모하고 애도하는 마음으로 만든" 레인보우99와 송은지의 곡 〈엘레지〉는 종군 위안부의 이야기를 지금을 살아가는 이들/여성이나 유사한 폭력을 감당해야 했던 여성의 이야기와 연결한다. 음반은 여성의 연대기이자 부당한 현실의 극복 의지를 담은 결과물로 확장한다.

음악의 사운드는 대부분 메시지보다 튼실하다. 수록곡의 멜로디와 연주는 평이하게 들릴 수 있는 노래 안팎에서 음악을 품격 있게 완성한다. 수록곡 대부분 뮤지션의 개성을 충분히 발휘해 음악으로 빨려 들어가게 이끈다. 몽롱하고 미니멀한 사운드가 돋보이는 〈나의 고향〉, 침잠하는 연주로 위로를 건네는 〈마치 아무 일도 없었던 것처럼〉, 영롱한 사운드를 바탕으로 들려주는 슬럭의 〈살아가고 싶어〉, 피아노 연주만으로 곡진해지는 〈무정세월〉, 어쿠스틱 기타와 현악에 더한 보컬로 다정한 〈할머니의 산책〉, 아이리시 팝의 분위기를 물씬 풍기는 〈Three Hundred Thousand Flowers〉까지 수록곡들은 찬연한 흐름을 이어간다. 내레이션을 중심으로 구성한 〈흩어지는 기억〉의 사이키델릭한 사운드 메이킹에 이르면 이 음반이 한국 대중음악의 다양성과 완성도 그리고 사회적 역할에 대한 인식과 의지를 증명하는 기준이라는 평가를 내리게 될 것이다. 뜻있는 이들의 선한 의지가 김완선으로 거슬러 올라가 만나는 순간도 감동적이다.

특히 전통음악의 어법을 섞어 사이키델릭한 최고은의 〈악순환〉은 두 번째 음반으로 이어지는 행렬을 단단히 움켜쥔다. 사이는 특유의 해학과 직설로 통쾌하다. 레게와 한국 전통음악을 섞은 〈말하고 싶어〉는 흥겨움을 이어가며 음반의 스펙트럼을 넓힌다. 한받과 송은지가 함께 작업한 〈우린 리우데자네이루 언덕에서 하늘과 바다를 바라보았지, 그리고 돌아오지 않는 엄마에 대해서 생각해 봤어〉는 곡 안에서 매혹적인 서사를 들려주어 음반의 차이와 깊이를 동시에 쟁취한다. 노랫말의 유무와 관계없이 마음을 건드리는 스캣은 음반 안에 빈틈을 마련해 특별하다. 〈Into the Mirror〉는 9의 서정성이 빛을 발하는 곡이다. 〈씨앗과 나무〉는 소규모아카시아의 내밀한 사운드로 희망을 심고, 〈엘레지〉는 애잔한 삶을 바라보는 연주의 시선이 따스하다. 마지막 곡 〈평화로운 사람들〉은 김일두의 〈가난한 사람들〉을 개사해 자신의 삶을 지키고 더 나은 세상을 향해 애쓰는 이들을 위로하고 응원하는 다정한 노래이다.

이 음반은 이렇게 일본군 위안부 피해 여성을 매개로 과거와 현재를 마주하고 미래를 응시한다. 나름의 가치와 아름다움이 소중한 음악들 사이에서 자신의 이야기를 표현하는 자유로움으로 상대성을 넘는 보편성을 창출해 자리를 만든다. 그 자리는 떠밀린 이들의 자리이고, 혼자 우는 이들의 자리이며, 손 내미는 이들의 자리이다. 세상은 여전히 그대로인 것처럼 보여도 우리에게는 노래가 많다.

세상의 모든 인천을 향해 노래하다

 박영환, 이권형, 파제《인천의 포크》

이권형 〈숨바꼭질(with 예람)〉

포크 음악 이야기부터 시작해보자. 포크 음악은 어떤 음악인가. 어쿠스틱 음악이나 통기타 음악 정도로 알려진 포크 음악은 단어의 원뜻처럼 민요에서 출발했다. 구전민요가 현대 대중음악이 된 포크 음악의 씨앗이다. 전 세계 상업적인 대중음악 이전의 민속음악을 기록하고 계승하면서 모던 포크 음악이 싹텄다. 지역과 민속과 민중을 품지 않을 수 없는 음악이다. 하지만 현대의 모던 포크 음악에서 지역과 민속과 민중을 찾기는 쉽지 않다. 한국에서 김민기, 송창식, 양병집, 정태춘 같은 포크 뮤지션들은 지역성, 민속성, 민중성을 지향했지만, 한국의 포크 뮤지션들 중 지역성, 민속성, 민중성을 담지한 이들은 늘 소수이다.

이것이 2018년 7월 24일 박영환, 이권형, 파제가 발표한《인천

《인천의 포크》ⓒ오석근

의 포크》에 마음이 쓰이는 이유이다. 수도권이지만 성남 분당, 고양 일산, 수원 영통에 밀리고 차이나타운 정도로만 소비되는 인구 300만 대도시. 이부망천이라는 모욕을 감당하는 도시. 그곳에는 어떤 삶이 있고 어떤 음악이 있을까. 사실《인천의 포크》는 인천의 시공간과 삶을 전면적으로 수용하지 않았다. "인천 사는 인천사람 Pa.je, 서울 사는 인천사람 이권형, 인천 사는 마산사람 박영환"이 함께 만든 음반은 인천과 직간접적인 관계가 있는 세 뮤지션이 참여했을 뿐이다. 그래서 인천만의 공기나 포크 음악의 뿌리 같은 지역성, 민속성, 민중성을 기대했다면 실망할지 모른다. 그런데 이제는 어디든 비슷한 라이프 스타일을 구가하면서 살아가지 않나. 자연환경이 다르고 특산품이 다르지만 먹고 입고 사는 방식은 좀처럼 다르지 않다. 표준화된 자본주의 도시 모델이 휩쓸어버린 결과이다.

그러다 보니 음반에서 가장 짙게 느껴지는 질감은 인천이라는 특정 지역의 특징과 정서가 아니다. 세 명의 뮤지션이 살아가는 청춘이라는 시간과 엇비슷한 삶의 태도, 포크 음악의 고유한 질감이다. 박영환과 이권형, 파제는 똑같이 포크 음악을 하는데, 음악 스타일은 조금씩 달라도 시선의 방향과 이야기의 빛깔, 사운드의 형태는 서로 닮았다.

〈점심시간 종소리〉, 〈I think you〉, 〈Re-interpret〉, 〈해가 지는 방〉을 부른 파제의 목소리는 맑고 순수하다. 그는 그 목소리와 어쿠스틱 기타, 현악기가 어울린 사운드로 "그때가 언제였는지 기억나진 않아도" 기억하는 순간을 불러내고, 어우러질 수 없던 관계를 아쉬워한다. 그리고 당신이 나를 다시 해석해주기를 바란다고 고백한다.

그리고 〈그날부터〉, 〈숨바꼭질〉, 〈사랑가〉를 싱어송라이터 예람과 함께 부른 이권형은 흔들리는 목소리로 만나지 못한 마음을 서운해하고, 서로 다를 수밖에 없는 마음을 인정하면서 간절히 극복하기를 원한다. 사랑이라는 감정으로 교감하고 감지하는 시간과 세계와 운명에 대해서도 노래한다. 이권형은 보컬과 어쿠스틱 기타 외에는 별다른 악기를 사용하지 않고 한국적이고 예스러운 음률과 여린 발성으로 사이키델릭한 분위기를 만들어낸다. 특히 노래 전반에 배어 있는 애잔하고 쓸쓸한 감정이 예람의 아릿한 목소리와 함께 울려 퍼질 때는 더 은밀하고 아련해진다. 디지털 기술과 인터넷의 속도만으로 설명할 수 없는 삶의 그림자, 현대 도시의

《인천의포크》박영환 ⓒ오석근

중심에서는 느끼기 어려운 정서를 포착해낸 음악은 이것이 과거와 현재가 공존하는 인천이라는 지역의 혼재한 정서로 보이게 하지만, 이러한 풍경과 정서가 오직 인천에만 존재할 리는 없다. 모든 변방의 시공간과 존재를 관통하는 정서일 것이다. 그 정서를 포착해낸 노래의 완성도가 바로 싱어송라이터 이권형의 고유한 세계이다.

한편 〈두부, 유령〉, 〈밤〉, 〈고양이 왈츠〉를 부른 박영환 역시 사이키델릭한 세계를 지향하는데, 그의 목소리는 담담하고 어쿠스틱 기타에는 공간감이 풍부하다. 유령을 만나고, 마주 앉아 늦은 아침을 먹고, 유령도 떠나간 시간을 견디는 노래는 쓸쓸함을 오래 벗삼아 온 이의 담담함이 있다. 자조적인 청춘의 초상으로도 읽히는 노래는 수도권에 있어도 변방 같은 인천의 멘탈리티와 흡사하다. 박영환의 노래에는 수많은 존재의 변방으로 뻗어나가는 아우라가 있다. 하루를 까만 밤처럼 보내고, 밤과 너를 더듬고 보냈다는 고백에는 무료함보다 짙은 고독이 흐른다. 혼자 있는 고양이와 다르지 않은 마음을 담담히 드러내는 〈고양이 왈츠〉에서도 "서러워 조용히 울었"던 이의 어둠은 오래도록 깊어 평화롭게 느껴질 정도이다.

이렇게 세 명의 포크 싱어송라이터는 충만하고 행복한 감정보다 어긋나고 이루지 못한 마음을 드러내며 세상의 모든 변방 같은 인천을 잇는다. 그리고 청춘의 남루한 내면을 수록한다. 예술은 삶이 빛나는 순간의 환희만 담지 않는다. 어찌할 수 없는 후회와 안타까움을 직시해 그늘과 어둠의 의미를 스스로 깨달을 기회를 마련한다. 그리고 혼자만 어둡지 않다고 두둔한다. 우리는 모두 알지 못한 채 이 세상에 왔고, 끝내 다 알지 못한 채 사라진다. 중심에 있는

《인천의포크》이권형 ⓒ오석근

것 같지만 변방에 있고, 영원인 것 같지만 찰나일 따름이다. 오늘 그 곁에 몇 곡의 노래가 흐른다.

《인천의포크》파제 ⓒ오석근

위태로운 제주, 노래로
지키려는 안간힘

 서이다, 예람, 오재환, 이형주
《섬의 노래》

예람 〈새야 울어라〉

제주는 아프다. 오버투어리즘(overtourism)으로 밀려드는 관광객 때문에 아프다. 밀려든 관광객들이 버려대는 쓰레기 때문에 병들었고, 엄청나게 올라버린 땅값으로 허리가 휜다. 곳곳을 파헤치고 공사를 벌여 속이 문드러진 데다 오래된 풍경들이 사라져 뼛속까지 시리다. 제주는 더 이상 바람과 바다와 오름의 땅이 아니라 투기와 개발의 땅이다.

관이 앞장서 오래된 숲의 나무를 베고 길을 넓힌다. 한라산과 바다가 잘 보이는 곳마다 건물이 들어서고, 제주도의 모든 것이 상품이 되었다. 물과 숲과 열매를 팔고, 풍경을 팔고, 평화로움을 판다. 더 이상 파헤치고 팔아서는 안 된다고 제주의 물과 바람을 닮은 이들이 밥을 굶어가며 반대해도 한 패가 된 제주의 관과 자본은 막

무가내다. 사실 강정 바다에 해군기지가 들어섰을 때부터 제주는 군사기지로 무너졌다. 그런데도 수많은 국내 관광객들에게 제주는 가장 싸고 가까운 별장이고 콘도이며 정원일 뿐이다. 개발과 관광이라는 미명으로 자연을 파괴하고 착취해도 되는지. 지금 같은 방식으로 지속 가능한지 묻지 않는 제주의 오늘은 심각하다. 제주의 시민사회와 예술가들이 꾸준히 목소리를 내지만 제주의 불도저와 포크레인은 멈추지 않는다.

서이다, 예람, 오재환, 이형주가 함께 만든 음반《섬의 노래》는 제주에 대한 노래 모음이다. 제주의 핫 플레이스나 근사한 풍경에 대한 이야기가 아니다. 네 뮤지션은 그동안 이익에 눈먼 자들에 의해 쫓겨나야 했던 이들 편에서 노래해왔다. 성주 소성리에 가서 사드는 안 된다고 별을 보며 노래했다. 이들은 2019년 6월 제주에서 열린 '미디어로 행동하라 in 제주'에 참여해 다른 예술가들과 함께 일주일 동안 제주 곳곳을 둘러보고 노래를 만들었다. 주제는 바로 제주의 난개발과 막개발. 음반에 담은 8곡은 그 결과물인 4곡의 노래와 미발표곡 모음이다.

　네 뮤지션은 제주의 지명과 사건을 구체적으로 언급하며 노래하진 않는다. 하지만 이들은 제주 곳곳을 둘러보며 느낀 분노와 슬픔을 당사자처럼 노래한다. 이들은 객관적으로 관찰하거나 냉정하게 기록하는 태도를 보이지 못한다. 수많은 사회적 재난의 현장에서 빼앗기고 상처받고 지워진 이들과 시선을 맞춰왔기 때문이다. 이들은 지나가는 이의 발걸음으로 노래하지 않고, 그곳에 사는 사람의 눈으로 노래한다. 그곳에서 살 수 없게 된 생명의 목소리로 노래한다. 서 있는 곳이 다르면 보이는 풍경도 다르다고 했던가. 이 음반의 가치와 미덕은 그 태도와 위치에서 움튼다.

　이형주가 첫 곡 〈나무의 키만큼의 뿌리가 땅속에 있다〉에서 나무의 키만큼의 뿌리가 여기 남아 있다는 이야기를 듣고 밑동만 남은 모습 속에서 숲을 찾아보려 하고, 예람이 〈새야 울어라〉에서 "말이 없이 숲속의 소리를 들어주시오"라고 노래하는 이유는 제주의 숲과 새와 나무와 바다와 해가 자신에게 타자가 아니기 때문이다. 서이다가 〈지나가는 숲〉에서 "그늘이 없어진 숲"과 "흩어진 뿌리"를 노래하면서 분노하는 이유도 동일하다. 이 음반의 노래들은 멜로디와 리듬, 사운드를 감상하게 하는 과정을 통해 노래가 기록한 풍경으로 데려간다. 풍경을 바라보는 태도와 듣는 이의 태도를 비교하고 성찰하게 한다. 이 음반을 제주에 이런 일이 있다고 증언

《섬의 노래》예람, 이형주, 촬영 권영창

하거나 고발하는 목소리로만 이해한다면 음반을 일부만 들은 것이다. 듣는 사람이 어떤 위치에서 듣고, 어떤 시선으로 제주를 바라보는지 고민하지 않는다면 노래를 제대로 듣지 못한 것이다.

싸움을 멈추지 않는 이들 곁에서 아직 살아 있는 제주도의 자연 옆에서 노래하는 이들은 생명 대 개발의 싸움에서 이길 거라고 확신하지 않는다. 실제로 싸움은 멈추지 않았고 승리를 낙관하기 어렵다. 그러나 예술은 승리를 예견하거나 창출할 때만 의미 있는 것이 아니다. 현실의 곤궁과 막막함과 패배를 기록하는 일로 예술은 예술의 역할을 한다. 그 작품들을 만나며 우리는 현실을 온전히 만날 수 있다. 현실이 실패한 지점에서 좌절하고 반성하고 꿈꿀 수 있다. 그래서 현실을 담은 작품은 정직하거나 간절하거나 전복적이어야 한다.

이 음반에 담은 노래들은 대부분 정직하거나 간절하다. 창작자의 정직함과 간절함을 전달할 만큼의 완성도를 갖추었다. 블루스 뮤지션 이형주는 첫 곡에서 어쿠스틱 기타와 퍼커션 연주에 맞춰 담백하게 노래하면서 "그 누구의 이익 땜에 집에서 쫓겨났던 사람들의 뿌리"를 찾으려는 의지를 표출한다. 큰 울림을 만들어내는 예람의 〈새야 울어라〉 역시 어쿠스틱 기타로 노래하는데, 예람의 목소리에 배인 막막함과 간절함은 좋은 멜로디의 힘으로 제주를 외면할 수 없게 만들어버린다. 새는 울고, 나무는 머물고, 바다도 울기를 바라는 노래. 춤을 추고 노래하자고 호소하는 노래는 인간과 자연을 이으려는 안간힘으로 눈물겹다.

말하듯 노래하는 오재환은 말과 관계의 어려움을 토로한다. 서이다는 어쿠스틱 기타와 일렉트로닉 사운드를 교차해 뭉개진 숲의 처참함과 숲에 무감한 이의 어리석음을 동시에 아우른다. 노이지한 사운드를 드러내고, 굿까지 연결하는 전복적인 곡은 제주의 전통과 트렌디한 음악을 묶어 생명의 의지를 경쾌하게 나타낸다. 하지만 음악에 삽입한 자동차 소음은 인간의 무심함과 무지를 잊지 않게 할 만큼 거슬린다. 〈사천삼백칠십구 일과 하루 더〉 역시 바람 소리와 자동차 소음을 그대로 두고 사천삼백칠십구 일의 시간을 노래하는데, 서이다가 편집한 사운드는 긴 시간만큼의 여운을 자아낸다. 오재환과 람이 함께 부른 〈나무〉는 지키기 위해 싸우는 이들의 병들고 지친 마음과 교감을 차분하게 짚는다. 왈츠 리듬으로 노래하는 〈숲으로〉는 숲처럼 평화롭고, 서이다가 리믹스한 〈새야 울어라〉는 원곡에 담은 온 우주와 생명의 기운을 불어넣어 신비롭다.

수없이 많은 음악이 스쳐 지나가는 오늘, 우리가 이 음반에 잠시라도 귀 기울일 수 있을까. 오래도록 제주에 길든 우리는 제주에 책임이 있다. 이 음악을 듣는 일부터 시작이다.

송영주와 써니 킴, 여성 음악사를 쓰다

 송영주와 써니 킴 《Tribute》

《Tribute》

리듬이 느려지면 마음은 침잠하고 리듬이 빨라지면 마음은 부상한다. 오래전부터 그랬으니 앞으로도 똑같을 것이다. 마음은 번번이 음악을 따라간다. 마음이 이렇게 헤픈 것이었나 싶지만, 마음이 이렇게 쉬운 것이어서 다행일지 모르겠다. 마음이 그와 같아 음악은 무력하지 않다. 최소한 귀 기울여 듣는 동안 마음을 이끌 수 있다.

송영주와 써니 킴의 듀엣 음반 《Tribute》를 듣는 첫 번째 방법도 음악을 따라가는 일이다. 수록곡의 원곡이 누구의 작품인지, 노랫말은 어떤 이야기를 담았는지, 어떤 맥락에서 발표한 곡인지는 잠시 접어두자. 써니 킴의 노래와 송영주의 피아노 연주가 만드는 리듬과 멜로디, 보컬의 톤과 호흡, 피아노의 터치가 빚는 울림과 앙

송영주 써니 킴 《Tribute》ⓒBlue Room Music Korea

상블에만 귀 기울이자. 지금 한국 재즈의 최선두에 선 뮤지션 두 사람이 만든 음반이다. 여러 장의 음반을 발표했고, 발표한 음반 대부분 호평받은 두 뮤지션은 목소리와 피아노 소리만으로 음반을 채운다. 써니 킴은 노래하고 송영주는 연주한다. 아니, 써니 킴은 목소리를 연주하고 송영주는 피아노를 노래한다.

첫 곡 〈York Avenue〉에서 송영주의 피아노가 천천히 연주하고 숨을 고를 때 그리고 써니 킴의 목소리가 멀리서 천천히 밀려오듯 퍼질 때, 그러다 써니 킴의 목소리가 스캣으로 펼쳐지고, 송영주의 건반이 소리의 뒤와 사이를 따라가며 채울 때, 음악은 고즈넉하고 여유롭다. 보컬의 부드러운 질감과 피아노의 투명한 울림이 만나고 엇갈리며 서로 배려해 듣는 이들은 편안해진다. 써니 킴의 보컬은 깊고 따스하며, 송영주의 피아노 연주는 다정하고 소박하다. 힘을 주지 않아도 자연스럽게 배어 나오는 아름다움은 두 뮤지션의 이름이 왜 빛나는지 말해준다.

써니 킴이 소리를 높이면 송영주 역시 소리를 높이거나 낮추면서 곡의 드라마를 발전시킨다. 때로는 써니 킴이 앞서고 때로는 송영주가 앞선다. 서로의 반주가 되고, 즉흥연주의 배경이 된다. 조응하고 엇갈리면서 재즈다운 자유로움으로 음악의 드라마를 완성하는 솜씨는 매끄럽다. 계속 고즈넉하지만은 않지만 범람하지 않을 높이로 이어지는 음악은 재즈 초기 빼어났던 보컬리스트들과 피아노 연주자들의 협연들을 떠올리게 해 재즈의 고전적인 매력을 되살린다.

원곡을 똑같이 복사하지 않고 써니 킴의 스캣으로 재창조할 때 더욱 매력적으로 들리는 노래들은 음반의 제목처럼 제대로 된 헌정을 완성한다. 헌정은 찬사를 퍼붓는 일이 아니다. 헌정하고자 하는 예술가의 본질을 이해하고 제대로 존중하는 일이다. 그 핵심을 되살리는 일이며, 자신의 재해석을 더해 도전하는 일이다. 그때 헌정은 헌정답다.

더군다나 이 음반의 헌정은 의미가 다르다. 두 여성 뮤지션이 여성 뮤지션들에게 띄우는 헌정이기 때문이다. 수록곡은 "모든 곡이 여성 작곡가 또는 작사가가 만든 곡"이다. 앤 러렐(Ann Ronell), 조니 미첼(Joni Mitchell), 노마 윈스턴(Noma Winston), 페기 리(Peggy Lee)를 비롯한 여성 재즈 뮤지션들의 이름을 확인할 수 있다. 그중에는 써니 킴과 송영주 자신도 있다.

한국 재즈계에서 여성 뮤지션의 수가 늘고, 완성도 높은 음악

을 선보인 지 오래다. 한국대중음악상의 역대 수상 결과만 봐도 알 수 있다. 하지만 소수자의 정체성을 부여받았던 한국의 여성 재즈 뮤지션이 자신의 젠더를 음악에 담은 사례는 드물다. 써니 킴과 송영주의 이번 시도가 최근의 페미니즘 리부트와 무관할 리 없다. 한국 사회에서도 여성은 존재하지만 존재하지 않는 것처럼 여기는 존재였다. 지금도 구색 맞추기 정도로만 여성에게 조명을 비춰주는 경우가 적지 않다. 하지만 3대 여성 재즈 보컬리스트뿐만 아니라 무수한 여성 보컬리스트, 연주자, 창작자, 기획자들이 재즈의 역사를 함께 써왔다. 지금도 쓰는 중이다. 음악이 좋으면 그걸로 충분한데 왜 젠더를 따지냐는 이야기를 해서는 안 된다. 그 이야기를 하는 당사자는 소수자의 지위를 경험해본 적이 없는 시스젠더 남성일 가능성이 높다. 항상 자신이 기준이 되고, 기본값이었던 남성들은 자신의 권력과 정체성을 배려하거나 상대화할 필요가 없었다.

써니 킴과 송영주의 음반은 오래도록 기울어진 운동장, 기울어진 역사를 직시하고, 여성 뮤지션 자신의 정체성을 존중해 평등을 실현하려는 마음의 발현이다. 여성의 상대성과 특수성을 외면하지 않고, 남성 중심의 편향된 보편성 속에 여성 뮤지션을 지워버리지 않으려는 자존과 문제의식이 있었기에 이렇게 의미 있는 작업이 가능했다. 자신이 여성 뮤지션이며, 자신 앞에 수많은 여성 뮤지션이 있었음을 밝히는 일, 그들이 자신의 음악에 스며 있고, 자신을 이끌어왔음을 고백하는 일은 뿌리를 찾는 일이다. 여성이 여성의 손을 잡는 일이며, 여성 뮤지션의 차이와 공통점을 명기하는 일이다. 그들의 삶과 음악을 여성의 눈으로 다시 보고 다시 쓰고 다시 들어야 한다고 요청하는 일이다. 연약함과 아름다움이라는 틀이 아니라 음악의 주체이며, 삶의 주인공으로 다양하고 풍부한 여성 뮤지션의 삶과 음악을 재인식해야 한다는 이야기를 써니 킴과 송영주는 음악으로 대신한다. 조니 미첼이 불렀던 〈A Case of You〉를 다시 부르며 "난 두 발로 서 있을 거야"라고 노래할 때, 세 명의 여성 뮤지션은 오랜 시간을 뛰어넘어 마주 선다. 송영주가 쓴 곡 〈Walk Alone but Not Alone〉은 혼자 걸었을지 모르지만 이제는 혼자 아니라는 응원과 다짐이다. 써니 킴이 쓴 〈Scar〉에서 "너는 모든 길을 만들지/세상에 없는 길을 만들기도 하지"라고 말할 때도 불끈 힘이 실린다.

음악으로 기록하고 고백하고 외칠 때 음악도 세상과 발을 맞춘다. 그래야 음악의 역사가 평등하게 쓰인다. 조금이라도 나은 세상을 풀무질할 수 있다. 음반의 전반부에 비해 후반부는 다소 밀도가 떨어지지만, 그렇다고 음반의 매력과 의미가 묽어지지는 않는

써니킴 ⓒ김도현

다. 이미 나와야 했지만, 지금도 옹골찬 음반이다. 세상의 변화는 재즈로 이어지고, 재즈 뮤지션 또한 화답한다. 이 음반을 이어갈 음악을 얼른 듣고 싶다.

연영석이 아니면 들을 수 없는 노래

 연영석 《서럽다 꿈같다 우습다》
연영석 〈윤식이 나간다〉

정말 오랜만이다. 정규 3집을 2005년에 내놓았으니 14년 만에야 새 음반을 냈다. 대개 2~3년에 한 번씩 새 음반을 내는 걸 감안하면 음반이 세 장은 더 나왔어야 할 시간이다. 그렇다고 연영석이 노래를 멈추지는 않았다. 연영석은 2007년 빵 컴필레이션 3집에 참여했고, 2018년에는 《제주 4.3항쟁 70년 만의 편지 – 서울 민중 가수들이 띄우는 노래》 컴필레이션 음반도 함께했다. 2016년 겨울부터 2017년 봄까지 이어진 촛불 집회 시절에는 개사곡 〈그네는 아니다〉를 불러 사랑받기도 했다. 사실 연영석의 노래를 듣고 싶다면 매주 월요일 저녁 서울 명동성당 앞으로 가면 된다. 민중 가수 박준과 함께 들불장학회의 이름으로 거리에서 노래한 지 20여 년째다.

연영석《서럽다 꿈같다 우습다》ⓒ박지영

　그사이 연영석의 삶은 많이 달라졌다. 연영석을 둘러싼 세상
도 달라졌다. 대통령이 바뀐 것만이 아니다. 민중가요만큼 민중이
보이지 않게 되어버린 세월이다. 민중은 이제 끊임없이 이어지는
산재 사고 소식에서야 겨우 단말마의 비명처럼 등장하고 사라진
다. 아니면 1:99, 혹은 10:90의 숫자 속에 가까스로 존재한다. 근사
한 인스타그램의 이미지에서 찾을 수 없는 민중의 모습은 우리 자
신이 민중이라는 사실조차 잊게 한다. 사모펀드가 뭐가 문제냐는
이들의 항변 속에도 민중은 없다. 우리는 이제 영화와 드라마, 책으
로 안전하게 민중을 감상하고 예술성을 평가한 후 민중을 잊는다.
　연영석은 지난 2000년, 2001년, 2005년 연달아 내놓은 세 장의
음반에서 기존 민중가요와는 다른 록과 포크의 어법에 게으르고

해학 넘치면서 신랄하고 정직한 태도를 장착했다. 연영석의 노래는 팔뚝질하며 부를 수 없는 노래였다. 율동을 하면서 부를 수 없는 노래였고, 합창하기 쉽지 않았다. 연영석의 노래는 노동자와 민중의 목소리로 노래하면서 신념과 낙관을 외화하기보다 절망과 비참을 숨기지 않고, 있는 그대로의 현실을 간절히 토해냈다. 민중가요의 태도와 세계관을 유지하면서도 전형적이지 않고 정형적이지 않았던 연영석의 노래는 조직되지 않은 노동자와 빈민, 이주 노동자, 장애인의 정체성에 가까웠다. 바로 2000년대 운동의 핍진한 현장 기록이자 당시 민중가요의 가장 특별한 성취였다. 연영석이 민중가요에서부터 음악을 시작하지 않았던 점이나, 록을 선호했다는 사실뿐만 아니라 기타리스트 고명원이 함께했다는 것 그리고 밑바닥이라고 부르는 민중들을 향한 시선을 떼지 않았을 뿐 아니라 자신이 노래와 다르지 않은 삶을 살았다는 사실이 연영석 음악의 차이와 깊이를 만들었다. 결의하는 대신 막무가내로 외치고 버티는 노래의 힘은 막강했다.

그런데 이번 음반에서 연영석의 노래는 다르다. 연영석의 노래는 훨씬 편안해졌으며 힘들이지 않고 부르는 것처럼 느껴진다. 2집과 3집에서 선보였던 로킹한 사운드를 기대했던 이라면 아쉬움을 느낄 수 있을 만큼 연영석 4집의 사운드는 포크 록에 가깝다. 연영석은 소리 지르지 않고, 악기의 볼륨과 데시벨을 올리지 않는다. 그렇다고 사회적인 메시지가 사라질 리 없다. 연영석은 여전히 일하는 노동자와 일하다 죽는 노동자를 노래한다. 장애인과 월남 참전 용사를 노래하고, 4·3항쟁 진압 피해자의 삶을 기록한다.

하지만 이번 음반의 주인공은 자신이다. 연영석 자신이 아닐

지라도 연영석이 쓴 노랫말로 노래하는 노래 속 주인공은 50대 남성의 이야기로 들린다. 그는 "비틀비틀거리다 털썩 주저앉는" 사람이고, "문득 서럽다" 고백하는 사람이다. "밖을 꿈꿔 왔"던 자유롭지 못한 사람이고, "나의 알몸을 보"면서, "고개를 숙여 눈물도 훌"리는 사람이다. "후회와 환멸을 쌓고/인정할 수 없는 날 위해/앙상한 내 마음 뒤로 나는 숨네"라고 쓰는 사람이다.

연영석의 새 음반 수록곡들이 모두 자조적이거나 비관적이지는 않다. 첫 번째 곡 〈서럽다 꿈같다 우습다〉는 "나는 숨을 쉬고 해는 다시 뜨고/들판에 핀 이름 모를 꽃을 바라보리라/창문 활짝 열고 가슴 활짝 펴고/바람 부는 언덕 위를 걸어보리라"는 적극적인 태도를 노래한다. 〈문당리 789〉는 "이모님이 담가주신 된장국 끓여/고추장을 듬뿍 넣고 비벼 먹으니/아 배부르다"는 단순 명쾌한 즐거움을 노래한다. 세 인물의 삶을 노래하는 〈인터뷰〉도 가볍지 않은 노랫말에 비해 코믹한 톤이 돋보인다. 힘을 빼고 자연스럽게 노래한 것이 이번 음반 사운드의 가장 큰 특징이다. 〈발가락 끝에〉와 〈인터뷰〉 등에서 사용한 일렉트로닉 비트도 효과적이다.

사실 매번 힘을 주고 새로운 스타일과 방법론으로 노래하기는 쉽지 않다. 때로는 호흡을 고르고 쉬어가기도 해야 한다. 그래야 오래 노래할 수 있다. 다르게 노래할 수 있다. 삶에 굴곡이 있듯 노래 역시 굴곡이 있다. 어쩌면 흔들리고 비틀거리는 굴곡이 삶의 본질에 가까운지 모른다. 무엇보다 삶은 혼자 살 수 없고, 자신의 뜻과 의지대로만 살 수 없다. 연영석은 예전에도 그러했듯 폼 나지 않고 멋지지 않은 모습까지 노래하면서 삶의 실체를 최대한 보여준다. 정직한 자세와 해학과 낙관은 예술의 본질로서 태도와 세계관을 드러낸다. 음과 리듬, 사운드, 노랫말의 결합으로 노래는 완성되지만 노래의 밑바닥에는 사람이 있다. 한 사람의 시선과 정체성이 있다.

이번 음반에서는 바깥만큼 안을 들여다보는 시선이 드러난다. 시선 앞에 드러난 내면을 숨기지 않는 태도이다. 당장 어찌할 수 없는 자신과 현실을 부정하지 않고 견디는 힘은 저항과 투쟁만큼 단단하다. 그래서 가장 사적이면서 단출하게 노래하는 〈흔들리는 방〉은 이번 음반을 대표하기에 충분하다. 이어지는 〈긴다〉에서도 끈질긴 의지에 배인 서러움과 투지는 어떠한 투쟁가보다 질기다. 연영석은 서럽다고, 꿈같다고, 우습다고 말하지만 자신을 속이지 않으며 멈추지 않고 포기하지 않는다. 이 또한 민중이 버티고 나아가는 방식이다. 여전히 연영석은 낮고 끈질기며 정직하다. 연영석이 아니라면 들을 수 없는 귀한 노래들. 노래처럼 살아가는 수많은 사람들.

연영석 ⓒ연영석

원본 그 이상의 쾌감

 오마르와 동방전력(Omar and the Eastern Power)《Walking Miles》
오마르와 동방전력〈No Man's Land〉

이제 음악은 국경을 넘나든다. 세계적인 히트곡, 세계화한 장르들만 국경을 넘지 않는다. 현대 대중음악 시장이 포섭한 지역 음악, 월드 뮤직도 국경을 추월한다. 어지간한 월드 뮤직은 전 세계에서 복제한다. 가령 자메이카산 스카와 레게는 세계 어딜 가든 로컬 뮤지션들이 재현한다. 보사노바, 탱고 같은 남미발 월드 뮤직도 마찬가지이다.

그렇다고 모든 지역/민속음악을 다른 지역에서 똑같이 듣지는 못한다. 그래도 테크놀로지와 교통의 발전은 세계를 동시대의 이웃으로 바꿔놓았다. 덕분에 대중음악에서 원본이 희미해진다. 스카와 레게의 경우 스카탈라이츠(The Skatalites)나 리 스크래치 페리(Lee 'Scratch' Perry), 밥 말리(Bob Marley) 등의 역할과 중요성을 부정할

오마르와 동방전력《Walking Miles》
©Rafi Malek (aka CHINCHINRAY)

수 없다. 그러나 현재의 모든 스카/레게 음악을 몇몇 원조 뮤지션이 다 만들었다거나 그들만 지킨다고 생각해선 안 된다. 처음에는 원본이 있고, 다른 이들이 따라 했을 것이다. 여전히 따라 하는 이들도 있을 것이다. 하지만 따라 하는 데 성공한 이들은 금세 자신의 언어로 재창조한다. 처음에는 명확한 원본이 분명 있었겠지만, 갈수록 희미해져 모두들 새로운 원본을 생산한다. 지금은 원본과 모방을 따지기보다 어느 쪽이 더 개성 있는지 따지는 편이 낫다.

오마르와 동방전력의 데뷔 음반《Walking Miles》도 같은 기준으로 들어야 한다. 밴드의 멤버는 네 명. 모로코에서 태어난 후 한국에 와 수리수리 미히수리 등이 밴드를 하면서 북아프리카 민속음악을 연결한 오마르, 이집트에서 태어난 후 에스꼴라 알레그리아 등에서 활동 중인 리듬 연주자 와일, 윈디시티에서 활동하기도 한 제주도의 기타리스트 오진우, 레게 싱어송라이터이자 베이시스트인 태히언이 뭉쳤다. 멤버 중에는 제주도에 사는 이들이 많은데, 인종이 섞이고, 지역이 섞이고, 음악이 섞였다.

많은 지역/민속음악들이 그러하듯 오마르와 동방전력의 음악도 지역/민속음악 고유의 리듬을 앞세운다. 뮤지션들의 이력에 쌓인 레게와 아프로비트라는 토대를 노골적으로 반증하는 음악은 월드 뮤직이라고 불릴 수 있는 음악임을, 이국성과 차이를 향유하게 만드는 음악임을 표방한다. 그러나 이들은 원본을 정해놓고 재현하는 음악을 하지 않는다. 원본과 제주 음악을 크로스오버하지 않는다.

첫 곡 〈No Man's Land〉에서부터 오마르와 동방전력은 5분 43초 동안 아프로비트와 펑크에 덥(Dub)을 섞어버린다. 드럼, 일렉트릭 기타, 퍼커션은 아프리카 리듬과 펑크를 연결하며 춤춘다. 기타와 베이스는 사이키델릭과 덥을 불어넣어 장르를 탈주한다. 오마르와 동방전력의 음악이라는 변화무쌍한 새 장르가 출현한다.

두 번째 곡 〈City Of Cranes〉도 매한가지이다. 음악을 주도하는 아프로비트의 리프에 블루스가 슬쩍 발을 담그고, 펑크와 사이키델릭이 가세한다. 크레인의 도시와 지미라는 개자식을 담은 영어 가사와 무관하게 사운드를 주도하는 질감과 어법은 여러 지역과 장르를 한 곡의 냄비에 끓인다. 곡은 차츰 달아오르고, 장르는 익고 녹아내리며 섞이다가 원산지를 잊게 만든다. 의도하지 않은 듯 흘러가는 즉흥성을 고수하는 음악은 원 지역/장르의 힘을 보존하는 동시에 그 힘으로 서로의 맛을 더한다. 오마르와 동방전력은

충돌의 순간을 농축해 더욱 진하고 맛깔스러운 음악을 탄생시킨다. 〈City Of Cranes〉의 끝부분에 흐르는 리듬과 사운드는 덥이며 레게이다. 또 다른 제주 음악이며 지금의 사이키델릭이다. 이미 장르로 규정한 음악, 그래서 알고 있는 음악 그 이상을 창출하는 오마르와 동방전력의 음악은 더 이상 새로운 음악이 없을 거라는 고정관념을 부술 만큼 과감하다. 충돌과 변화를 두려워하지 않기 때문이다.

예술은 의식적 노력과 치밀한 서사로 창조하기도 하지만 일탈과 실험으로 우연히 빚어지기도 한다. 오마르와 동방전력의 음악은 수록곡 전부 5분을 넘는 동안 자유분방한 흐름과 조우, 충돌과 변화를 담은 변화무쌍한 기록으로 흥미진진하다. 8분 52초의 〈Houria〉에서도 비트와 사운드는 여러 번 바뀌고, 그때마다 오마르와 동방전력은 계획 없고 종잡을 수 없는 자유의 메시지를 가장 먼저 보낸다. 민속/지역 음악에 배어 있는 황홀과 몽롱에 안착한다.

이 거침없는 어울림을 두고 원본을 묻는 일이 무슨 의미가 있을까. 음악은 에너지와 감정과 이야기를 재생산하는 일이지 형식을 모사하는 일이 아니다. 〈Walking Miles〉에서 레게로 시작한 곡은 어느새 다른 스타일로 흘러가면서 끝을 예상하거나 따질 필요가 없다고 못 박는다. 제목부터 블루스인 〈노가다 Blues〉와 〈Healing〉 역시 늘어지자고, 정신줄 놔버리자고 유혹한다. 내일 걱정이랑 접어두고 코가 비뚤어지도록 오마르와 동방전력의 음악에 맞춰 놀다 가는 수밖에.

오마르와 동방전력 ⓒ목가

슬픔과 울분으로 노래한
디아스포라의 삶

 이지상 《나의 늙은 애인아》

이지상 〈나의 늙은 애인아〉

온라인 음악 서비스 사이트 바이브에서 이지상을 검색해본다. 젊고 트렌디한 스타일의 록 뮤지션 이지상이 뜬다. 아니다. 내가 찾는 이지상이 아니다. 스크롤을 내려본다. 앨범 메뉴에 이지상의 음반 《나의 늙은 애인아》가 있다. 맞다. 이 이지상이다. 뮤지션 섬네일이 없는 이지상. 음악을 시작한 지 30년이 된 싱어송라이터 이지상이다.

예전에 다른 뮤지션에게 썼던 표현을 한 번 더 쓴다면, 세상은 이지상의 노래를 아는 사람과 모르는 사람으로 나눌 수 있다. 1990년대 초 대학가를 강타했던 조국과 청춘의 〈내가 그대를 처음 만난 날〉과 〈통일은 됐어〉가 그의 노래인 탓이다. 양희은의 노래를 빠짐없이 들었다면 2001년 양희은의 30주년 기념 음반 속 절창 〈사랑 -

이지상 《나의 늙은 애인아》ⓒ최정민

당신을 위한 기도〉와 35주년 음반에 담은 〈외로우니까 사람이다〉
가 이지상의 노래임을 알지도 모른다. 노래 운동에 관심이 있다면
이지상이 1998년부터 지금까지 다섯 장의 음반을 내놓은 중견 싱
어송라이터이며, 전대협노래단 건준위와 조국과청춘, 노래마을
등의 노래패뿐만 아니라 한국민족음악인협회와 시 노래 모임 나
팔꽃에서 활동했다는 사실을 모르지 않을 것이다. 그가 쓴 에세이
『이지상, 사람을 노래하다』(2010)와 여행기 『스파시바, 시베리아』
(2014), 『여행자를 위한 에세이 北』(2019)을 읽었을 수도 있다. 페이
스북에서 날렵한 축구 실력과 맛깔스러운 음식 솜씨를 맛보았을
가능성도 있다. 지역의 시민사회 활동가이자, 대학의 강의 평가 1
위를 지키는 선생님이며, 근사한 붓글씨를 써 내려가는 이지상은

다재다능한 예술가이다.

그래도 이지상의 본업이 뮤지션이라는 사실은 바뀌지 않는다. 2020년 발표한 음반《나의 늙은 애인아》가 증거다. 10곡의 노래를 담은 이번 음반에서 이지상은 언제나 그래 왔듯 곡을 쓰고 편곡해 노래 불렀다. 연주자 박우진, 송기정, 정은주, 조성우는 다시 곁을 지켰다. 이번에는 김진경, 도종환, 박일환, 최광임, 채광석의 시가 노래로 탈바꿈했다. 여전히 어눌하고 투박하지만 꾸밈없는 목소리에는 어느새 세월이 스며들었다. 하지만 이번 음반에서도 그의 시선은 오래전부터 응시했던 사람들 곁을 떠나지 않았다.

이지상은 민중가요 진영에서 활동하면서도 이래야 한다거나 저래야 한다고 목소리를 높인 적이 없다. 그는 당위를 선언하지 않았다. 신념과 낙관을 전시하지 않았다. 다만 역사에 상처받고 밀려난 사람들 곁으로 가서 그들의 이야기를 들었다. 들은 이야기를 노래로 옮기거나 지켜보며 가슴을 쓸어내린 이야기로 노래를 만들었다. 그것이 이지상의 30년 노래 인생이었다.

이번 음반에서도 이지상은 우리 사회의 디아스포라 같은 사람들 이야기를 계속한다.〈기차는 그 새벽을 떠났다〉,〈저 나무〉,〈윤치호에게 쫓겨난 소녀〉로 이어지는 세 곡은 노래로 쓴 독립운동사 3부작이며, 디아스포라의 노래이다. 이지상이 김알렉산드리아와 계봉우, 한창걸을 거쳐 박일리아, 이인순, 이상설, 김규면, 박진순과 한형권, 최재형, 오하묵, 이용의 이름을 하나씩 읊조릴 때, 우리는 잊어버렸거나 차마 잊어버렸다는 말도 할 수 없을 만큼 무심했던 시간들을 정면으로 마주한다. 그 시간은 독립운동의 빛나는 역사만이 아니다. 이념으로 갈라지고 외면했던 한국 현대사의 비극이다. 고향을 떠나 타지에서 숨을 거둬야 했던 이들의 한 맺힌 시간이다. 민족을 강조하는 이들도 외면했던 역사, 민족을 인정하지 않는 이들은 아예 기억하려 하지 않는 역사를 이지상은 사랑했다. 그의 첫 음반 《사람이 사는 마을》에 담은 〈사이판에 가면〉과 2집 《내상한 마음의 무지개》에 담은 〈살아남은 자의 슬픔〉과 〈베트남에서 온 편지〉, 3집 《위로하다, 위로받다》에 담은 〈아이들아 이것이 우리학교다〉를 비롯한 노래들에서 그의 시선은 항상 한반도의 울타리를 넘어섰다. 그렇게 해서 이지상의 노래는 현대 한국인의 삶과 역사에 비로소 근접했다. 다큐멘터리/영화, 문학 영역에서 수행했을 뿐 대중음악 영역에서는 좀처럼 주목하지 않은 디아스포라의 삶과 역사를 자신의 노래로 기록하며 이지상은 '우리'의 실체를 마주할 기회를 만들었다.

당연히 마냥 기쁘거나 신나기 어려운 노래에는 깊은 우수가 묻어난다. 러시안 포크 스타일로 ㄹ발음을 강조하며 부른 〈기차는 그 새벽을 떠났다〉에서나 맑은 피아노 연주 위에서 속울음을 삼키며 담담하게 노래한 〈저 나무〉에서 이지상은 떠난 이들 앞에 고개 숙인다. 세상 모든 문제를 다 노래할 수 없고, 그 노래들을 다 듣지도 않을 세상에서 이지상은 자신이 할 수 있는 노래를 멈추지 않는다. 하모니카 연주에 "병아리 똥 같은 눈물"을 감춘 〈윤치호에게 쫓겨난 소녀〉에서 이지상의 목소리는 울분을 누른 채 노래하지만 듣는 누구도 그 울분을 모를 수 없다. 노래 가사와 멜로디, 편곡의 사운드로 재현하는 노래의 핵심이 누군가의 이름이나 역사적 사실이 아니기 때문이다. 노래의 핵심은 슬픔이며 울분이다. 알아야 할 것들을 모르는 세상과 정당하게 평가받아야 할 역사의 공과가 여전히 묻혀 있는 현실과 그 부조리가 가능한 권세와 무능에 대한 슬픔과 울분이다.

다른 곡들에서도 이지상은 슬픔과 울분의 토로를 이어간다. 그것이 그가 말하고 싶은 것이고, 노래하는 이유이기 때문일 것이다. 남북 정상의 만남을 감격적으로 노래한 〈두근두근 그 노루〉에서조차 슬픔은 지워지지 않는다. "생의 미련이 다하는 그날까진/서툰 나의 발걸음을 멈추지 않겠다"고 우직하게 다짐하는 〈흐린 눈빛으로는〉과, 평화와 통일을 꿈꾸는 〈새의 날개는 대신 달아주지 않는다〉에서마저 이지상의 목소리는 쓸쓸함과 처연함을 지우지 않는다. 아직 세상은 달라지지 않았고, 남은 시간은 많지 않았다고 생각하기 때문일까. 이지상은 아직 해내지 못한 일, 여전히 달라지지 않은 삶, 계속 흐르는 눈물방울을 가리킬 뿐이다.

"그 쇳물 부어 그 공장 정문에 세워 두라"고 노래하는 〈그 쇳물 쓰지 마라〉에서도 이지상은 민주주의와 방역에 성공한 나라라고 우쭐대지 않는다. "젊은 청춘의 뼈를 녹인 쇳물"의 잔인함 앞에서 이지상은 "아무것도 만들지 마라"고 노래할 뿐이다. 이지상의 슬픔은 거울 같다. 외면하고 잊어버린 자화상을 비추는 노래는 흐린 눈과 마음을 눈물로 씻는다.

노래의 무게만큼만 경쾌하거나 무거운 멜로디, 결코 넘치지 않는 연주는 음반으로 드러내는 이지상의 성실하고 치열한 태도를 오롯이 전달한다. 첫 곡 〈나의 늙은 애인아〉에서부터 마지막 곡 〈새의 날개는 대신 달아주지 않는다〉까지 이지상의 노래는 내내 서정적이고 다채롭다. 그럼에도 노래 곳곳에 배어 있는 질감이 다소 고루하게 들린다는 사실을 부정할 수 없다. 뮤지션의 연배와 세

대를 생각하면 당연한 일이지만, 이 음반의 노래들이 다른 세대와 경험을 가진 이들에게 얼마나 확장할 수 있을까 하는 질문에 흔쾌히 답하기 쉽지 않다. 오래도록 이지상의 노래를 들어왔고 좋아했던 사람 그리고 같은 태도로 살아왔던 사람들만 호평하는 노래가 되지 않기 위해 필요한 것은 무엇일까. 질문에 대한 답을 찾을 때 민중가요가 오늘의 노래로 살아 있지 않을까.

우리에겐 음악과 자존심이 있다

 전국비둘기연합《999》
전국비둘기연합 〈끼리끼리〉

첫 곡부터 호쾌하다. 록 음악이니 호쾌한 게 당연하지만, 록 음악도 다르고 달라서 호쾌하지 않은 록 음악도 많다. 그런데 2007년 데뷔한 2인조 밴드 전국비둘기연합은 2017년에 발표한 정규 3집 《Hero》에 이어 2년 반 만에 내놓은 네 번째 음반《999》를 간명하게 몰아치는 록 음악으로만 채웠다. 이것이 록이라고, 이것이 록이 아니면 무엇이냐고 반문하는 듯한 곡들은 짧고 굵다.

9곡의 음악을 담았는데 다 듣는 데 30분이 걸리지 않는 음반은 직설적이다. 들으면 바로 안다. 이 음반에는 긴 곡의 파노라마, 화려한 도입부, 장엄한 대미, 심오한 메시지 같은 건 없다. 3분이 채 되지 않는 첫 곡 〈하이퍼 썬〉에서부터 전국비둘기연합은 짧은 도입부를 지나쳐 곡의 절정으로 직행한다. "강렬한 에너지로 지구를

전국비둘기연합《999》ⓒJinnyPark

비추는 태양의 입장에서 써본 곡"이라는 설명처럼 움트는 에너지를 지글지글 끌어올린 후, 일렉트릭 기타와 드럼의 협연으로 속도감을 분출한다. 확장하는 일렉트릭 기타의 에너지를 겹쳐 쌓은 연주와 계시처럼 전해지는 보컬, 속도를 늦추며 이글거리는 사운드는 노랫말의 크낙한 마음을 그대로 옮긴다. 속도를 늦춘 두 번째 곡 〈망고〉는 "망고라는 이름 뒤에 숨어 있던 친구를 위한 곡"으로 기타 리프의 선명한 멜로디와 사이키델릭한 톤이 리드미컬하다. 드럼이 변주하며 멋을 부리고 기타 연주의 톤을 바꾸면서 노래 이상의 매력을 만들어내는 이 곡 역시 2분 32초밖에 되지 않는다.

그리고 타이틀곡 〈끼리끼리〉는 "끼리끼리, 유유상종, 우리도 한번 잘 놀아보세!"라는 곡 설명처럼 1분 50초의 시간을 다시 속도감으로 불사른다. "아무 생각 없는 쓰레기들/생각만 잘하는 겁쟁이들//다들 끼리끼리 노네/우리 끼리끼리 놀자"는 명료한 노랫말을 전국비둘기연합은 부와왕거리는 엔진 소리 같은 일렉트릭 기타 연주와 드럼 소리에 맞춰 내지른다. 선명한 기타 리프와 코믹한 속도 변화는 전국비둘기연합이 낙관적이거나 당당한 태도 쪽에 서 있음을 과시한다. 기실 이 음반의 어떤 곡에도 우울함이나 비탄의 정서는 없다. 전국비둘기연합은 한 번뿐인 순간의 삶을 움켜쥐고 불태워버리겠다는 듯 속도를 줄이지 않는다.

길게 이야기할 것도 없고, 그럴 필요도 없다는 태도는 2분 28초의 곡 〈워터마크 파크〉로 곧장 건너간다. 지금껏 이어온 속도감과 일렉트릭 기타의 광폭함을 연신 터트리는 곡은 일렉트릭 기타와 드럼의 비중을 조율하며 곡의 드라마를 진하게 덧칠한다. 연주력은 정확한 음과 비트를 구현하는 능력만이 아니다. 표현하려는 서사를 소리로 전환해 구현하는 능력이다. 정신 차릴 수 없을 만큼 즐겁고 신나는 시공간을 날카롭고 몽롱한 기타 소리와 짧게 반복하는 비트로 풀어놓아 전국비둘기연합은 〈워터마크 파크〉가 아니더라도 가득했던 열정의 찰나에 젖어들게 한다.

더 경쾌한 곡 〈페이스타임〉은 페이스타임으로밖에 볼 수 없는 사람에게 당장이라도 비행기를 타고 날아가고 싶은 마음을 상쾌하게 노래하면서 전국비둘기연합의 화사하고 화끈한 스타일을 잇는다. 이 곡에서도 보컬보다 일렉트릭 기타와 드럼의 협연이 더 많은 역할을 담당한다. '감각에 집중하자'라고 다짐하는 곡 〈필 잇〉도 이성보다 감각의 편이다. 직관적으로 느껴질 만큼 밀려오는 속도감과 강렬함과 묵직함은 무엇도 막을 수 없다. 가로막는 모든 것을

부수거나 헤치며 전진하겠다는 자신감이 돋보이는 멜로디와 싱그러운 변주, 다시 몰아치는 곡의 흐름은 자연스럽다. 전국비둘기연합은 자연스러움으로 음악의 깊이와 매력을 퍼트린다. 이 스타일은 "복잡한 세상 속에서 가운뎃손가락을 들고 흘러가는 대로 내 몸을 맡기는 기분"을 노래한 곡 〈소용돌이〉로 연장된다. 속도를 조율하며 소리의 드라마를 버라이어티하게 확장하고 미련 없이 곡을 끝내버리는 단호함은 곡의 설명과 다를 바 없다.

한 곡이 모든 정서를 다 표현할 수 없을 때, 전국비둘기연합의 음반이 어떤 태도와 정서의 편에 서 있는지 명백하다. 〈예스 오어 노〉처럼 태도를 분명히 하겠다는 태도, 그리고 태도를 분명히 하라는 태도가 전국비둘기연합의 태도이다. 인트로처럼 만든 곡에 이어 아웃트로 같은 마지막 곡 〈세상을 다 다 달리자〉 역시 마찬가지이다. 제목처럼 내달리기보다 싱어롱하듯 노래하는 곡에서 전국 비둘기연합은 선언하고 외칠 뿐 걱정하지 않는다. 고민하지 않는다. 태도로서의 로큰롤을 사운드로 정확하게 재현해낸 음악은 복잡하고 어려운 세상에 뾰족한 해답을 주지는 못한다. 그러나 포기하거나 단념하지 않는 에너지로 힘을 내 스스로 응원하기에는 충분하다.

누군가 그랬던가. 버티는 사람이 이긴다고. 이왕 버틸 거라면 웃으면서 버티자. 전국비둘기연합의 음악이 곁에 있다면 답답해지는 세상, 리프만큼 즐겁게 버틸 수 있다. 아무것도 없는 것 같지만 우리에게 음악과 자존심은 있다.

전국비둘기연합 ⓒJinnyPark

정수민이 완성한 슬픔의 미학

 정수민 《통감》

정수민 〈강남 478〉

재즈 베이시스트 정수민이 2년 만에 내놓은 두 번째 정규 음반 《통감》은 다시 음악으로 세상을 껴안았다. 《통감》은 첫 정규 음반 《Neoliberalism》과 닿아 있으면서도 삶을 향해 더 뿌리내린 음악이다.

〈동지가〉에서 시작해 〈통감〉으로 끝나는 8곡은 대부분 낮고 우울하다. 개인의 성향이나 사적인 사건 때문이 아니다. "소중한 기억을 품고 있는 사람과 공간이 사라"질 때 무뎌지지 못하기 때문이다. 아픔을 느끼는 감각을 잃지 않았기 때문이고, 주위의 고통을 외면할 수 없기 때문이다. 아프고 힘든 이들을 바라보려고 애쓰기 때문이다.

갈수록 거대해지는 산업사회, 관료 사회, 기술 사회에서 사람

정수민 《통감》 ⓒ함석영

은 갈수록 작아진다. 우리는 쏟아지는 사건·사고 앞에서 무력하다. 사건이 던져주는 진동을 곱씹을 여유조차 없다. 사건의 본질을 따져볼 시간이 있을 리 없다. 단편적인 정보를 취합하곤 감정마저 휘발시켜 버려야 한다. 감정의 무게만큼 아물 시간을 허락받지 못한 채 우리는 쏟아지는 다른 감정들로 매몰되어 버린다.

그런데도 정수민의 《통감》은 슬픔과 고통 곁에 멈춰선 음악이다. 무심하게 지나가는 사람들처럼 매몰차지 못해 쭈뼛거리며 걸음을 멈춘 음악이다. 슬픔과 고통 곁에 다가가지 않고, 곁에 쭈그려 앉지 않았다면 만들 수 없는 음악이다. 울고 있는 이 옆에서 울먹이지 않았거나 빌려준 어깨가 젖지 않았다면 연주할 수 없는 음악이다. 정수민의 슬픔은 공감하는 슬픔이고, 정수민의 고통은 연대하는 고통이다.

민중가요로 유명한 첫 곡 〈동지가〉에서 느낄 수 있는 정조는 원곡의 투박함과 당당함이 아니다. 그보다는 "동지는 간데없고/깃발만 나부껴"라는 〈님을 위한 행진곡〉의 막막함의 심화 편에 가깝다. 이선지의 피아노가 연주하는 선율은 쓸쓸하고 가냘프다. 정수민이 연주하는 베이스는 그 쓸쓸한 공기를 다독인다. 정수민의 〈동지가〉는 함께 맞설 때만 동지가 아니라 함께 한숨짓고 눈물 닦을 때 비로소 동지가 된다고 술회한다. 9분에 달하는 곡은 원곡의 멜로디에서 즉흥연주로 건너가며 마음을 나눠 상처가 아물고 관계가 깊어지는 변화를 담아낸다. 이해하고 존중하며 변화하는 모습을 음악으로 재현하는 솜씨는 정수민의 음악이 인간에 대한 관찰과 이해에서 비롯함을 밝혀준다.

첫 음반에 실었던 〈강남 478〉을 김오키새턴발라드와 다시 연주한 두 번째 곡 역시 아름다움의 연속이다. 베이스 독주로 시작하는 곡이 강남 478번지의 삶을 지켜보고, 색소폰과 피아노를 더해 흘러갈 때 연주자들의 시선은 그곳을 떠나지 못한다. 강남 478번지의 삶이 슬픔과 고통으로부터 자유로울 수 없으나 삶이 슬픔과 고통만으로 채워지지 않는다는 것을 아는 이들은 연민하지 않고 동정하지 않는다. 미화하지 않고 섣불리 응원하지 않는다. 지켜보며 들을 따름이다. 12분에 이르는 곡은 피아노와 색소폰, 베이스 즉흥연주를 통해 강남 478번지를 사람이 사는 마을로 복원하고, 그곳에서 살아가는 사람들의 자존을 기록해 그들에게 다가갈 길을 연다. 아름다움은 예쁘거나 화려한 것만이 아니다. 존중과 배려가 아름다움의 조건임을 정수민은 잊지 않았다. 이 곡은 슬픔과 고통

으로부터 소박한 아름다움을 찾아낸다. 희미하지만 따뜻한 웃음이 번진다.

반면 세 번째 곡 〈바라는 기도〉는 영롱한 건반 연주로 짧은 신비로움을 자아낸다. 〈쉼(영면)〉은 누군가의 죽음 앞에서 안식을 기원하는 마음이 매끄럽다. 살아있는 이들만 바라보지 않고 떠난 이들까지 아우르는 시선, 그리고 삶 이후의 세계를 향하는 것처럼 느끼는 연주는 한 사람의 음악가가 사람들을 향해 보내는 마음을 감지하기에 부족함이 없다.

또 다른 타이틀곡 〈통감〉은 낮고 인상적인 피아노 선율로 지치고 아파 힘겨운 마음을 들여다본다. 뮤지션의 마음이자 세상 많은 이들의 마음을 닮은 사이키델릭한 연주는 무의식을 유영하며 영혼을 비춘다. 연주를 자유롭게 잇고 확장하며 서사를 만들어가는 뮤지션들은 울림의 강도와 멜로디의 빛으로 아름다움을 짠다. 곡의 후반부에서 더한 일렉트로닉한 사운드는 더 많은 파장을 선사한다.

반면 사운드에 변화를 준 〈살아가다〉는 생경한 일렉트로닉 사운드로 삶의 난해함을 들이민다. 〈회상〉처럼 단아하고 서정적인 곡만 연주하지 않는다는 것을 보여준 곡은 음반의 리듬을 흔들며 강렬한 변화를 남긴다. 김오키가 리믹스한 〈통감〉은 일렉트로닉 사운드를 부각해 농염하고 아득한 세계를 만든다. 다채로운 소리의 집합을 호출하고 서정성과 섬세함을 뽑아내는 음악은 정수민 식 슬픔의 미학이 이루어낸 성취이다. 정수민은 《통감》으로 슬픔의 미학에 도달했다. 그곳에서는 누구든 울어도 된다. 지금 슬픈 사람들은 드물게 거짓 없어 비로소 사람답다. 그러니 이제 음악에 귀 기울이되, 한 쪽 귀는 세상을 향해 열어두자. 어디선가 누군가 울고 있다.

정수민 ⓒEBS SPACE 공감

대체할 수 없는 정태춘의 새 노래

 정태춘 40주년 기념 음반
《사람들 2019'》
김규리의 퐁당퐁당 보이는 라디오
- 깜짝 초대석 with 정태춘, 박은옥

2019년은 박은옥과 정태춘의 새 노래를 들은 지 7년째였다. 박은옥과 정태춘은 2012년 10년 만의 새 음반《바다로 가는 시내버스》를 내놓고도 좀처럼 움직이지 않았다. 2016년 11월 광화문 촛불 집회에서 정태춘이 〈92년 장마, 종로에서〉를 불렀던 모습이 그나마 최근에 많은 이들 앞에 선 모습이었다. 2019년 대대적인 40주년 기념사업에 돌입한 정태춘은 드디어 새 음반을 내놓고 박은옥과 함께 수많은 무대를 거뜬히 누볐다.

정태춘만의 40주년 기념 음반으로 내놓은 새 음반 제목은《사람들 2019'》. 음반에는 8곡을 담았다. 그중 새로 만든 곡은 〈외연도에서〉와 〈연남, 봄날〉2곡. 타이틀곡 〈사람들 2019'〉는 1992년에 만든 〈사람들〉의 가사를 새로 썼다. 〈고향〉은 1978년 곡이고, 〈나그

정태춘 《사람들 2019'》 ⓒ임채욱

네〉는 1973년 곡이며, 〈빈 산〉은 2001년 곡이다. 〈들 가운데서〉는 1984년 곡이고, 〈이런 밤〉은 1978년 곡으로 대부분 기존 음반 수록곡을 다시 불렀다. 많은 곡들이 1990년대 이전 곡으로 널리 알려지진 않았다. "늙은 목소리로 젊은 시절의 노래를 불러보라는" 딸의 제안으로 시작한 음반답게 히트곡이 아닌 젊은 시절의 곡들 가운데 정태춘의 마음이 기우는 곡들을 고른 듯하다.

　수록곡들에서 2019년 예순다섯을 맞는 정태춘의 목소리를 들을 수 있다. 워낙 모습을 드러내지 않았던 탓에 목소리를 들을 수 있다는 사실만으로 반갑다는 생각이 먼저 든다. 정태춘의 목소리는 여전히 구수하고 질박하니 극적이다. 물론 1980년대처럼 힘이 넘치거나 압도적이지 않고, 더 낮아진 톤을 느낄 수 있다. 그래서 더 정겨운 음반이다. 한 명의 뮤지션이 나이를 먹어가면서 그 순간을 담은 새로운 노래를 계속 들려준다면 좋겠지만 그러기는 쉽지 않다. 한국의 60대 이상 뮤지션 가운데 새로운 노래, 새로운 음반을 발표하는 이가 몇이나 되나. 음악으로 생계를 꾸릴 수 없고, 자신의 최선을 보여줄 수 없다고 생각하는 이들은 좀처럼 새 음반을 내놓지 않는다. 정태춘의 경우는 다르다 해도, 오랜만에 내놓은 음반은 정태춘의 현재 기록이자 근황이라는 점만으로 의미 있다.

그것은 정태춘이 홀로 그리고 박은옥과 함께 내놓은 음악의 궤적 때문이다. 그들이 음악으로 기록하고 싸우고 발언한 이야기의 가치와 무게 때문이다. 한국적 포크의 전형 가운데 하나를 만들어낸 음악의 아름다움과 개성 때문이다. 정태춘은 산업화·도시화하는 한국 자본주의의 격동 속에서 소멸해가는 고향을 기록했고, 방랑하고 꿈꾸는 서정을 노래했다. 이웃과 마을을 사랑하는 안타까운 시선은 내몰린 이들을 껴안다가 시대의 모순과 정면으로 부딪쳤다. 혁명을 꿈꾸는 선언으로 타올랐던 노래는, 패배의 쓰라림과 환멸까지 노래하면서 노래의 몫을 다했다. 노래의 유장한 변화는 한국 현대사와 고스란히 맞물렸으며, 한 예술가가 얼마나 많은 이야기로 얼마나 큰 역할을 할 수 있는지 보여주는 불멸의 기록을 완성했다. 정태춘은 우리 시대의 가장 정직한 예술가이자 가장 냉정한 예술가이며, 가장 끈질긴 예술가임을 부정할 수 없다.

40주년 음반에서도 정태춘은 지금의 자신을 드러낸다. 그 정태춘은 "이사 온 첫날", "아침 현관 앞에 사채 업체 명함들이 여기저기 뿌려져 있"어 기겁하는 정태춘이다. 손녀 서하와 놀다 삐지는 할아버지 정태춘이며, 뉴스를 유심히 보는 정태춘이다. 동네 할머니와 할아버지들이 더 잘 보이는 노년의 정태춘, "술은 먹었다, 끊었다" 하는 정태춘이다. 그는 새 노래 〈외연도에서〉 특유의 구수하고 빠른 읊조림으로 변방의 섬 풍경을 훑는다. 정태춘은 이사 온 동네 연남동의 풍경도 노래로 옮겼다. 목소리에 배인 쓸쓸함과 고단함은 어쿠스틱 기타와 아코디언, 드럼의 단출한 편성으로 노년의 정태춘을 도드라지게 한다. 여전히 정겹고 질박하며 고뇌하는 목소리는 정태춘 음악이 일관되게 표현하고 이어온 한국적 서정의 깊이를 증거한다. 특히 정태춘 스스로 "비극적 서정의 백미"라고 칭한 〈빈 산〉은 정태춘이 얼마나 탁월한 송라이터이자 보컬인지 가슴 시리게 드러낸다.

그런데 이번 음반에서 의외의 감동은 박은옥과 정태춘의 딸인 뮤지션 정새난슬의 몫이다. 맑고 쓸쓸한 목소리로 정새난슬이 〈들 가운데서〉를 부를 때, 노래는 35년의 시간을 뛰어넘어 오늘의 노래로 다시 태어난다. 1978년 곡 〈이런 밤〉도 정새난슬과 박은옥이 가세하면서 더욱 부드럽고 울림 깊은 노래로 밀려온다. 슬라이드 기타와 물방울처럼 번지는 피아노 연주가 이어질 때, 세 보컬의 다른 매력은 온전히 지켜진다.

기존의 정규 음반들에 비하면 소품이라는 사실을 부정할 수 없지만, 2019년 정태춘이 오랜만에 띄운 음악 편지는 정태춘의 형형한 시선과 산문적 진술을 너끈히 완성하는 리얼리스트 정태춘을 확인하기엔 충분하다. 정태춘의 노래는 오직 정태춘이 할 수 있을 뿐. 누구도 대체하지 못한다. 만약 정태춘이 노래를 멈춘다면 우리는 어떤 풍경과 사람들에 대한 노래는 더 이상 듣지 못할 것이다. 정태춘의 침묵은 한국 대중음악의 빈자리와 예술가의 직무유기를 드러내는 거울이다. 이 음반이 바로 그 증거다. 그러니 자신에 대해, 세상에 대해 계속 노래해주기를. 그리고 다음 노래에는 박은옥의 시선과 목소리도 함께이기를.

정태춘 ⓒ임채욱

죽음을 견디게 하는 음악

 카코포니(cacophony)《화(和)》

카코포니〈숨〉

리뷰를 쓸 수밖에 없는 음악이 있다. 무슨 말이든 하고 싶어지는 음악이 있다. 리뷰라는 게 별 게 아니다. 들은 대로 쓰는 일이다. 들으면서 떠오른 말들을 옮겨 적는 일이다. 음악도 사람의 말이다. 사람의 말은 들으면 자극받는다. 호수에 돌을 던지면 파장이 퍼져나가듯 음악을 들으면 마음이 물결친다. 마음 물결은 그때그때 다르다. 쓰나미처럼 밀려드는 풍랑이 있고, 살랑거리다 잔잔해지는 잔물결이 있다. 음악 앞에서 마음은 항상 속수무책이다. 의연하고 평화로운 척하지만, 음악이 불어오는 마음은 순식간에 요동친다. 아무런 정보 없이 카코포니의《화(和)》를 들었을 때도 마찬가지였다. 여성 싱어송라이터라는 사실만 알려주는 카코포니의 노래를 듣는 동안 내내 마음이 부대꼈다. 음악 때문이다. 아니 나 때문이

카코포니《和(화)》ⓒ카코포니

다. 내 안에서 누군가 소리 지르기 때문이다. 누군가 울고 있기 때문이다. 누군가 발버둥 치며 그리워하기 때문이다.

마음이 아무 음악 앞에서나 머리를 풀어 헤치지는 않는다. 아무 음악 앞에서나 맨발로 뛰어나가 거리를 헤매지 않는다. 아무 음악 앞에서나 눈물을 흘리고 심장을 꺼내 보여줄 듯 이야기를 털어놓지 않는다. 속내를 털어놓다 잠들고 잠들었다 깨어나 다시 이야기를 이어가지 않는다. 급소를 찔러야 숨이 멎듯, 슬픔을 찔러야 눈물을 흘린다. 깊이 찔러야 한다. 정확하게 찔러야 한다.

카코포니의 음악은 정확하게 찌르고 깊이 찌른다. 그리고 계속 찌른다. 카코포니의 빌성과 호흡, 음색부터 날이 서 있다. 자신을 뒤흔들어 버린 사건과 감정으로부터 자유롭지 않은 목소리는 안정되어 있지 않다. 사실 예술 작품이 반드시 감정을 억누르거나 승화할 필요는 없다. 감정을 곧이곧대로 토해내는 방식이 가장 정직하거나 진실한 것도 아니다. 다른 순간, 다른 곳을 바라보고 있을 뿐이다. 카코포니는 애절하고 다급한 톤으로 자신이 보여주려는 정서와 서사를 거의 다 공개한다. 카코포니의 목소리는 상실로 인한 아픔과 그리움 쪽에 서 있다. 아니 그곳에서 비틀거리며 겨우 걸어왔다.

음반의 크레딧에 쓰인 "Memento Mori"라는 말처럼 카코포니는 죽음의 기억으로부터 포복해왔다. 이 음반은 어머니의 죽음을 모티브로 한 음반으로, 수록곡들은 어머니의 죽음을 겪은 후 스쳐 간 숱한 물결의 연작이다. 카코포니는 "지금 그대 평온히 주무시고 있나" 묻고, "지금 나는 그대를 품고 있어요"라고 고백한다. 고통을 담담하게 노래하며 "내 안에서 살아 계세요"라고 끊어지지 않은 교감의 노래만이 전부가 아니다. "피 진통"이나 "숨 고통" 같은 노랫말은 병원에서 급박하게 오가는 신호처럼 들리는 노이지한 일렉트로닉 사운드로 떠나는 이와 지켜보는 이의 속울음을 터트린다. 간절하게 바랐으나 막을 수 없었던 이별의 쓰라림과 원망의 밀도는 〈kk〉나 〈결국〉 같은 여러 곡에서 통곡처럼 솟구친다. 카코포니는 그 고통을 듣는 이들도 기진맥진해질 만큼 생생하게 몰아친다.

템포가 다르지만 건반과 일렉트로닉 사운드 중심의 음악은 노래 속 적막과 혼돈을 표현하기에 효과적이다. 드라마틱한 일렉트로닉 사운드는 노랫말과 멜로디로 만들고 목소리로 실체화하는 감정을 부풀려 누군가 감당했을 감정에 근접한다. 안착하지 못

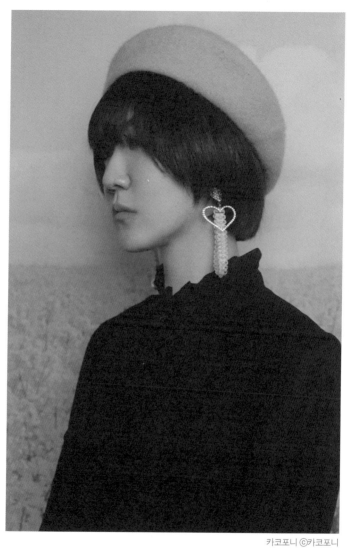

343

한 감정, 혼돈 속에서 부유하는 감정이 겹치고 떠다니고 엇갈리는 소리로 살아난다. 공간감 넘치고 강렬한 모든 소리들은 노래 속 주인공이 얼마나 아프고 혼란스러우며 헤어 나올 수 없었는지 보증한다. 그 소리의 밀도는 경험 없는 이들도 금세 공감할 만큼 간절하다. 간절해서 더 슬프고 더 안타깝다. 날 서고 처연한 목소리와 건반, 현, 프로그래밍, 기타를 조합해 만들어낸 음악은 적막하고 영롱한 사운드로 카코포니의 내면을 비춘다.

어떤 이별은 떠나지 않으려는 발버둥과 보내지 않으려는 몸부림 속에서 벌어진다. 그 순간 원망과 안타까움과 미안함과 죄책감이 쉴 새 없이 교차한다. 아무도 원하지 않아도 감당해야 할 이별은 인간의 연약함과 삶의 무상함을 소스라치게 일깨운다. 남은 이들은 빈자리를 견디며 하루하루 살아야 한다. "잠에 들 수도/깨어 있을 수도 없"을 만큼 그립고 원망스럽다. 헤어 나올 수 없는 감정의 수렁을 다독이는 일만으로도 버겁다. 그러나 이 또한 인간의 삶이다. 피하거나 건너뛰고 싶어도 불가능하다. 우연히 태어나 반드시 죽을 때까지 인간은 숱한 이별을 견디고 감당해야 한다. 죽음을 기억하며 죽음과 함께 살아가는 일이 인간의 숙명이다.

어떤 음악은 그 사실을 속이지 않고 삶을 최대한 이해하고 견딜 수 있게 간호한다. 카코포니는 이별의 시간을 통과하는 난자당한 내면을 드러내 동병상련의 위로가 가능하게 한다. 사랑했던 사람을 아픔 없이 보낼 수 없어 찢기고 피 흘린 후에야 새살이 돋아난다. 눈물 흘리는 이의 곁에서 함께 우는 일보다 큰 위로는 없다. 오늘 카코포니의 노래가 함께 운다.

카코포니 ©카코포니

다시 부른 노동자의 노래

파업가 30주년 《김호철헌정음반》

김호철 헌정음반 〈파업가〉

음악인 김호철을 아시는지. 김호철과 그의 노래를 안다면 삶과 꿈이 보인다. 그와 그의 노래를 안다면 노동조합 활동을 하고 있거나 경험했을 것이다. 학생운동을 했거나 사회운동에 참여했을 수도 있다. 김호철은 1980년대 중반부터 활동 중인 노동가요 전문 창작자이기 때문이다.

대부분의 성인이 자신의 노동을 팔거나 가게/회사를 운영하며 살아가는 한국 사회에는 노동자가 많다. 그러나 한국 노동자는 오래도록 자신을 노동자라 부르지 못했다. 근로자라는 이름만 써야 했던 나라에서 노동자는 인간답게 살기 어려웠다. 세계 최장 시간 수준의 노동시간, 부실한 임금, 위험한 작업환경만 문제가 아니었다. 노동자의 단결권, 단체교섭권, 단체행동권은 지켜지지 않았

파업가 30주년 《김호철헌정음반》 ⓒ김호철헌정음반공동제작단

다. 노동자는 주는 대로 먹고 시키는 대로 살아야 했다. 권리를 찾고, 생존권을 보장받기 위해서는 싸우고 또 싸워야 했다. 자본과 지배 권력이 한패가 되어 노동자를 짓밟을 때 노동자는 맨몸으로 맞서고 버티다 죽어갔다. 1970년대부터 본격화한 한국의 노동운동은 1987년을 지나고 나서야 겨우 사회적 실체를 인정받았다. 그러나 그 후로도 과격, 폭력, 집단 이기주의 같은 누명을 뒤집어썼다. 자신을 노동자라 말하지 않고, 노동자의 권리를 찾지 않고, 노동자를 짓밟는 이들의 편에 서는 이들이 훨씬 많은 나라. 자발적으로 노동자 정체성과 삶을 외면하게 만드는 나라는 노동을 더럽고 부끄럽거나 불온하게 여긴다. 자신의 권리를 찾는 일이 당연하지 않은 나라에서는 노동과 예술의 거리도 멀다. 고상하고 우아하거나 세

련되고 기발한 세계 그러나 노동이 빠진 예술을 주목하는 나라에서 노동은 예술이 되지 못한다.

그래서 김호철의 존재는 각별하다. 사실 김호철만 노동가요를 만들지는 않았다. 여러 민중가요 창작/연행자들이 노동가요라는 길을 함께 열고 걸었다. 그럼에도 김호철이 각별하다 말하는 이유는 작품과 활동 때문이다. 김호철은 1984년 〈쏘주〉를 시작으로 1985년 〈x에게〉, 〈단순조립공〉을 발표한 후 〈노동악법 철폐가〉, 〈노동조합가〉, 〈단결투쟁가〉, 〈딸들아 일어나라〉, 〈잘린 손가락〉, 〈파업가〉, 〈구속동지 구출가〉, 〈꽃다지〉, 〈무노동무임금을 자본가에게〉, 〈전노협 진군가〉, 〈참사랑〉, 〈포장마차〉. 〈민중권력 쟁취가〉, 〈민중의 노래〉를 비롯해 수많은 노동가요를 만들었다. 노동자노래단, 노래공장, 박준 등의 민중가요 뮤지션들이 부른 김호철의 노래는 노동가요가 드물었던 1980년대 중반부터 명쾌한 노랫말과 멜로디로 여기 노동자가 있다고 선언했다. 사회적 계급으로 노동자를 발견하고, 자신의 권리를 지켜 더불어 자유로운 세상을 만들려는 이들은 김호철의 노래를 품고 달려 나갔다. 얻어맞고, 내쫓기고, 감옥에 끌려가더라도 노동자의 삶을 지키며 노동 해방의 새날을 만들려 한 이들에게 김호철의 노래는 진군의 나팔 소리였다. 승리의 낙관이었다. 미더운 다짐이자 약속이었다. 김호철은 자신의 노래로 노동자의 피눈물과 웃음을 담으려 고군분투했고, 그 노래들 덕분에 노동자는 덜 죽고 덜 아플 수 있었다. 이 땅의 모든 노동자는 직간접적으로 김호철 노래에 빚지고 있다고 말하는 게 당연할 정도이다. 해외의 반문화(counterculture)에 열광하지만, 이 땅의 반문화에 냉담한 나라에서 노동가요와 민중가요는 가장 뜨거운 반

파업가 30주년 김호철헌정음반 녹음 사진 ⓒ김호철헌정음반공동제작단

문화로 수많은 이들의 삶을 조금이라도 바꾸었다.

그렇다고 김호철이 노래로 돈을 벌거나 유명해졌을 리 만무하다. 애당초 영화로운 삶을 꿈꾸지 않은 김호철은 34년째 노동자의 목소리로 노래를 만들 뿐이다. 음악적으로 새롭거나 세련되지 못하다는 이야기를 듣더라도 노래를 만든다. 한결같이 노동자의 편에서 노래를 쏘아 올린다. 세상이 좋아졌다 해도 날마다 노동자들이 죽어 나가고, 계속 싸워야 하는 나라에서 노동가요를 만들고 부르는 뮤지션은 여전히 적다. 표현의 자유를 주창하고 자유로운 예술혼을 강조하는 뮤지션들조차 주목하지 않는 노동자의 사랑과 삶과 투쟁.

그래서 그의 노래가 얼마나 소중하고 값진지 아는 이들은 한 장의 음반을 내놓으며 박수를 모았다. 파업가 30주년을 기념한 김호철헌정음반이다. 김호철의 가족이자 음악 동료인 황현을 돕기 위해 시작한 일이 자연스럽게 헌정음반으로 이어졌다. 민중가요 진영의 보컬 곽경희, 김영, 김은희, 류금신, 문진오, 박란희, 박영순, 박은영, 박일규, 박준, 백자, 손병휘, 송순규, 엄광현, 연영석, 이광석, 이수진, 이혜규, 임정득, 정윤경, 정혜윤, 조성일, 지민주, 차준호, 최도은, 한선희가 노래했다. 4·16 합창단과 노동자 노래패들도 거들었다. 꽃다지의 음악 감독 정윤경이 음악 감독을 맡았고, 민중가요를 잘 아는 연주자 고명원, 박우진, 신희준, 이소라, 이지은, 이찬욱, 이혜지, 장석원이 결합했다. 소식을 들은 이들과 노동조합, 시민사회 단체 등의 1,000여 명이 힘을 더한 덕분에 순조롭게 제작 비용을 마련했다. 노래의 힘이다. 김호철의 삶에 대한 경의이다.

김호철헌정음반공동제작단 기획팀과 음악 감독 정윤경, 박은

파업가 30주년 김호철헌정음반 녹음 사진 ⓒ김호철헌정음반공동제작단

영 등은 2018년 7월부터 두 달 이상 선곡 회의를 진행했다. 토론에 토론을 거듭하고 노래를 듣고 또 들으면서 21곡을 추렸다. 그 후 제작단은 녹음, 펀딩, 제작 과정을 조율하고 진행했다. 정윤경과 박은영은 고심하며 노래를 다듬었고, 참여한 뮤지션들과 함께 연주하고 불렀다. 10년마다 한 번씩 나왔어야 할 헌정음반을 30년 만에 완성했다.

《김호철헌정음반》은 김호철이 만들고 노동자들이 부른 노래에 배어 있는 김호철의 마음과 노동자의 가슴을 되살리는 데 집중했다. 원곡의 정서를 복원하는 데 집중한 음반은 원곡을 크게 뒤바꾸지 않았다. 그렇다고 오래전에 발표한 곡의 어법을 그대로 따라가지는 않았다. 원곡에 담은 마음을 가장 잘 드러낼 수 있도록 간결하고 담백하게 편곡했다.

첫 곡 〈꽃다지〉는 피아노 반주만으로 처연한 정서를 담담하게 표현했다. 〈파업가〉는 선동적인 신시사이저와 드러밍에 대규모 합창으로 노동가요의 미학을 펼쳤다. 이것이 김호철을 비롯한 노동가요 창작자들이 만들어낸 미학임을 선언한 대규모 합창곡들은 〈전선은 하나〉, 〈전노협 진군가〉, 〈구속동지 구출가〉, 〈민중의 노래〉, 〈또 다시 앞으로〉, 〈단결투쟁가〉, 〈민주노조 사수가&노동악법 철폐가〉, 〈깃발가〉 등의 행진곡에서 아직 뜨겁다. 군가풍이라거나 거칠다는 비판으로 폄하되곤 했던 노동가요의 어법을 변형하지 않은 이유는 이 노래들의 미학과 역사와 가치가 소중하고 자랑스럽기 때문이리라. 음반의 행진곡풍 노래들은 매끈하고 화려한 음악 언어에만 가치를 부여하고, 김호철의 노동가요에는 음악적 가치를 두지 않은 세태에 대한 묵묵한 반론처럼 느껴진다.

노래 속에 계속 등장하는 트럼펫 연주가 트럼펫 연주를 하면서 노동가요를 만들어온 김호철에 대한 묵묵한 존경이 아닐 리 없다. 동료이자 선배인 창작자에 대한 경애를 음악에 녹인 것이다. 이 음반은 이 노래만이 노동가요의 어법이 아니라 해도 노동가요에 대한 책임을 더 이상 김호철과 몇몇 노동 가수에게만 물어서는 안 된다고, 김호철의 방식과 어법에 대해 재평가를 해야 할 시점이라고 넌지시 말한다.

포크의 따뜻하고 섬세한 어법을 잘 구사하는 프로듀서 정윤경은 드럼과 건반의 단출한 연주로 〈들불의 노래〉에 담긴 서정성을 끌어냈다. 김은희의 애틋한 목소리가 탁월한 〈공장 가는 길〉은 옛이야기가 되어버린 노동자들의 삶과 슬픔을 잊지 않게 할 뿐 아니라 현재 노동자들의 삶을 들여다보게 만든다. 김은희와 정혜윤이 목소리를 낮추고 예쁘게 부른 〈희망의 노래〉는 다정하고 정겨운 위로로 흩날린다. 피아노와 현에 건반을 더한 〈세월〉은 김호철의 노래가 얼마나 깊고 서정적인지 아느냐고 묻는다.

연영석의 노래로 구수하고 질박하면서도 날렵해진 〈단순조립공〉은 음반에서 가장 인상적인 곡 중 하나다. 민중가요 진영의 록 보컬 조성일은 로킹한 일렉트릭 기타 연주와 함께 〈포장마차〉의 어법을 확장한다. 4·16 합창단이 부른 〈노동은〉은 김호철이 꿈꿔온 노동가요의 정신을 감동적으로 응축했다. 곡의 무게감과 군건한 신념을 담백하게 복원한 〈또 다시 앞으로〉에서도 정윤경은 악기 소리가 보컬을 압도하지 않는 방식으로 곡의 핵심을 전달한다. 다시 김은희가 부른 〈힘들지요〉는 포근하다. 블루지하게 다시 부른 〈잘린 손가락〉과 서러움을 꾹꾹 누른 〈가리봉 오거리〉는 담백한 연주와 압도하지 않는 노래로 노동 가수들의 지난 시간까지 되짚어 보게 한다.

　파업가 30년의 역사는 김호철만의 역사가 아니다. 수많은 노동 가수들과 노동자들이 함께 쓴 피와 땀과 눈물의 역사이다. 기억과 현실과 삶으로 생생한 노래들. 이제 젠트리피케이션을 기록하거나 여성의 삶을 담은 노래들로 이어지는 한국 대중음악의 가장 전투적인 정신과 노동가요의 미학이 이 한 장의 음반에 운집했다. 김호철과 노동/민중 가수들이 여기까지 해냈으니 그다음 역사는 다른 이들이 잇고 써야 하지 않을까. 이 음반은 지금 누가 그 역할을 하고 있는지 묻는다.

파업가 30주년 김호철헌정음반 녹음 단체 사진 ⓒ김호철헌정음반공동제작단

허클베리 핀, 소리의 빛이 되다

 허클베리 핀(Huckleberry Finn)
《오로라피플》

허클베리 핀 〈남해〉

당신에게 허클베리 핀은 어떤 모습인가. 마크 트웨인의 소설 『허클베리 핀』을 이야기하지 않는다는 것을 안다면 밴드 허클베리 핀에 대한 이미지가 있을 것이다. 1990년대 후반부터 활동 중인 록밴드 허클베리 핀을 이야기하면, 어떤 이들은 초기의 그런지 사운드를 떠올리고, 어떤 이들은 댄서블한 곡들을 연상할 것이다. 광장의 무대에 곧잘 올랐던 허클베리 핀, 서울특별시 마포구 홍익대학교 앞 라이브 클럽에서 보았던 허클베리 핀을 기억해낼 수도 있다. 20년 이상 활동하는 동안 적지 않은 멤버들이 허클베리 핀을 거쳐 갔고, 다섯 장의 정규 음반과 한 장의 라이브 음반이 쌓였다. 한국 대중음악상을 받았다거나 '한국 대중음악 100대 명반'에 여러 번 거명되었다는 사실은 20년 동안 허클베리 핀이 뿜은 광휘 중 일부

허클베리 핀《오로라피플》
ⓒArt Director & Artwork 권하얀 (Watt Hour), 칠리 뮤직 코리아

일 뿐이다. 한 번이라도 허클베리 핀의 음악을 들어본 이라면 허클베리 핀의 음악에 자신의 어두움과 눈부심을 담아보지 않을 수 없었다.

하지만 함께 신(scene)을 일구었던 밴드들 중에는 과거형이 더 많다. 시간은 많은 것을 바꿔버렸다. 수많은 밴드를 볼 수 있었던 골목의 클럽, 무대에 올랐던 뮤지션, 박수를 보냈던 사람들 어느 하나 예전 같지 않다. 모든 것은 지나가고 우리의 귀에는 다른 노래가 흐른다. 허클베리 핀이 현재의 밴드로 남아 있기 위해 어떤 노력과 고통을 감당하는지 나는 끝내 알지 못하고, 그러므로 말할 수 없다. 다만 2011년 정규 5집을 발표하고 새로운 곡들을 내고 다시 정규 음반을 선보이기까지 걸린 시간은 모든 대답을 대신한다. 허클베리 핀의 노래는 달라졌다. 2018년 11월 12일 발표한 정규 6집《오로라피플》은 우리에게 다른 허클베리 핀을 기억해달라고 요청한다.《오로라피플》의 허클베리 핀은 로킹하지 않다. 그런지하거나 댄서블하지 않다. 오래된 밴드에게 새로운 사운드가 나오지 않는다는 통념, 허클베리 핀에 대해서는 알 만큼 안다는 자신감을 모두 접어두고 허클베리 핀을 만나야 한다.

　10곡의 노래와 연주곡을 담은《오로라피플》에서 허클베리 핀은 예전부터 담지해온 아릿하고 은밀한 정서를 전면 배치한다. 로킹했던 사운드 한편에 빠지지 않았던 서정성이 돌출한 수록곡들은 비트를 부각하지 않는 미디엄 템포의 곡들이다. 이 곡들은 일렉트릭 기타가 숨을 죽인 자리에 해무처럼 깔리는 건반과 신시사이저 사운드가 주관한다. 일렉트릭 기타의 낮은 리프를 부각한〈누구인가〉같은 곡이 있지만 이런 곡은 예외다. 음반의 타이틀과 커버로 지명한 오로라 같은 파장은 대부분 신시사이저와 키보드에서 비롯한다. 신시사이저와 키보드는 첼로와 관악기를 동반해 일렉트릭 기타를 대체하고, 탁하고 로킹한 사운드는 영롱하고 공간감 넘치는 시공간의 사운드 스케이프로 바뀌었다.

　〈항해〉에서 시작해〈남해〉로 끝나는 이번 음반은 바다와 나눈 교감처럼 느껴진다.〈빛〉과의 대화처럼 느껴진다. 음반에는 '빛'이라는 단어가 번번이 등장한다. 빛은 거대한 에너지로 노래의 주인공을 뒤덮어버린다. 빛은 사방의 어둠을 알려주는 거울이기도 하다. 어둠이 없다면 빛은 빛으로 존재하지 못한다.《오로라피플》의 빛은 노래 속 한 사람의 어둠을 드러내고, 지워지고 흐릿해지며 남은 시간을 반사한다. 그 속에서 마주하는 외로움과 절망, 그리움,

허클베리 핀 ©칠리 뮤직 코리아

아득한 희망과 간절한 의지가 반짝인다. 처음부터 넘치는 빛은 아니다. 어둠 속에서 힘겹게 찾고, 발견하고, 기대고, 의지하는 빛이다.

이 음반은 어둠 속에서 빛을 찾고 발견한 누군가의 기록이다. 이미 존재하는 빛을 발견할 수 없을 만큼 암담한 시간을 견디며 곳곳에 빛이 있었음을, 항상 빛이 내게 향하고, 빛과 어둠이 다르지 않음을 스스로 확인하고 깨닫는다. 반드시 고통과 절망의 시간을 거쳐야만 깨닫거나 성장하는 것은 아니지만, 삶은 진실의 대가로 쓰라린 좌절을 요구한다. 하지만 긴 시간 포기하지 않는 이는 제 몫의 어둠을 마주하고 빛을 향해 더듬거리면서 어둠과 공존할 줄 안다.

허클베리 핀의 《오로라피플》은 삶에 깃든 빛과 어둠의 명도와 채도와 색채를 음악으로 변환한다. 첫 곡 〈항해〉는 천천히 스미는 빛이나 파도처럼 철썩이며 "다른 세계"를 만난다. 잔잔한 건반 연주와 대비된 드러밍과 신시사이저 연주는 항해 같은 삶의 격렬함과 고요함을 동시에 형상화한다. 공간감 가득한 이소영의 보컬은 내내 고요하게 일렁인다. 허클베리 핀 특유의 리프 미학을 드러내는 〈누구인가〉는 허클베리 핀의 멜로디 메이킹 방식에서 벗어나지 않는데, 우수에 찬 목소리와 단순한 비트, 서걱이는 사운드 메이킹으로 빛과의 조우를 표현한다. 네이버 온스테이지에서 짙은의 목소리로 발표했던 〈너의 아침은 어때〉는 "모든 걸 겪고서 맞이한 아침"의 고요 속 빛의 파동이다. 신시사이저와 보컬의 농도는 조화롭고, 멜로디는 자연스럽다.

〈영롱〉도 허클베리 핀의 변화를 보여주는 담백하고 아름다운 곡이다. 찌르는 소리 하나 없이 밀려오는 곡은 이소영의 보컬을 몽환적으로 겹쳐 더 많은 시공간을 소환한다. 허클베리 핀의 기존 곡과 닮은 〈Darpe〉도 부드럽게 교감하고 리듬으로 생동감을 불어넣으며 역동적이다. 이번 음반에서 가장 아름다운 〈라디오〉는 빛과 어둠의 교감을 담은 수록곡들 중에서 가장 은밀하고 정교하다. 길에 깃든 시간과 추억을 호출하는 〈길〉 또한 몽환적인 사운드로 추억과 비밀을 재조명한다. 과거와 현재를 잇는 노래는 그 자체로 삶의 기록이다. 오로라와의 만남이나 자신 안팎의 체험으로 확장할 수 있는 곡 〈오로라〉는 〈오로라피플〉로 이어지며 이번 음반의 주제와 서사를 대변한다. 음반의 마지막 곡이자 유려하고 묵직하게 음반의 완성도를 빛내는 〈남해〉를 들으면 허클베리 핀의 음악 역사가 얼마나 치열한 노력으로 채워졌는지 알 수 있다.

이 음반은 허클베리 핀이 만들어낸 또 다른 진경이자 감싸고 견디며 위로하는 음악의 오로라이다. 환골탈태라는 말로는 다 표현할 수 없는 음악이다. 얼마나 다듬고 만져야 가능한지 아득한 작품으로 허클베리 핀의 역사가 이어진다. 번번이 작품으로 말하는 이 고집스러운 우리 시대의 예술가들. 소리의 빛이 된 허클베리 핀은 눈부시다.

혁오가 웅변하는 사랑

 혁오 《사랑으로》

혁오 〈Help〉

밴드 혁오의 다섯 번째 음반이다. 2014년 《20》 음반을 발표한 후 6년, 혁오의 위상과 활동은 비교할 수 없을 만큼 달라졌다. 혁오는 한국의 대표 밴드가 되었을 뿐 아니라 아시아, 유럽, 미국에서도 팬을 늘려간다. 2018년부터 본격적으로 해외 무대에 도전했는데, 2020년에는 세계 42개 도시를 돌며 44번 공연하는 계획을 세웠을 정도다. 혁오의 활동은 한국 밴드가 펼치는 해외 활동 중에서 가장 돋보인다.

2020년 발표한 음반의 제목은 《사랑으로》. 자신의 나이로 음반 제목을 정한 《20》, 《22》, 《23》, 《24: How to find true love and happiness》와는 다른 접근이다. 음반에 담은 곡은 6곡. 1장의 정규 음반을 제외한 다른 음반과 마찬가지로 EP이다. 〈Help〉, 〈Hey

혁오 《사랑으로》
Artwork·photography by Wolfgang Tillmans,
Cover designed by Na Kim
Presented by DOOROODOOROO ARTIST COMPANY

Sun〉, 〈Silverhair Express〉, 〈Flat Dog〉, 〈World of the Forgotten〉, 〈New Born〉으로 이어지는 곡은 모두 영어 제목을 썼다. 해외 활동을 염두에 둔 전략일 것이다. 4곡의 노랫말은 영어로 썼고, 2곡의 노랫말은 한국어로 썼다.

음반의 실질적인 차이는 소리와 메시지에서 비롯한다.《사랑으로》는 지금껏 혁오가 내놓은 음반 가운데 가장 편안하다. 모던 록 밴드로 묶을 수 있지만, 단일 장르의 어법과 스타일에 묶이지 않은 혁오는 그동안 소울, 인디 록, 팝, 포스트 펑크 등의 어법을 섞으며 이질적인 질감을 충돌시켜 차이와 개성을 완성했다. 혁오가 밴드 음악의 인기가 떨어지는 시대에도 인기를 얻을 수 있는 이유이다. 한국어 가사로도 국경을 뛰어넘을 수 있는 이유이다.

이번 음반에 담은 곡들에서도 혁오의 음악은 한 줄로 정렬하지 않는다. 첫 곡 〈Help〉는 보사노바 리듬을 들려주는 기타 연주로 시작한다. 이전의 혁오에게 들을 수 없었던 스타일이다. 혁오는 여기에 일렉트릭 기타와 묵직한 드러밍을 천천히 섞고, 사이키델릭한 연주를 더해 보사노바 음악에서 탈주한다. 익숙함과 익숙하지 않음을 더해 완성하는 스타일은 친숙하면서도 생경해 펄떡인다. 고루하다는 인상을 받을 틈을 주지 않으면서 듣는 이를 잡고 놓지 않는다. 그리고 노래가 끝날 즈음 관악기 연주를 더해 사이키델릭한 사운드의 아름다움을 극대화한다. 보편성과 예술성을 구분할 수 없지만, 두 가지를 완벽하게 통제하고 관철하려는 의지가 숨겨지지 않는 곡이다.

반면 비트가 돋보이는 〈Hey Sun〉은 록 밴드로서의 혁오를 확인시킨다. 그런데 모든 수록곡에서 보컬 오혁은 한 번도 샤우팅하지 않는다. 이번 음반의 오혁은 진성 대신 가성으로 노래하는 경우가 더 많다. 악기들 역시 소리를 낮추고 웅크린다. 일렉트릭 기타의 찌그러진 소리가 완전히 사라지지 않았지만, 모든 소리는 소리를 솜으로 감싼 듯 완충한 후에야 고개를 내민다. 이 곡에서 일렉트릭 기타의 강렬한 사운드는 아주 잠깐 등장했다가 언제 그랬냐는 듯 흔적도 없이 사라진다. 공간감이 충만한 사운드는 모든 연주를 꿈꾸는 듯하게 만든다.

몽롱하기만 하지 않고 부드럽게 녹아드는 소리는 음반의 타이틀이자 메시지인 '사랑으로'라는 태도와 지향을 소리로 체감하게 하려는 의도를 감추지 않는다. 사랑이 무엇인지, 사랑의 실체가 어떻게 드러나는지 몇 곡의 음악으로 정리하기는 불가능하다. 무수한 언어와 감각으로 확장할 수 있을 사랑의 실체 가운데 혁오는 상대를 압도하지 않고 감싸는 소리의 선량한 질감을 택해 사랑을 인식하고 느낄 수 있도록 지휘한다.

〈Silverhair Express〉에서도 팝의 감각을 빌리고 사이키델릭한 사운드를 중첩한 혁오의 사운드 메이킹은 허밍으로 대체하는 오혁의 보컬을 더해 매끄러울 뿐 아니라 섬세하고 독특하다. 리듬에서, 멜로디에서, 개별 악기의 연주에서, 사운드의 충돌과 파장에서 연달아 매력을 찾을 수 있는 곡은 혁오의 경계 없는 작법과 밀도를 선명하게 보여준다. 특정 장르의 방법론에 구속된 적 없었던 혁오의 흡수력과 자기화 능력을 드러내는 곡은 혁오라는 세계의 끝이 없을 것임을 내비친다.

이번 음반에서 가장 로킹한 〈Flat dog〉조차 고전적인 하드록 사운드를 펼치면서 압도하지 않는다. 음반의 톤을 순종하듯 따르는 사운드는 부드럽게 끈적여 농염하고 심지어 달콤하다. 21세기의 로큰롤, 혁오의 로큰롤이 어떤 것인지 보여주는 상징적인 곡이라 해도 좋을 정도이다. 한편 1분 30초밖에 되지 않는 〈World of the Forgotten〉은 정교한 몽롱함을 담백하게 펼친다. 그리고 마지막 곡 〈New Born〉은 9분에 이르는 길이로 포스트 록의 어법을 활용한다. 하지만 이 역시 음반의 톤 안에서 움직인다. 내밀한 사운드는 극적이면서도 순하고 자유롭다. 조율하고 방임하는 연주는 혁오의 EP에 EP 이상의 무게를 실으며 마무리한다.

다만 "이제 관심과 공감의 지평을 우리 사회가 일상적/정치적으로 갖는 여러 문제적 현상들과 이를 개선하고 극복하기 위한 실천 방식으로 넓힌다"는 이번 음반의 지향이 혁오의 곡목과 노랫말만으로는 명징하게 드러나지 않는다. 첫 곡 〈Help〉의 제목과 "i am lost"라는 노랫말, 〈Hey Sun〉에서 "waiting is always here it never ends"라고 노래할 때의 절망감이 실마리가 되기는 하지만, 혁오는 자신의 이야기를 지향만큼 선명하게 던지지 않는 편이다. "잊어가거나 잊혀가거나/사랑해야지 슬퍼하지 마"라는 〈Silverhair Express〉의 노랫말로 메시지를 던지면서도 보컬을 두드러지게 하지 않는 혁오의 방식은 소리의 질감을 통해 더 많은 이야기를 건네는 방식을 선호한다. 모호한 〈Flat dog〉과 〈World of the Forgotten〉의 가사 역시 마찬가지이다. 그렇지만 〈New Born〉이라는 마지막 곡의 제목과 노랫말은 모든 것이 사라진 후 새로운 탄생을 꿈꾸게 하는 원동력으로 사랑을 상상할 수 있는 가능성을 남겨두었다.

사랑은 무한한 가능성으로 특별하고 고귀하다. 하지만 말만 하고 아무것도 해내지 못하는 사랑은 신화가 되기 쉽다. 음악이나

혁오 ⓒFrank Lebon,
Courtesy of Camera Club & DOOROODOOROO ARTIST COMPANY

예술 역시 마찬가지이다. 부담 없고 감동적인 울림은 많은 이들의 마음을 움직일 수 있지만, 이제 감동은 수많은 문화·예술 상품이 의례 건네는 선물 중 하나가 되어버렸다. 우리는 어떻게 해야 노래의 울림을 더 오래 기억할 수 있을까. 어떻게 해야 사랑을 삶으로 옮기고 나눌 수 있을까. 노래가 끝난 뒤에는 반드시 질문을 시작해야 한다.

음악을 사랑하다

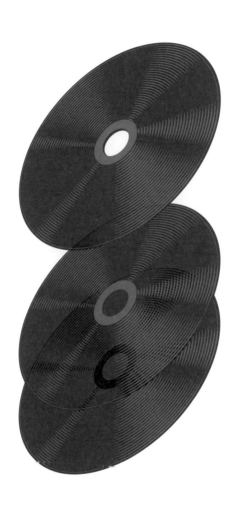

1분이면 충분하다

 갤럭시 익스프레스(Galaxy Express)
《ELECTRIC JUNGLE》

갤럭시 익스프레스
〈ELECTRIC JUNGLE+WHY+
TURN IT UP+BREAK THE WALL〉

록 음악을 듣는다면, 록 음악을 좋아한다면 무엇 때문일까. 지난60여 년 록 음악은 수없이 분화해 이제 한두 단어로 규정하기 어렵다. 아트 록과 펑크 록, 포크 록 사이는 김정은과 트럼프보다 멀다. 하지만 록을 듣고 좋아할 때는 대개 마음이 들뜨길 열망한다.

침잠하는 록이 있음을 모르지 않는다. 그러나 그 순간에도 록은 비트를 둥둥거리고, 일렉트릭 기타 소리를 증폭시킨다. 보컬은 소리를 질러 마음을 흔든다. 손바닥만 한 마음이 가슴을 덮을 만큼 커지고, 온 방에 가득 찰 만큼 부풀어 오른다. 소리의 파형이 얼마나 마음을 움직일 수 있는지 보여주는 장르로 록은 전무후무하다.

물론 영미권에서도 록은 대중음악의 주류가 아니다. 2000년대 이후 일렉트로닉, 팝, 힙합에 밀려 록은 인기의 변두리로 내몰렸

갤럭시 익스프레스 《ELECTRIC JUNGLE》 ⓒ러브락

다. 사실 대중음악 역사에서 팝을 제외한 거의 모든 장르는 왕좌에 올랐다 자리를 빼앗기곤 했다. 록은 그동안 일렉트로닉, 재즈, 클래식, 힙합 등과 교배해 변화를 거듭해왔지만, 이제 쓸 수 있는 카드를 전부 다 써버린 것 같다. 하지만 동어반복이면 또 어쩌랴. 록이 일렉트로닉과 힙합을 대신하지 못하듯 일렉트로닉과 힙합 역시 록을 대신하지 못한다. 단순명쾌하게 불타오르는 화력과 장엄한 사운드 스케이프는 이따금씩이라도 록을 듣게 만든다. 록은 록으로만 대신할 수 있다.

갤럭시 익스프레스는 그동안 로큰롤, 블루스, 사이키델릭, 펑크, 하드록을 포괄하며 사운드의 폭주를 이어왔다. 밴드 갤럭시 익스프레스가 2018년 7월 16일 발표한 정규 5집 《ELECTRIC

JUNGLE》은 록의 전통적인 매력과 갤럭시 익스프레스의 마르지 않는 힘을 의미심장하게 보여준다. 음반에 담은 곡은 총 22곡. 모든 수록곡은 1분 이내로 짧다. 펑크나 하드코어 록 음악에는 이렇게 짧은 곡들이 많은 편인데, 갤럭시 익스프레스는 특정 장르의 어법에 충실하기 위해 일부러 짧게 연주하지 않았다.

곡의 길이가 짧아도 시작과 동시에 불붙어 버리는 곡의 화력은 막강하다. 짧은 리프를 몰아치고 노래로 진입할 때 갤럭시 익스프레스는 맹렬하게 직진하면서 곡의 끝을 향해 무조건 들이받아 버린다. 돌아갈 다리조차 불살라 버리고 자신을 순식간에 태운 뒤 소멸하는 찰나의 절정이 빚은 파노라마. 자신감과 자기 확신이 없으면 불가능한 음악이다. 너무 빨리 끝나는 곡의 길이가 아쉬울 때도 있지만 옹골찬 곡의 열기는 찰나의 순간들을 매번 특별하게 만든다.

들뜨고 불타오르기 위해 오랜 시간이 필요하지 않다. 많은 장치가 필요하지 않다. 갤럭시 익스프레스는 몰아치는 백 비트와 보컬의 절규, 인상적인 리프에 비틀어 키운 일렉트릭 기타 소리면 충분하다는 사실을 안다. 1분이면 된다는 사실을 안다. 그래서 갤럭시 익스프레스는 으르렁거리듯 노래하고 연주하면서 공세를 펼친다. 거친 소리와 날뛰는 리듬의 협공은 록의 오랜 매력을 새삼스럽게 드러낸다. 록은 고민하는 장르가 아니라 토해내는 장르이다. 묻어두는 장르가 아니라 불태워 버리는 장르이다. 모든 록이 다 그렇지 않더라도 최소한 이번 갤럭시 익스프레스의 록은 그렇다.

한국 록의 최선두에 선 갤럭시 익스프레스는 짧은 순간 듣는 이까지 산화하게 만든다. 격렬한 사운드를 긁고 내리치고 소리 지른다고 가능한 일이 아니다. 온 감각이 설득될 수 있는 에너지를 만들

어내기 때문에 가능하다. 리듬과 멜로디와 사운드가 서로 증폭하
도록 연결하고, 적절하게 변화해 긴장을 만들어내기 때문이다. 연
주곡 〈FINAL ROUND〉가 대표적이다.

갤럭시 익스프레스의 음악은 찰지고 쫄깃하며 날렵하고 신
명 난다. 이번 음반 수록곡들은 격렬함과 경쾌함과 질박함을 넘나
든다. 연주곡 〈WILD CAT〉과 〈DON'T CARE ANYMORE〉
로 이어지는 종반부까지 완성도는 균일하다. 돌아서면 아무것도
남지 않을 만큼 휘발성 높은 음악 사이에는 〈DO YOU WANNA
SHOUT〉 같은 어쿠스틱한 곡이 있다. 〈OVER THE DUSK〉와
〈A BETTER TOMORROW〉, 〈SPACE JUNGLE〉처럼 사이키
델릭한 곡들은 갤럭시 익스프레스 음악의 품이 얼마나 넓은지 장

담한다. 빠른 리듬으로 몰아치면서 속도에 내몰린 소비사회를 비판하는 〈빨리빨리〉의 문제의식도 흥미롭다. 이렇게 풍부한 록 음악으로 록 본연의 육체성을 발산하는 밴드는 드물다. 유행하는 음악, 트렌디한 음악을 들으며 오늘을 파악하는 일은 늘 즐겁지만, 오래전부터 쌓인 음악들은 여전히 찌릿찌릿하다. 감전시키는 음악, 충전되는 삶.

갤럭시 익스프레스 ⓒ러브락

메탈 코어가 있어야 할 이유

 노이지(Noeazy) 《Triangle》
노이지 라이브

소리가 몰려온다. 크고 날카롭고 무거워도 빠른 소리가 몰려온다. 금속성 소리다. 금속을 두들기고 긁고 통과시켜 만든 소리다. 키우고 비틀고 가열해서 만든 소리이다. 사람이 만든 음악 중 가장 크고 무거우며 빠른 소리의 조합. 헤비니스 음악이다. 헤비니스 음악은 소리를 담금질하는 용광로에서 피어난다. 사운드의 틈은 없어 보인다. 속도와 강도와 밀도의 정점을 연결하는 음악은 거칠면서 빠르고, 빠르면서 무겁다. 무거우면서도 날카롭고 거대하다. 이 중 한 가지 특성만으로도 도드라질 사운드는 모두를 다 가져 강렬함의 절정으로 채워진다.

경험과 취향에 따라 선호도가 완전히 갈리는 음악의 서사는 픽션에 가까워 보이지만 현실을 떠나지 않는다. 삶과 죽음의 운명.

노이지 《Triangle》 ⓒLittledumb Works

거대한 세상과 작은 자아 사이에서 인간은 좌절하고 분개한다. 좌절하고 분개한 만큼 간절해진다. 헤비니스 음악의 사운드는 좌절과 분노와 간절함을 옮겨놓은 소리의 집합이다. 현실이든 신화이든 환상이든 마찬가지이다. 출발은 인간의 현실이다. 실제로 울부짖고 고함치고 싸우기는 어렵다. 하지만 마음은 자주 울부짖고 고함치고 싸우며 꿈꾼다. 헤비메탈은 그 마음을 옮기는 음악이다.

2006년 대전에서 결성한 밴드 노이지는 메탈 코어 음악으로 마음을 연주한다. 인간을 연주한다. 같은 학교 재학생들로 꾸린 밴드는 2018년 12년째 활동하며 2장의 정규 음반, 2장의 EP, 1장의 스플릿 음반을 냈나. 한국에서 록 음악의 인기가 높지 않다는 사실, 특히 헤비니스 음악의 인기가 미미하다는 사실을 모르는 사람은 없다. 하지만 사실과 열정이 직결되지 않는다. 인기와 실력은 무관하다. 노이지는 데뷔 이래 2~3년 간격으로 음반을 냈다. 꾸준히 음반을 내면서 메탈 코어 음악의 다양한 어법을 담았다. 음반을 만들고 연주를 하는 만큼 노이지의 음악은 유연해지고 아름다워졌다. 2018년 7월 4일 발표한 음반《Triangle》은 2018년 한국 메탈&하드코어 음악을 이야기할 때 반드시 듣고 뽑아야 할 음반 중 하나이다.

'결국에는', '매슬로우가 옳았다', '끝을 기다리는 중', '심판의 날', '최하위', '잘못된 욕망', '전염병처럼 퍼져라', '모든 것이 헛되이', '아무것도 기억하지 못할 것이다', '그들의 기생충 같은 꿈들', '그들이 길을 비켜 가면서', '황무지에서'로 이어지는 12곡의 제목은 비장하다. 노랫말에서 자세히 드러나는 노이지의 사고에는 절망과 부도덕으로 이어진 세상과 무기력한 자신에 대한 원망이 가득하다. 메탈 코어뿐만 아니라 다른 예술 작품의 전통적인 태도이며 인식인데, 자신과 세계를 다 믿을 수 없어 모조리 부정하고 싶을 때 마음의 어둠은 더 깊어지기 마련이다. 그 어둠을 직시하고 절망을 드러낼 때 비장해지지 않을 묘수가 있을까. 절망스러운 현실을 더 절망스러운 자신으로 살아가야 하는 이의 내면은 곤두서기 마련이다. 그럼에도 맞서보려 하나 패배를 예감하는 마음은 더할 나위 없이 비통해진다. 노이지가 메탈 코어 사운드를 선택하게 하는 태도이다. 노이지의 메탈 코어 사운드가 선택한 태도이다.

노이지는 이 태도와 인식을 멜로딕 메탈 코어의 어법으로 표현한다. 무거운 드러밍과 육중한 베이스 라인, 날이 선 일렉트릭 기타 연주와 쇳소리 같은 보컬이 속도를 조절하고 멜로디를 활용하며 기승전결의 구조를 변주할 때 태도와 인식은 음악으로 부활한다. 첫 곡 〈After All〉의 몰아치는 드러밍과 보컬의 그로울링, 일렉트릭 기타 연주의 어울림은 함께 밀려들어 도드라질 뿐 아니라, 서로 섞이고 비켜 나가는 사운드의 클로즈업과 연출로 노이지 음악의 화려한 매력을 예고한다. 4분이 되지 않는 〈Maslow was Right〉에서도 드럼과 일렉트릭 기타가 폭주하듯 내리치다가 멜로디를 부각한다. 그리곤 속도감을 강조하고 곡의 드라마를 장엄하게 확장하면서 메탈 코어다운 쾌감을 완성한다. 동시에 변화를 가해 모든 소리 안에 노이지가 있다고 선포한다. 〈Waiting for the End〉는 아름답고 날렵하다. 음반 수록곡 가운데 가장 돋보이는 트랙 〈Judgment Day〉는 속도감과 강렬함에 멜로디의 힘을 싣고, 합창으로 노래의 서사를 강조해 절망의 비극성을 감동적으로 펼쳐놓았다. 비장미의 완성이다. 다른 장르 음악보다 록과 헤비메탈 장르가 더 높게 쌓은 비장미를 다시 완성한 곡은 메탈 코어가 있어야 할 이유와 가치를 대표한다.

화려하고 변화무쌍한 음률과 리듬의 교차로 멋진 곡은 〈Judgment Day〉뿐만이 아니다. 〈Bottomless〉, 〈Misguided Desires〉로 이어지는 음반의 중반부 트랙은 한국의 헤비니스 신이 쌓아온 시간과 버티고 서 있는 시간의 무게와 깊이까지 상기시킨다. 얼마나 주목받고, 얼마나 많은 음반이 나오는지, 얼마나 많은 팀이 활동하는지 이야기하기는 어렵더라도 이 곡들은 한국 멜로딕 메탈 코어 밴드 노이지가 감당하고 지키고 수행하는 장르의 위용을 작품으로 보여준다. 비트를 찾고, 멜로디를 찾고, 노랫말을 찾고, 연설하고 붙이고 자르고 빼고 조율하면서 당기고 터뜨리는 역할은 모두 노이지의 몫이다. 강렬하면서 화려하고, 화려하면서 순수한 목소리와 사운드는 익숙한 쾌감의 높은 기준에 도달하면서 동어반복하지 않는다. 후반부 곡들이 시도하는 다른 스타일은 이 음반이 치열한 고민과 미적 감각으로 완성한 작품이라는 증거다. 세상에는 경의를 보내야 할 사람들이 많고, 노이지 역시 그중 하나다. 노이지의 음악이 멈춘다 해도 무슨 일이 있었는지 모를 사람이 더 많겠지만, 절대 그런 세상에서는 살고 싶지 않다.

노이지 ©김익순

자유로운 앙상블의 충만한 조합

 배장은&리버레이션 아말가메이션
(JB Liberation Amalgamation)
《JB Liberation Amalgamation》

배장은&리버레이션 아말가메이션 〈감출 수 없는 비밀〉

하마터면 배장은의 새 음반 이야기를 빠트릴 뻔했다. 배장은이다. 무려 배장은이다. 한국의 재즈 피아니스트를 이야기할 때 배장은을 거론하지 않으면 모두 엉터리다. 곽윤찬, 송영주, 이선지, 이지영, 임미정, 임인건, 조윤성, 한지연, 허대욱과 고희안, 김은영, 남메아리, 윤석철, 이명건, 이지연, 이한얼, 전용준 등의 재즈 피아니스트들을 이야기할 때 우열을 가리기는 불가능하다. 그럴 필요도 없다. 다만 배장은이 2006년부터 지금까지 내놓은 6장의 음반 중 하나라도 놓친다면 2000년대 이후 완전히 다시 쓴 한국 재즈의 역사를 온전히 이해할 수 없다. 배장은은 그만큼 중요한 뮤지션이다.

그런데 배장은은 2013년 음반《JB》를 내놓은 후 6년이나 새 음반을 내놓지 않았다. 모르긴 해도 침묵이 길어지는 이유는 바쁘거

배장은&리버레이션 아말가메이션
《JB Liberation Amalgamation》 ⓒ페이지터너

나 지쳤거나 둘 중 하나. 음악에만 집중하기 어려운 여성 뮤지션의 현실 때문이었을 수도 있다. 그러나 당사자가 아닌 다음에야 할 수 있는 일은 기다리는 일뿐. 그래서 'JB Liberation Amalgamation'이라는 이름으로 발표한 새로운 음반은 오랜 기다림을 씻어내기 충분하다.

제이비 리버레이션 아말가메이션이라는 이름으로 구축한 퀄텟의 특징은 젊은 한국 재즈 뮤지션들과 함께했다는 사실이다. 기타 이수진, 베이스 신동하, 드럼 신동진으로 구성한 멤버 중에는 배장은의 이전 음반과 달리 해외 뮤지션이 없다. 그렇지만 자유와 합동을 표방하는 밴의 지향을 표현하는 데 부족함이 없다.

음반 수록곡 8곡 가운데 제프 버클리의 곡 〈Grace〉와 스팅의 곡 〈A Thousand Years〉를 제외한 곡들은 대부분 배장은이 썼다. 두 번째 곡 〈Zahara de la Sierra〉만 신동하의 작품인데, 모든 편곡을 함께했다고 썼을 만큼 음악에는 네 뮤지션의 손길이 고르다. 실제 연주를 들어도 배장은 쪽으로 무게가 쏠리지 않는다. 배장은은 이수진, 신동하, 신동진과 대등하게 역할을 배분하고 여일하게 퀄텟다운 연주를 들려준다. 네 명의 연주자는 한 곡 안에서 듀오, 트리오, 퀄텟의 구성을 오가며 만나고 헤어진다. 각각의 조합이 빚어내는 자유로운 앙상블의 충만한 조합은 이 음반의 가장 큰 동력이며 매력이다. 누구든 두드러지지 않는 순간이 없고, 허술하지 않은데다, 잠시도 매끄럽지 않은 어울림이 없다. 한 명의 뮤지션이 떨어뜨린 물방울 같은 울림에 다른 뮤지션이 어떻게 반응하며 조화를 이루는지, 그러니까 첫 울림이 어떻게 이어지고 번지는지, 계속 이어지는 울림 속에서 뮤지션들이 어떻게 조응하며 곡을 쌓고 자신의 색을 입히는지, 제이비 리버레이션 아말가메이션의 연주는 느끼며 파악하고 그리며 듣는 순간의 연속이다.

첫 곡 〈감출 수 없는 비밀〉을 시작하는 서정적인 피아노 연주를 휘감는 이수진의 몽롱한 기타 연주는 이 음반이 이렇게 아름다운 선율을 계속 들려주면서 근사한 앙상블로 채울 것임을 예고한다. 〈감출 수 없는 비밀〉에서 배장은에 이어 배장은&이수진&신동하&신동진으로 이어지는 연주는 다시 배장은의 솔로로 돌아와 멜로디 메이커 배장은의 능력을 발산한다. 그러나 배장은은 연주를 독점하지 않는다. 배장은은 곧 뒤로 물러나고 이수진이 그 자리를 채우면서 다른 소리의 순간들을 이어간다. 첫 곡에서 연이은 등장과 퇴장으로 연출한 조합은 〈감출 수 없는 비밀〉의 아련함을 더

배장은&리버레이션 아말가메이션 ⓒ페이지터너

내밀하고 자유롭게 확장한다. 어디로 가야 하는지 알고 있을 뿐 아니라 각자의 플레이로 이야기를 다채롭게 물들일 줄 아는 연주는 모두가 서로의 배경이자 중심 없는 중심이 될 줄 알기 때문에 가능하다.

두 번째 곡 〈Zahara de la Sierra〉는 아예 이수진이 주도한다. 역동적으로 스페인의 시에라를 더듬는 기타 연주는 안정적이며 풍부한 베이스 연주와 무정형의 드럼 연주로 한층 멋스럽다. 곡의 중반에서 들려주는 듀오와 트리오, 퀄텟 사운드의 교차는 여행의 역동을 충분히 불러온다. 변화무쌍하기로는 〈모란봉〉도 만만치 않다. 터트리며 속주로 잇는 연주의 명쾌함이 멜로디컬한 즉흥연주로 연결되는 순간은 짜릿함의 연속이다. 배장은의 플레이는 다정하면서도 농염하고, 이수진의 기타는 변화를 두려워하지 않아 음반에서도 라이브의 생동감이 넘친다. 재즈는 순간의 변화가 전체를 뒤흔들고 판가름하는 장르인데, 〈모란봉〉의 숨 가쁜 인터플레이와 사이키델릭한 여운은 다른 곡의 서정이 팀의 전부가 아니라고 확언한다. 몇 번을 반복해서 들어도 모란봉의 변화무쌍을 절감할 만큼 네 연주자의 플레이가 싱싱하다.

반면 〈피보나치 보름달〉은 편안하고 여유롭다. 기타와 피아노의 협연에 베이스의 농밀함이 이어지는 연주는 수학자보다 달빛 흐뭇한 밤이다. 그리고 제프 버클리의 곡을 편곡한 〈Grace〉는 원곡보다 비감하다. 곡의 뼈대는 일렉트릭 기타가 선도하는데, 다른 연주자들은 즉흥연주의 맛을 더 짜고 맵게 요리한다. 순간의 손맛은 내내 오묘하고 짜릿하다. 배장은의 1집에서 짧게 마무리했던 〈Liberation Amalgamation〉은 이번 음반에서 앞선 세 곡의 패기를

잇는 자유분방한 곡으로 다시 태어났다.

음반의 수록곡들은 일관된 메시지나 의미 있고 통일된 서사를 구축하지 않는다. 하지만 팀의 이름과 동일한 태도는 서로 다른 곡의 이야기를 하나로 묶기 충분하다. 〈A Thousand Years〉에서 연달아 선보이는 연주의 다채로움과 자신만만함은 배장은의 새로운 조합이 성공적임을, 2019년 9월에 내놓은 이 음반이 그 해의 주요한 재즈 작품임을 동의하게 한다. 〈Feel Like〉의 펑키한 연주까지 들으면 무조건 수긍할 것이다. 다른 주제와 리듬에도 불구하고 번잡스럽지 않고 꽉 찼으면서도 자유로운 여운을 남기기는 쉬운 일이 아니라는 사실을. 하지만 듣지 않으면 알 수 없으니 오직 듣는 이들만 행복해질 것이다. 당신이 그 사람이기를.

2019년 가장 돋보이는 음반

 블랙스트링(Black String) 《Karma》
블랙스트링 〈Sureña〉

전통을 활용하는 몇 가지 방법이 있다. 보존, 인용, 재창조다. 전통을 고스란히 지키는 보존이 있고, 전통의 재료나 방법론을 따서 쓰는 인용이 있고, 전통을 전통 바깥의 방법론과 결합해 새롭게 만드는 재창조가 있다. 국악이라고 부르는 한국 전통음악도 마찬가지이다. 전통이라고 믿는 양식을 똑같이 재현하려 애쓰는 이들, 전통음악 악기나 어법 등을 필요에 따라 적용하는 이들, 전통을 최대한 변형시키는 이들이 공존한다.

기타리스트 오정수, 대금연주자 이아람, 거문고 연주자 허윤정, 타악 연주자이자 소리꾼인 황민왕이 결성한 크로스오버 밴드 블랙스트링과 이들의 두 번째 음반 《Karma》는 어느 쪽일까. 이번 음반은 독일의 재즈 레이블 ACT에서 나왔고, 베트남계 프랑스 기

타리스트 누엔레가 참여했다. 수록곡은 9곡. 이 중 〈Song Of The Sea〉는 한국의 바닷가에서 부르는 민요를 토대로 했고, 〈Exhale-Puri〉는 제목 그대로 액살 풀이를 노래하고 연주했다. 〈Beating Road〉는 풍물 가락 중 하나인 길군악을 모티브로 한 곡이다. 나머지 5곡은 창작곡이고, 〈Exit Music〉은 라디오헤드의 히트곡을 재해석했다. 수록곡의 면면을 보면 블랙스트링이 어떤 음악을 추구하는지 구체적으로 드러난다. 블랙스트링은 전통을 재창조할 뿐아니라, 전통의 방법론을 전통 바깥의 방법론과 결합해 새롭게 만드는 쪽이다.

　첫 번째 곡 〈Sureña〉는 "남아메리카의 아름다움을 그린 곡"이고, 두 번째 곡 〈Hanging Gardens Of Babylon〉은 "BC 6세기경 신바빌로니아 왕국의 네부카드네자르 2세 왕이 사랑하는 왕비 아미타를 위해 만들었다고 전해지는 전설 속의 인공정원에서 영감을 받아 만든 곡"이다. 〈Elevation Of Light〉는 "우주의 빛, 그 신비로움을 표현한 곡"이며, 〈Karma〉는 "길고 영원한 업의 세계를 표현한 곡"이다. 마지막 곡 〈Blue Shade〉는 "블루스 음계와 한국 전통음악의 메나리 선율을 함께 콜라보한 곡"인데, 오넷 콜맨의 곡 〈Lonely Woman〉 선율을 차용한 곡이기도 하다.

곡 설명만 읽어보아도 블랙스트링이 한국이라는 지역에만 머물지 않음을 금세 알 수 있다. 블랙 스트링의 멤버 다수가 한국 악기를 연주하지만, 블랙스트링은 크로스오버와 월드 뮤직에 가까운 팀이다. 그보다 장르와 지역의 경계에 얽매이지 않는 소리의 창조자이자 매개자로 계속 도전하고 실험하는 뮤지션이라고 하는 편이 더 정확하다.

그런데 블랙스트링의 정규 2집 《Karma》는 첫 음반에 비하면 선율과 장단의 반복이 도드라진다. 한국 전통음악에 기반한 팀답게 한국의 장단에서 출발한 크로스오버 음악을 들려주었던 1집에 비하면 이번 음반에서는 장단과 접붙인 멜로디가 똑똑하다. 일반적인 대중음악처럼 노래를 부르면서 기승전결 구조를 따라가는 음악이 아닌데, 블랙스트링은 인상적인 장단을 반복하면서 또렷한 테마를 제시하고 변주하면서 곡의 서사를 확장한다. 그래서 노래가 없고 익숙하지 않은 악기들이 어울리며 등퇴장하는데도, 곡의 흐름을 따라가기 어렵지 않다. 어렵지 않을 뿐 아니라 곡에서 무심해지기 불가능할 만큼 흡인력이 강하다.

첫 곡 〈Sureña〉부터 거문고가 제시하는 테마는 징명하다. 여기에 일렉트로닉 사운드가 곧바로 결합하면서 몽환적인 사운드로 블랙스트링의 개성을 형성한다. 대금이 등장하면서 테마를 변주하고, 환상적인 사운드를 그윽하게 이어갈 때, 남아메리카이거나 아닌 다른 시공간으로 빠져드는 것은 당연하다. 그 후 등장하는 일렉트릭 기타 연주 역시 몽롱한 아름다움을 이어간다. 연주하는 악기가 다르고 소리의 질감 역시 다르며, 장구와 거문고가 장단을 빠르게 바꾸어도 묘연한 무드와 멜로디 악기들의 선명한 테마 연주는 곡의 중심을 놓지 않는다. 곡의 후반부에서 모든 악기들이 자유분방하고 격한 연주를 이어갈 때도 마찬가지이다.

9분대의 긴 곡 〈Hanging Gardens Of Babylon〉에서는 신시사이저와 태평소의 협연으로 만드는 환상적인 사운드와 명료한 멜로디가 곡을 이끈다. 그다음은 장단의 몫이다. 돌연 속도감을 불어넣는 퍼커션과 양금 같은 악기들의 연주는 또렷한 장단과 가락을 연결해 반복하면서 일렉트릭 기타를 비롯한 악기들을 변주해 응집과 탈주를 교차시킨다. 중심은 선명해지고, 소리의 영역은 넓어진다. 블랙스트링의 이번 음반을 듣고 즐기는 방식은 이처럼 순도 높은 테마 멜로디와 장단에 빠져드는 일이다. 테마를 변주하는 블랙스트링의 인터플레이를 따라가는 일이다. 어느 쪽이 먼저라거나 더 낫다고 할 수 없을 만큼 블랙스트링은 매 순간 밀도 높고 화려하다.

처음부터 빠르게 혼란한 사운드를 풀어놓는 〈Elevation Of Light〉에서도 블랙스트링은 거문고와 기타 연주로 귀에 확 들어오는 연주를 고수한다. 다른 악기들도 제 역할을 하면서 우주의 빛은 뻗어 타오르고 생동한다. 역동성과 눈부심을 재현하는 연주는

속도를 바꾸며 영롱함과 신비로움까지 놓치지 않는다. 표현하고
자 하는 대상의 변화무쌍한 모습을 악기로 최대한 담아내는 소리
의 파동 덕분에 곡은 실체를 재현할 뿐 아니라 충만하게 체감할 수
있다.

그리고 블랙스트링은 〈Song Of The Sea〉에서 황민왕의 노래
와 팀의 연주를 함께 배치한다. 민요를 노래할 때 대개 연주하는
악기의 방법론과 다른 일렉트릭 기타 연주는 노래의 안에 잠재하
지 않았거나 잠재했으나 두드러지지 못한 기운을 노래에 실어낸
다. 그 결과 이 곡은 민요라는 재료를 가지고 얼마나 다른 소리의
세계로 나아갈 수 있는지, 그 소리가 얼마나 보편적인 감각을 담지
할 수 있는지 보여준다. 노래 안에서 변화하는 일렉트릭 기타 연주
는 한국 전통음악의 혼곤함까지 표현해 다른 악기로도 같은 질감
에 이를 수 있다는 것을 내비친다. 블랙스트링은 이렇게 전통의 계
승과 재창조를 동시에 이루어 한국 크로스오버 음악 역사 한 페이
지를 새로 쓴다.

거문고와 기타의 앙상블로 연주한 〈Exit Music〉은 고아한 한
국 전통음악의 질감으로 버무렸고, 〈Exhale-Puri〉는 황민왕의 노
래에 거문고와 일렉트릭 기타를 앞세워 질박함을 보존하면서 극
적으로 격렬하다. 기원의 뜨거움은 훼손되지 않고 오히려 새로워
진다. 그뿐 아니라 노래를 멈춘 순간 단소 연주가 흘러나올 때 기
원은 더 깊어진다. 원곡의 이야기를 최대한 복원하면서 새롭게 잇
는 솜씨가 단단하다.

타이틀곡인 〈Karma〉는 가장 길면서도 정적인 속도로 "길고
긴 업의 세계를 표현"한다. 범패와 거문고, 대금, 소리가 일렉트로

블랙스트링 ⓒNPLUG ⓒ2020 SeungYull Nah All Rights Reserved

닉 사운드에 실려 둥실둥실 흘러갈 때 우리는 누구도 헤어 나올 수 없는 업을 마주하게 된다. 슬픔과 고통, 기쁨과 안타까움으로 버무려진 삶의 초상. 반면 길군악을 모티브로 한 〈Beating Road〉는 원곡의 기운을 해사하고 앙증맞게 풀다가 일렉트릭 기타를 동원해 농염하게 변화시킨다. 좀 더 길게 놀았어도 좋을 곡이다. 음반을 농염하게 마무리하는 〈Blue Shade〉까지 대담하면서도 서정적인 사운드는 멈추지 않는다. 지키면서 변화하고 변화함으로써 더욱 튼실해진 음악. 블랙스트링은 2019년 한국 대중음악계에서 가장 돋보이는 음반을 완성했다. 이제 사랑하는 일만 남았다.

블랙스트링 음반 표지 《Karma》 ⓒNPLUG

우람하게 드러낸 창작자의 뿌리

아시안체어샷(Asian Chairshot)
《IGNITE》
아시안체어샷 〈빙글뱅글〉

평론은 평가하는 일이다. 음악 평론은 곡과 음반과 뮤지션과 공연과 트렌드와 이슈를 비평한다. 그중 작품 비평은 작품이 무엇을 말하려 하는지 살펴본다. 하려는 이야기를 어떤 언어와 방식으로 표현하는지 들여다본다. 이야기와 표현 방법을 잘 연결해 공감할 수 있게 표현했는지 따져본다. 뮤지션의 표현이 당사자의 음악과 장르 안에서 어떤 특징과 차이가 있는지 비교하고, 어떤 의미를 부여할 수 있는지 가늠한다. 하려는 이야기에 대해서도 마찬가지이다. 작품의 메시지가 뮤지션의 작품과 장르뿐만 아니라 동시대 예술 전반과 사회에서 어떤 의미와 울림을 남기는지 판결한다. 음악을 음악 언어의 프레임으로 들여다보고, 현실과 연결해 해석한다.

밴드 아시안체어샷의 음악을 평가하려면 당연히 록 밴드라는

사실에서 출발해야 한다. 2011년 활동을 시작한 아시안체어샷의 음악은 그런지와 개러지, 사이키델릭과 하드록을 결합해 강렬하고 호쾌하며 묵직하다. 아시안체어샷의 개성과 차이를 만드는 화룡점정은 한국 전통음악 장단을 빌려온 것이다. 아시안체어샷은 한국 전통의 세계관과 메시지를 노래하지 않는다. 대신 한국 전통음악에서 사용하는 장단과 질감을 끌어와 걸쭉한 신명을 불어넣는다. 이들은 장단만 차용하지 않는다. 전통음악 중 민속악이 지닌 흥겨움과 질펀함, 혼곤함을 풀어놓고 록 음악의 사이키델릭과 연결해 여느 사이키델릭 록과 다른 한국산 록에 어울렁더울렁 도달한다. 덕분에 아시안체이샷은 지금의 대중음악에 오래된 땅과 시간의 숨결을 불어넣는다. 아시안체어샷은 록이 전통음악과 결합

하면서 한국화할 때 어떤 사운드 스케이프를 만들어낼 수 있는지 보여주는 최근 사례라는 점에서 특수하다. 과거로 거슬러 올라가자면 신중현, 김수철, 김도균 같은 록 기타리스트의 계보와 이어야 할 음악이다. 아시안체어샷의 음악은 특히 민속음악의 질감을 강하게 내뿜는다는 점에서 '타령 록'이라고 불러도 좋을 만큼 민중적인 색채가 두드러진다. 이러한 사운드만 한국 록이라고 부를 수 없지만, 아시안체어샷의 음악은 지역과 국적을 지울 수 없는 창작자의 뿌리를 우람하게 드러낸다.

아시안체어샷이 4년 만에 발표한 정규 음반 《IGNITE》에서도 아시안체어샷의 개성은 돌올하다. 음반의 수록곡은 9곡. 음반의 첫 번째 곡 〈뛰놀자〉의 도입부에서부터 아시안체어샷은 세마치 장단을 두드린다. 드럼이 선도하는 장단에 일렉트릭 기타가 붙으면서 풍성해지는 사운드는 일순 로킹해져 흥건하다. 노랫말은 "아이들아 뛰놀자/어른들아 뛰놀자/우리 함께 뛰놀자/미친 듯이 뛰놀자//소년들아 뛰놀자/소녀들아 뛰놀자/온 세상아 뛰놀자/미친 듯이 뛰놀자"라는 가사가 전부. 아시안체어샷은 이 노랫말 사이와 배후에 쿵떡쿵떡 찰기 넘치는 장단을 밀어 넣는다. 그리고 한 판 난장 같은 연주로 놀아젖히면서 단순한 곡의 구조를 마술처럼 변화시킨다. 장단을 유지하면서 연주의 완급을 조절해 연주의 쫀득쫀득한 맛을 보여주고, 폭발과 이완을 조율해 강렬한 카타르시스를 만들어낸 밴드의 서사와 연주력 덕분이다. 3분 31초밖에 되지 않는 짧은 곡이지만 넋 놓고 뛰놀기는 충분하다. 아시안체어샷은 자신들의 방법론을 더 농염하게 갈고 닦았다.

아시안체어샷표 타령 록은 두 번째 곡 〈빙글뱅글〉로 이어진다. 이 곡에서도 한국 장단의 흥과 록의 강렬함이 사이키델릭으로 바뀐다. "빙글뱅글 돌고 도는 현실의 목줄" 이야기가 다큐멘터리처럼 생생해진다. 아시안체어샷은 금수저 같은 특권 계급을 제외하면 누구도 피할 수 없는 현실을 흥겹고 몽롱한 사운드에 실어 노래를 찾는 사람들의 〈사계〉처럼 내몰린 삶의 분주함과 자조적인 정서를 고스란히 전달한다.

아시안체어샷은 이번 음반에서 한국 전통 장단에 기반한 음악만 들려주지는 않는다. 또 다른 타이틀곡 〈꿈〉에서는 서정적이고 아름다운 멜로디와 사운드로 자신들의 음악을 두텁게 쌓는다. 이 곡도 금세 강렬하고 거대한 사운드 스케이프로 이어지지만, 유려하고 영롱한 사운드를 발산해 아시안체어샷의 음악이 항상 전통적이지만은 않다고 선언한다. 이번 음반이 이전과 다르고, 진일보했다거나 더 아름답다고 평가할 수 있는 이유는 〈꿈〉의 구조와 사운드 덕분이다. 〈무감각〉에서도 아시안체어샷은 발라드 스타일을 은근하고 영롱하게 소화하면서 밴드의 탐미적인 감각을 공공연하게 전시한다. 강렬한 폭발에 이르기 전부터 만들어내는 감성 충만한 멜로디는 곡의 절정까지 흘러 아시안체어샷의 분출을 가슴 시리게 구현한다. 마지막 곡 〈그땐 우리〉의 따뜻하고 풍성한 사운드도 아시안체어샷의 음악 영역을 넓혀준다.

그러므로 아시안체어샷의 록이 새롭지 않다거나 동어반복이라고 표현할 근거는 없다. 미디엄 템포의 곡 〈친구여〉에서조차 아시안체어샷은 묵직한 드럼 연주와 일렉트릭 기타 연주로 사이키델릭한 세계를 압도적으로 징악한다. 그 후 리듬을 변주하면서 화려하게 연주하고 노래하는 아시안체어샷의 노래 속 우정과 기개는 음악의 힘으로 선명해진다. 노랫말의 명쾌함을 소리로 옮기는 음악의 변화무쌍한 힘은 결국 없는 힘이라도 낼 수밖에 없도록 자극한다. 숨 돌릴 틈 없이 몰아치는 현실의 압박을 표현한 〈각성〉, 〈산, 새 그리고 나〉, 〈봄을 찾으러〉를 비롯한 곡들에서도 아시안체어샷의 튼실한 근기는 숨겨지지 않는다.

트렌드와 거리가 있고, 예스럽다고 아시안체어샷의 음악을 폄하할 권리는 없다. 당대의 음악은 트렌디한 몇 개의 장르로만 완성되지 않는다. 오히려 트렌드와 무관하게 자신의 음악을 펼치는 이들 덕에 한국의 대중음악은 비로소 앙상함을 면한다. 모든 음악은 각자 서 있는 자리에서 스스로 중심이 되지 않던가. 보라, 한국 대중음악의 동시대성은 얼마나 다르고 풍성한가. 이 많은 음악들이 모두 현재이다. 우리는 이 많은 현재를 다 버선발로 뛰어나가 맞이하고 있는가.

아시안체어샷 ⓒ아시안체어샷

싸우는 이들의 편에 선 노래

 에이틴 에이프릴(Eighteen April)
《Voices》

에이틴 에이프릴 〈Grey〉

2019년 10월 16일 수요일의 한국 대중음악은 설리를 이야기 해야 했다. 하지만 슬픔이 아물지 않아 아직 말할 수 없고, 슈퍼M 에 대해서는 내 능력 부족으로 말할 수 없었다. 그래서 다수가 주목 하지 않지만 의미 있다고 생각하는 성취에 대해 기록하기로 한다. 한국 대중음악은 이제 다른 장르, 다른 지역에서 미처 다 알 수 없 는 성취들로 채워지기 때문이다.

메탈 코어 밴드 에이틴 에이프릴의 음반《Voices》는 그 성취들 중 하나다. 이제는 록의 시대가 아니라거나, 한국은 한 번도 록의 시대였던 적 없다는 논쟁은 접어두자. 보통 아는 밴드는 YB, 부활, 자우림 정도. 국카스텐, 노브레인, 넬, 잔나비, 장기하와 얼굴들, 크 라잉넛, 혁오 이외의 밴드를 아는 이들은 많지 않다.

에이틴 에이프릴 《Voices》 ⓒNayoung Kim

그러니 메탈 코어 음악은 얼마나 멀까. 하지만 거리감이 음악을 더 특별하게 만들거나 하찮게 만들지 않는다. 음악이 소리의 집합만은 아니지만, 소리의 집합이 아니라면 음악으로 존재할 수 없다. 그러므로 소리에 대해 먼저 이야기해야 한다. 소리 밖의 거리와 장벽에 대해서는 따로 이야기해야 한다.

헤비메탈의 하위 장르인 메탈 코어는 넘치는 그루브와 감성적인 멜로디, 공격적이고 묵직한 사운드 정도로 정리할 수 있다. 2013년 데뷔 EP 《The End Of The New World》를 발표한 후, 2016년 싱글 〈Oceans Apart〉, 2017년 〈Wolfpack Rounds〉를 내놓았던 메탈 코어 밴드 에이틴 에이프릴은 첫 번째 정규 음반 《Voices》에서 제목처럼 많은 메탈 코어의 목소리를 들려준다. 보컬의 목소리만이 아니다. 에이틴 에이프릴의 목소리는 일렉트릭 기타 두 대의 목소리이고, 베이스 기타의 목소리이며, 드럼의 목소리이다. 모두 함께 만드는 목소리, 사라지는 목소리, 구조화된 목소리이다. 회색 목소리이고, 비탄의 목소리이다. 익사하는 나이의 목소리이며, 차가운 방의 목소리이다.

에이틴 에이프릴은 그 목소리들을 웅장하고 격렬하며 변화무쌍한 소리로 표출한다. 첫 곡 〈Mono〉부터 에이틴 에이프릴은 담대하고 화려하다. 멀리서부터 달려오는 일렉트릭 기타 연주가 튼실한 드러밍으로 속도의 근육을 얻을 때, 트윈 기타는 더욱 맹렬해진다. 그리고 〈Vanishing〉은 처음부터 몰아치는 리듬과 연주로 파멸과 부패로 향할 운명을 멈춰 세운다. 일어날 시간이라고 말하는 목소리는 메탈 코어다운 공격성으로 무장해 이 싸움에서 물러설 생각이 없다고 선언한다. 거친 목소리는 기백과 투지를 대변하고, 드럼이 주도하는 리듬 중심의 구조는 곡의 서사를 장대하게 키워 곡의 정서와 지향을 극대화할 뿐 아니라 밀도와 흡인력을 배가시킨다.

메탈 코어 음악은 이렇게 진지하고 치열한 인식과 태도를 탐미적인 격렬함과 무거움으로 재현하는 느와르 드라마 같다. 실제 삶과 음악이 얼마나 닮았는지 따지는 일은 의미가 없다. 예술은 삶의 반영이지만, 어떤 예술도 모든 삶의 전 순간을 다 옮기지 못한다. 그중 일부만 겨우 담을 뿐이다. 에이틴 에이프릴은 연약한 인간과 거대한 운명을 대비하며 완강하게 맞서는 인간을 기록한다. 싱글벙글 웃으며 맞설 여유는 없다. 분노하지 않으면 버틸 수 없고, 위험을 인식하지 않으면 대결할 수 없다. 그래서 〈Salvage〉에서도

에이틴 에이프릴의 목소리는 질박하고 육중하다. 세월호 참사의 비극이 겹쳐지는 것처럼 느껴지는 곡에서 에이틴 에이프릴은 낮고 무겁고 처절하게 싸우는 사운드를 이어 비장한 결의를 대변한다. 이 곡에서도 에이틴 에이프릴은 속도를 조율하며 드라마를 더 풍성하게 탐닉한다.

이번 음반에서 가장 강력한 곡 중 하나인 〈Grey〉에서 위선을 비판하는 목소리는 비감하다. 특히 리드미컬하게 뛰노는 드러밍은 찰져 곡의 활기를 싱싱하게 유지한다. 밀어붙이다가 불살라 버리는 곡의 흐름은 메탈 코어가 아니면 전해줄 수 없는 사운드의 크기와 강도와 흐름으로 쾌감을 불러일으킨다. 타이틀곡 〈Dreamer〉역시 마찬가지이다. 비명을 지르며, "시라지지 마라" 외치는 간절함은 선명한 멜로디와 트윈 기타의 화려한 플레이로 몰려온다. 샤우팅과 그로울링에 노래를 더해 비장미를 강화하고 끝까지 같은 강도로 밀어붙인다. 그렇게 에이틴 에이프릴은 자신들의 음악 미학을 완성한다. 소리의 맹렬함과 치열함에 불어넣은 아름다움이 에이틴 에이프릴의 문법이며 정신이다.

〈Heartsick〉은 더 숨 막히는 리듬과 사운드의 밀도로 복수와 증오를 노래해 장비한 인식을 공감하도록 연출한다. 그사이 숨을 고르고 순간의 소리를 조율하면서 만드는 변화는 음악의 아름다움을 결정적으로 강화한다. 메탈 코어가 아니면 좀처럼 만날 수 없는 미덕으로, 2019년의 한국 대중음악을 이야기할 때 에이틴 에이프릴의 음악이 빠져서는 안 될 이유이다.

드럼이 춤추듯 연주하는 〈1.5〉의 격한 절망은 빈틈없이 처연하고, 〈Drowning Age〉의 호쾌한 질주에 어린 분노는 생생하다. 그래서 음반을 듣다 보면 흔들리지 않는 에너지의 강도에 매료되지 않을 수 없다. 멜로디가 주도하는 〈Wolfpack Rounds〉와 〈Cold Room〉으로 음반은 끝까지 뜨겁다. 삶에서 쉽게 물러서고 싶지 않은 이들, 버티고 싸우며 헤쳐나가고 싶은 모든 이들을 응원하는 음반이다. 어떻게 해야 우리가 이 노래를 함께 들을 수 있을까.

에이틴 에이프릴 ⓒKEDO ENICTUS

리좀 같은 음악

엠마(Aepmah)
《Shapes, Textures, Rhythms and Moods》

엠마 〈Shapes, Textures, Rhythms and Moods
(O FUNERAL DANCE MIX)〉

비평가는 옹호하거나 비판한다. 비평가는 주관과 객관 사이에서 흔들리며 아름다움과 가치를 옹호한다. 자신이 발견하고 확신하는 아름다움과 가치의 편에서 작품이 걸어온 길을 되짚는다. 걸음마다 피어난 향기를 기록하고, 미처 이르지 못한 작품의 걸음 수를 표시한다. 옹호하는 이유를 설명하고 비판하는 이유를 주장한다.

하지만 옹호해야 하는 작품을 놓치기도 하고, 비판해야 하는 작품을 눈감기도 한다. 많은 이들이 호평해 대세가 된 작품과 트렌드를 따라가기만 해도 충분한 세상이다. 나 역시 군이 다들 모르는 작품, 알아주지 않는 작품에 대해 구구절절 설명하거나 싫은 소리 하는 수고를 감당하고 싶지 않을 때가 있다. 2018년 3월 엠마가 발

엡마 《Shapes, Textures, Rhythms and Moods》 ⓒ박진왕

표한 음반 《Shapes, Textures, Rhythms and Moods》에 대해 이제야 이야기를 꺼내는 이유이다. 이 작품에 얼마나 많은 이들이 주목했거나 혹평했는지는 전혀 중요하지 않다. 음악이 내 귀에 와 눌러앉았다면 비평가는 그 무게를 말할 의무가 있다. 얼마나 얼얼한지 설명할 책임이 있다.

소리혜다라는 이름으로 두 장의 정규 음반을 발표한 재즈/힙합 프로듀서 김광규는 2017년 엡마라는 이름으로 새로운 음악을 발표했다. 이 음반은 엡마의 두 번째 음반이다. 음반에는 두 곡뿐이다. 〈Side A - Shapes, Textures, Rhythms and Moods〉와 〈Side B – 화(火)〉는 각각 14분과 8분 길이의 곡이다. 무슨 곡이 이렇게 길까 싶은데 재즈, 그중에서도 프리 재즈라면 전혀 이상할 일이 아니다.

재즈의 심장 같은 즉흥성을 강건하게 밀고 나간 프리 재즈의 역사는 이미 40년 이상이다. 그동안 세계 곳곳에서 프리 재즈 연주들이 이어졌다. 복제할 수 없고 재현할 수 없는 연주는 그러나 더 이상 새롭지 않고 놀랍지 않다. 엠마의 음반에 참여한 엠마와 김오키도 완전히 새로워 놀라운 연주를 선보이지는 않는다.

그러나 이들의 연주는 여전히 자유롭다. 자유롭고 거침없으면서 조화롭다. 드럼 연주로 시작하는 〈Shapes, Textures, Rhythms and Moods〉에서는 드럼, 색소폰, 노이즈, 베이스 연주를 뒤섞는다. 일정한 비트가 없고, 테마도 없다. 한 악기가 튀어나와 놀다 불쑥 다른 악기와 협연하고, 다른 악기가 튀어나왔다가 돌연 사라진다. 혼돈으로 아우성치는 음악은 갑자기 숨을 골랐다가 홀연히 솟아오른다. 곡은 14분에서 멈추지만 계속 연주한다면 한 시간을 채우는 일도 어렵지 않을 즉흥연주다. 기승전결 구조를 가진 음악이나, 테마와 즉흥연주를 교차시켰다 테마로 돌아오는 재즈와 다른 프리 재즈는 거침없이 태어나고 소멸한다.

곡에서 사용하는 소리는 제목처럼 모양과 질감, 리듬과 분위기뿐이다. 각각의 악기가 순간순간 즉흥적으로 뿜어 만드는 소리의 운동을 발산하는 사운드는 살점 하나 없는 뼈 같은 찰나의 모양과 질감, 리듬과 분위기뿐이다. 곡에는 한순간도 반복이 없다. 반복이 없으니 구조도 없다. 튀어나오고 점멸하며 명멸하는 소리의 퍼레이드는 소리의 혼종이다. 그 소리들로 곡은 채워졌다 비고, 당겨졌다 느슨해진다. 밀면 당기고 당기면 더 당기다가 느닷없이 이탈한다. 조였다가 풀고 조이면서 풀고 풀었다가 다시 조인다. 순간에 충실하거나 순간을 탈주하는 소리의 전복으로 합을 맞추는 연주

엠마 ⓒ박에녹

는 비거나 채우거나 어지럽거나 고요한 소리를 무의식처럼 넘나든다. 이것이며 저것이고 저것이었다가 이것이며, 이것도 저것도 아니다. 변화는 변화로 통일되어 그 자체로 구조를 이룬다. 어긋나서 조화로운 음악. 한결같은 변화로 완성하는 음악은 생성과 소멸과 탈주 사이의 경계조차 무의미하게 한다.

김오키의 색소폰을 전면 배치한 두 번째 곡 〈Side B – 화(火)〉에서는 색소폰과 드럼의 부딪침이 더 불붙는다. 드럼이 주도하는 리듬과 색소폰이 주도하는 음계는 각자 자신의 이야기만 터트리듯 쏟아내면서 균형을 맞춘다. 소리로 불을 피우듯 두 악기는 서로 비비고 문지르고 부딪치고 타오른다. 프리 재즈처럼 연주하는 곡은 각각의 연주가 독립적으로 흩어지면서 충돌하고, 충돌함으로써 더욱 자유로워진다. 이 자유로움은 소리에 대한 긴밀한 연관과 대응이다. 조화와 부조화의 리듬이다. 미리 기획하고 의도했거나 하지 않았거나가 중요하지 않다. 잠시도 멈추지 않는 무한한 생명력, 변화에 변화를 거듭하며 서로를 부추기고 살리며 자신도 모르게 뻗어 나가는 곡의 무정형 에너지는 곡의 핵심이고 의미이며 가치이다.

이렇게 다른 음악이 있어 계속 다른 소리의 방법론을 들을 수 있다고, 다른 상상력의 가능성과 가치를 잊지 않을 수 있다고 쓴다. 하지만 상상력을 훈련하게 하고, 다양성의 의미를 깨닫게 하는 음악이라고 쓰려다가 멈칫하는 이유는 어떤 음악도 다양성을 채우기 위해 일부러 태어나지 않기 때문이다. 모든 음악은 그 자체로 완성이고 전부이다. 있는 그대로 존중하고 경외할 것. 차이와 개성으로 특별하게 만들지 말 것.

폭포처럼 쏟아지는 소리의 지배자,
전송이

 전송이 《Movement of Lives》
Song Yi Jeon Quintet, 〈Spring - Movement of Lives〉

음악은 말을 건다. 깃발처럼 소리를 흔들어 외친다. 어떤 음악은 폭포처럼 쏟아진다. 소리의 물줄기를 퍼붓는다. 정수리부터 온몸으로 떨어지는 소리는 음악 속에 파묻어 버린다. 눈을 뜰 수 없고, 숨을 쉴 수 없다. 아무 생각도 떠오르지 않는다. 폭포가 있고, 폭포를 느끼는 내가 있을 뿐이다. 온몸으로 폭포를 받아 적어야 한다. 흐르는 폭포와 하나 되어야 한다.

재즈 보컬리스트 전송이의 첫 번째 정규 음반 《Movement of Lives》가 바로 폭포 같은 음악이다. 강원도 원주에서 태어난 전송이는 오스트리아 그라츠 국립음악대학교에서 클래식 작곡을 공부한 후, 스위스 바젤 음악대학에서 재즈 보컬을 공부했다. 뉴욕에서 활동한 전송이는 피아니스트 비토르 곤잘베스(Vitor Goncalves),

전송이 《Movement of Lives》 ⓒ최보연

기타리스트 켄지 허버트(Kenji Herbert), 베이시스트 피터 슬라보브(Peter Slavov), 드러머 김종국, 퍼커셔니스트 로제리오 보카토(Rogerio Boccato)와 함께 이 음반을 만들었다. 음반에 담은 9곡의 노래 가운데 스탠다드 곡인 〈Invitation〉과 한국 민요 〈강원도 아리랑〉을 제외한 수록곡은 모두 전송이의 창작곡이다.

그런데 전송이의 노래에는 노랫말이 적다. 전송이는 모음을 사용해 소리를 만들고 발산하며 노랫말을 대신한다. 스캣이라고 할 수 있는 방식인데, 재즈 보컬리스트들은 대개 일부 곡에서 즉흥 연주를 할 때만 스캣을 활용하는 데 반해, 전송이는 거의 모든 곡에서 스캣 같은 모음으로 노래를 채운다. 전송이는 가사 대신 소리를 발화하면서 노래의 정서와 메시지를 표출한다.

전송이의 보컬은 악기보다 한 발 앞서 등장하고, 두 발 늦게 퇴장한다. 악기 소리보다 성큼 다가오고, 잔향과 함께 흩어질 때도 선명한 목소리로 음악을 주도한다. 첫 곡 〈Invitation〉에서부터 전송이는 음반의 주연이다. 뱀처럼 감기고, 안개처럼 퍼지며, 장마처럼 쏟아지는 목소리는 뇌쇄적이고 신비롭다. 전송이가 노래할 때 그림자가 되고, 전송이가 사라질 때 빈자리를 채우는 연주는 음반의 몽환적인 분위기를 완벽하게 통제한다.

첫 곡에서부터 전송이는 자신의 보컬이 지닌 힘과 화려함을 자신만만하게 터트린다. 전송이의 보컬이 도드라지는 이유는 공간감을 만들고, 보컬을 앞세우는 연출 방식을 사용하기 때문이 아니다. 클래시컬한 곡의 완성도가 높고, 전송이의 보컬이 음악의 전면으로 튀어나왔을 때 자신의 목소리로 노래의 시공간을 압도할 만큼 에너지가 충만하기 때문이다. 전송이는 에너지로 노래가 담지한 서사를 황홀하게 재현한다. 수록곡들 가운데 감정을 분출하는 〈Invitation〉이나 〈파도, 일렁이다(Pado, il lung i da)〉, 〈November Anger〉, 〈The Third Land〉에서 전송이는 자신의 목소리로 충분하다는 생각이 들 만큼 드라마틱한 기승전결을 책임진다. 전송이는 자신의 목소리를 악기로 연주하듯 풀어 헤치고 불태우며 쏟아내는 배우 겸 감독이다.

그래서 이 음반을 즐기고 감상하는 포인트이자, 전송이 음악에 개성을 불어넣는 원천은 바로 목소리의 연출 방식과 연주 사이의 앙상블이다. 다른 소리들이 서로 맞추고 배려하면서 구조를 형성하고 완성하는 드라마이다. 즉흥성을 강조하는 전송이의 목소리는 음반의 타이틀인 생명의 움직임을 향해 거침없다. 음악이 나

전송이 ⓒ박선화

아가는 방향과 나아가는 방식은 한결같다. 음반에서 가장 강렬한 드라마를 만드는 곡은 촛불 항쟁을 담은 〈November Anger〉이지만, 감정의 진폭이 큰 곡이나 〈Nabily〉처럼 잔잔하게 느껴지는 곡이 서로 다르지 않다.

전송이는 소리의 공간을 중독적으로만 물들이지 않는다. 두 번째 곡이자 타이틀곡인 〈Spring - Movement of Lives〉에서 전송이는 생동하는 봄의 생명력을 대신하듯 해맑게 노래한다. 봄 새가 지저귀고, 봄바람이 살랑이듯 불어오는 노래는 앙증맞은 표현에서 성큼 나아간다. 전송이는 온 산을 초록으로 물들이는 봄의 해사함처럼 노래를 밀고 나간다. 봄의 부드러운 열정을 놓치지 않고 너울너울 노래하면서 능숙한 송라이팅과 표현력을 자연스럽게 드러낸다. 음악을 듣는 이들도 봄의 생명력을 음악으로 체감하고 즐기

417

면서 음반 속 재즈 언어의 아름다움과 다양하고 숙련된 표현의 매력을 만끽하게 만든다.

〈Blue Sea〉에서 전송이는 푸른 바다 깊은 곳에 존재하는 고요와 침묵, 슬픔과 절망을 목소리로 직조한다. 연주라기보다 현실의 시공간을 재현하는 듯 몽롱하고 끝없이 이어지는 드럼과 피아노 소리의 파형 사이에서 부유하는 전송이의 목소리는 지금껏 아물지 않고 끝내 아물 수 없는 슬픔을 복구한다. 전송이는 현실에 존재하는 무언가를 인간의 언어로 옮길 때 비로소 예술이 된다는 사실을 일깨우는 증인이다. 11분이 넘는 곡의 메시지나 길이, 표현 방식이 유일무이하지는 않다. 그렇지만 보컬이 다른 소리의 파노라마 앞에서 주눅 들지 않고 이만큼 거침없이 노래를 주도하는 경우는 흔하지 않다. 진지하고 의미 있는 메시지와 탁월한 표현이 어우러진 곡들은 한 사람의 음악가로서 전송이의 작가 의식과 완성도를 우리에게 보여준다.

전송이는 선 굵은 드라마를 만드는 곡에서만 강점을 보이지 않는다. 〈Some Sort Of〉 같은 곡에서는 편안하고 느긋한 분위기를 담백하게 표현하면서 '생명의 움직임'으로 유도한다. 우리는 생명의 움직임을 과학으로 연구할 수 있다. 사진이나 영상으로 기록할 수 있다. 미술과 춤과 문학으로 모사할 수 있다. 날마다 마주하는 생명의 표출 속에 전송이의 음악이 있다. 끊임없이 움직이고 만나고 변화하는 기(氣) 같은 음악. 제 안에서 요동치며 이어지는 파장을 품지 않으면 만들 수 없는 음악. 눈 감아도 온도와 바람과 공기로 보이고 느껴지는 음악. 그 음악의 자발적 포로가 되자.

전송이 ⓒ박선화

새로운 여름의 BGM

 까데호《FREESUMMER》와
시에이치에스(CHS)《정글사우나》
까데호〈여름방학〉

 시에이치에스〈땡볕〉

여름 음악이다. 까데호의 음반《FREESUMMER》와 시에이치에스의 음반《정글사우나》모두 여름 음악이다. 음악도 계절을 타고 시절을 탄다. 여름에는 〈Surfin' USA〉나 〈해변으로 가요〉, 혹은 쿨의 노래를 들어야 할 것 같고, 겨울에는 캐럴과 〈하얀 겨울〉을 들어야 할 것 같다. 여름 음악은 시원하거나 뜨거워야 한다. 습하고 더운 날씨를 잊게 해줄 상쾌함이나 열기마저 사랑하게 하는 강렬함이 여름 음악의 본분이다.

까데호와 시에이치에스의 음반은 제목부터 여름 자체다. 〈여름방학〉, 〈폭염〉, 〈땡볕〉, 〈샤워〉, 〈자유수영〉 같은 제목은 여름을 느끼게 한다.

밴드 활동 경험 많은 뮤지션들이 결성했다는 공통점이 있는

까데호《FREESUMMER》
©김선익(@KIMSUNIK_), 김도형(@PHILLIP.WINDLY)

CHS《정글사우나》©Miki kim

두 팀의 음악은 똑같이 2019년 7월 11일에 나왔다. 까데호는 밴드 세컨세션에서 활동하는 이태훈과 원디시티 출신의 김재호, 드러머 김다빈이 결성했다. 2018년 5월의 첫 EP《MIXTAPE》이 시작이다. 반면 시에이치에스는 아폴로18 출신의 최현석, 장기하와 얼굴들과 노선택과 소울소스에 몸담은 이종민, 전국비둘기연합 출신의 김동훈과 박영목, 그리고 송진호, 최송아가 결성했는데 똑같이 2018년부터 활동했다. 시에이치에스는 꾸준히 싱글을 발표했고, 첫 음반에는 그간 발표한 싱글들을 포함해 6곡을 실었다. 오래도록 밴드 음악을 선보였던 뮤지션들이 비슷한 시기에 활동을 시작해 같은 날 음반을 내놓았다. 음반 분위기도 닮은꼴인데 연주곡이 많다는 점도 흡사하다.

노래보다 연주가 더 많은 두 밴드의 음악은 여름을 불태워 버리는 음악이 아니다. 시원하고 평화롭게 쉬는 순간의 BGM이다. 까데호의 음악이 단순하고 청량하다면, 시에이치에스의 음악은 풍성하고 멜로딕하다. 두 밴드의 음악 모두 어쿠스틱한 연주와 사운드로 선선한 여운을 빚는데, 음악은 자주 몽롱해진다. 여름의 더위와 실내의 편안함이 자아내는 나른함까지 흡수한 음악은 범상한 기승전결을 반복하지 않는다.

까데호의 타이틀곡 〈여름방학〉은 느긋하고 상쾌한 리듬에 일렉트릭 기타가 연주하는 시원한 멜로디를 얹어 쾌적한 공간에서 만끽하는 여름 풍경을 떠올리게 한다. 까데호는 여기에 느린 숨결 같은 보컬을 실어 여유로움을 북돋는다. 연주자들의 밴드이자 연주곡이 많은 음반답게 까데호의 음악은 리듬과 멜로디, 연주의 톤과 보컬로 여름 풍경의 감각을 복제한다. 〈닮은 사람〉 역시 기타가

까데호 ⓒ까데호

연주하는 멜로디와 드럼&베이스 기타의 리듬에 끼얹은 퍼커션 연주로 쾌적하다. 이 곡에서도 재치 있는 변주로 듣는 재미를 더한다. 변주는 멜로디와 리듬이 만든 아름다움을 건드리지 않고, 매력을 배가시키는 장치이다. 좋은 멜로디와 그루브한 리듬으로 판을 깔고, 잼 연주처럼 자유로운 흐름으로 나아가는 음악은 한 곡이 선사하는 이야기의 쾌감을 최대한 옮겨 담겠다는 의지를 성공적으로 보여준다. 까데호는 음악이 얼마나 무궁무진한 즐거움의 가능성으로 확장할 수 있는지 오직 음악으로 설명한다. 심야 열차의 느긋함과 곤한 고요함을 표현한 〈심야열차〉는 밤 깊은 시간과 열차라는 공간의 속도감에 어리는 공기를 오밀조밀한 변주로 놓치지 않는다. 덕분에 음악을 듣고 난 후에도 열차에서 내리지 못한다.

그리고 까데호는 랩을 활용하거나 노래를 더하는 방식으로 연주곡을 다채롭게 요리한다. 전반부의 곡들이 청량했다면 중반부의 곡들은 농염하고 사이키델릭한 연주와 사운드로 흥건해진다. 자유롭고 한가로운 리듬의 파노라마, 보컬과 연주에 밴 울림의 공간감, 즉흥성이 느껴지는 서사의 전개는 휴가의 느낌을 선물한다. 노랫말과 사운드가 나타내는 이야기가 엄연히 존재하지만, 음악의 사운드는 그 이야기 밖까지 헤엄치게 할 만큼 주문을 건다. 복잡하지 않은 구성과 연주로 여운을 만드는 솜씨가 까데호 음악의 핵심이다. 까데호의 음악은 긴장과 피로를 풀고, 여름의 눅눅함과 끈적임마저 사랑할 수 있게 하는 마술이다.

반면 시에이치에스의 음악은 편안함을 선사하면서도 화려하다. 최현석이 만든 멜로디의 아름다움과 더 많은 악기들의 협연 덕분이다. 시에이치에스의 음악 역시 다급하거나 요란하지 않아 느

CHS ⓒ_veryhighcompany

슨하게 그루브한 리듬 위에서 펼쳐진다. 그런데 시에이치에스는 키보드, 색소폰, 플루트 등의 악기를 활용해 사이키델릭한 질감을 불어넣는다. 〈땡볕〉이 땡볕 밖 한가로움으로 초대한다면, 〈영혼과적〉에 더한 연주의 앙상블은 멜로딕하고 펑키하며 몽롱한 연주와 변화무쌍한 전개로 출렁인다. 시에이치에스의 음악은 단순하게 규정할 수 없는 음악이다. 리듬을 변주하고 악기를 등퇴장시키며 순간의 주연을 바꾸고, 다른 소리들을 연결해 하나의 곡으로 이을 때, 〈서울몽〉은 자연스럽고 다채로울 뿐 아니라 풍부한 장르와 소리의 드라마로 몸을 바꾼다. 매 순간 인상적인 멜로디를 놓치지 않는 창작력은 모든 변화와 차이를 일관되게 연결하고 명확하게 전달한다. 펑키한 경쾌함과 팝의 매끄러움을 잇고 사이키델릭한 사운드를 얹은 〈레이디〉 같은 곡은 얼마나 아찔한지. 펑키한 그루브에 속도감을 내장한 〈샤워〉는 여름 드라이브의 BGM으로 더할 나위 없을 만큼 속도감 있는 구성과 보컬이 매혹적이다. 유연한 창작력이 없으면 만들 수 없는 음악에서는 어떤 부담과 압박도 느껴지지 않는다. 물 안에서 눈을 감고 유영하듯 몽환적인 〈자유수영〉역시 곡과 연주의 파동으로 평화로워지는 내면의 용해 체험을 선사한다.

음악은 시에이치에스의 음악이지만 음악을 들을 때 떠올리는 것은 각자의 여름이다. 다른 서울과 샤워와 수영이다. 특별한 추억이 없더라도 상관없다. 시에이치에스의 음악은 앞으로 만날 여름과 서울과 여성과 샤워와 수영의 순간을 바꿀 것이다. 좋은 음악은 평범한 순간을 평범하지 않게 한다. 특별해진 순간을 오래 기억하게 한다. 모든 계절은 음악으로 마침표를 찍는다.

CHS ©veryhighcompany

음악열애

2021년 1월 29일 1판 1쇄 펴냄

지은이	서정민갑
펴낸이	김성규
책임편집	김은경
편집	다미정
디자인	김동선
펴낸곳	걷는사람
주소	서울시 마포구 월드컵로 16길 51 서교자이빌 304호
전화	02 323 2602
팩스	02 323 2603
등록	2016년 11월 18일 제25100-2016-000083호

ISBN 979-11-91262-20-9 04800
ISBN 979-11-89128-13-5 (세트)

* 이 도서는 한국출판문화산업진흥원의 '2020년 출판콘텐츠 창작 지원 사업'의 일환으로 국민체육진흥기금을 지원받아 제작되었습니다